कुठाँव

उपन्यास

कुठाँव

अब्दुल बिस्मिल्लाह

राजकमल प्रकाशन

ISBN : 978-93-88753-83-8

मूल्य : ₹ 595

पहला संस्करण : 2019
आवृत्ति : 2025

प्रकाशक : राजकमल प्रकाशन प्रा.लि.
1-बी, नेताजी सुभाष मार्ग, दरियागंज
नई दिल्ली-110 002
शाखाएँ : अशोक राजपथ, साइंस कॉलेज के सामने, पटना-800 006
पहली मंजिल, दरबारी बिल्डिंग, महात्मा गांधी मार्ग, प्रयागराज-211 001
1, अनमोल सोराबजी सन्तुक लेन, धोबी तलाव, मरीन लाइंस, मुम्बई-400 002

वेबसाइट : www.rajkamalprakashan.com
ई-मेल : info@rajkamalprakashan.com

मुद्रक : बी. के. ऑफसेट
नवीन शाहदरा, दिल्ली-110 032

KUTHANV
Novel by Abdul Bismillah

मारेसि मोहिं कुठाँव

—मलिक मोहम्मद जायसी

यह बदसूरत किताब
सितारा और हुमा ही नहीं,
बल्कि उन जैसी तमाम लड़कियों के नाम

कहना ज़रूरी है

ज़रूरी यह है कि मैं अपने इस उपन्यास के बारे में कुछ कहना चाहता हूँ। अर्थात् आत्मस्वीकृति। पहली बात तो यह कि इस उपन्यास में पाठकों को दो आपत्तिजनक बातें दिखेंगी : कुछ-कुछ अश्लीलता और जातिसूचक शब्दों (जो कि आज के युग में असंसदीय या निषिद्ध हैं।) का प्रयोग। मगर यह मेरी मजबूरी थी। उपन्यास की कथावस्तु के हिसाब से इनसे बच पाना मेरे लिए लगभग असम्भव-सा था। फिर भी मैं इसके लिए क्षमाप्रार्थी हूँ।

दूसरी बात यह कि इस उपन्यास को मैंने अत्यन्त तनावग्रस्त मन:स्थिति में लिखा है। सन् 2010 में जबकि मेरा ताज़ातरीन उपन्यास 'रावी लिखता है' प्रकाशित हुआ था—पहले पंजाबी में, फिर हिन्दी में—तभी मैं बीमार पड़ गया था। और कई दिनों बाद जब मैं अस्पताल से घर लौटा तो उपन्यास की यह विषयवस्तु भूत बनकर मेरे मनो-मस्तिष्क में छा गई। नतीजा यह हुआ कि मैं इसे लिखने लगा। उस दौरान कई-कई बार मुझे अस्पताल में भर्ती होना पड़ा, मगर जब भी मैं अस्पताल से घर लौटता; इस उपन्यास को लिखने में लग जाता। अन्तत: यह उपन्यास सन् 2013 के अन्त में पूरा हो गया। चूँकि मैंने इसे, जैसा कि मैंने बताया कि अत्यन्त तनावग्रस्त अवस्था में लिखा था; इसलिए मैंने महसूस किया कि इसमें कई तरह की गड़बड़ियाँ हो सकती हैं। इसलिए मैंने इसकी पांडुलिपि अपने प्रिय शिष्य और अब प्रोफ़ेसर चन्द्रदेव यादव को पढ़ने के लिए दी। मैंने उनसे यह भी कहा कि वे न सिर्फ़ इसकी चीर-फाड़ करें बल्कि इसे साफ़-सुथरे ढंग से लिख भी दें क्योंकि मैं अपने लेखन में बहुत काट-पीट करता हूँ और उस काट-पीट को वही समझ सकते हैं। मैं प्रो. चन्द्रदेव यादव का आभारी हूँ कि उन्होंने इस उपन्यास की पुनरावृत्तियों एवं कमियों की जाँच-पड़ताल तो की ही, इसके आरम्भिक चार अध्यायों को साफ़-सुथरे ढंग से लिखा भी। मगर अपनी निजी व्यस्तताओं के चलते वे इसे मुकम्मल नहीं कर पाए। तब मैं निराश हो गया क्योंकि अब मैं अपनी किसी भी रचना से आश्वस्त नहीं हो पाता; जब तक कोई दूसरा व्यक्ति एक सामान्य पाठक के तौर पर उसे पढ़कर अपनी राय न दे दे। अत: मैंने अपने प्रकाशक यानी 'राजकमल' को इस उपन्यास

की पांडुलिपि नहीं दी, उनके इसरार के बावजूद, कि अचानक क़मरुल इस्लाम जीलानी मेरे यहाँ आ गए। उनसे मेरे रिश्ते की कोई परिभाषा आज तक मेरी समझ में नहीं आई। वे मेरे छोटे भाई भी हैं, दोस्त भी हैं और अब तो हमज़ुल्फ़ भी, यानी साढ़ू। वे आए तो थे अपनी एक बीमारी का इलाज कराने, मगर मैंने उन्हें दूसरी बीमारी के तौर पर अपने इस उपन्यास की पांडुलिपि थमा दी।

और जब उन्होंने इसे पढ़ा तो इस उपन्यास की ऐसी चीर-फाड़ की, जिसकी कल्पना भी नहीं की जा सकती। वैसे तो वे अध्यापक रहे हैं, मगर होम्योपैथी के वे 'मास्टर' हैं; शायद इसीलिए उन्होंने इसे किसी 'होम्योपैथ डॉक्टर' की तरह पढ़ा और समूचे उपन्यास का 'कायाकल्प' कर दिया।

अब ऐसी स्थिति में उनके प्रति क्या आभार व्यक्त करूँ? बस इतना ही कह सकता हूँ कि यह कृति सिर्फ़ मेरी नहीं है बल्कि यह एक सामूहिक प्रयास का नतीजा है। इसमें न केवल चन्द्रदेव यादव या जीलानी शामिल हैं बल्कि इस यज्ञ में सितारा, हुमा और इस उपन्यास के तमाम चरित्र भी शामिल हैं। हालाँकि वे सारे चरित्र काल्पनिक हैं मगर संयोगवश वे वास्तविक भी लग सकते हैं। अगर किन्हीं चरित्रों में उनका चेहरा नज़र आए तो उनसे मेरा निवेदन है कि वे मुझे क्षमा कर दें।

दिसम्बर, 2018
नई दिल्ली

—अब्दुल बिस्मिल्लाह

गड़बड़ा का मेला था।

सितारा अपनी माँ के साथ मेले में घूम रही थी।

गड़बड़ा एक गाँव है। यह गाँव मिर्ज़ापुर के दक्षिणांचल में हलिया नामक ब्लॉक के अन्तर्गत आता है। यहाँ कोटरनाथ और बड़ी माता के दो मन्दिर हैं। यह गाँव शबरी नदी के तट पर बसा है और यहाँ एक ज़माने में बारहो महीने यात्रियों का आना-जाना लगा रहता था। इस पूरे इलाक़े में अक्सर ही कई अवसरों पर मेले लगा करते थे।

मेले वहीं लगते हैं, जहाँ मेला होता है। मेला वहीं होता है जहाँ मेले की सम्भावना क्षीण होती है। मेले की सम्भावना निर्धन क्षेत्रों में ही क्षीण होती है। निर्धन क्षेत्रों में ही पर्वों का आधिक्य भी होता है। इसीलिए हमारे यहाँ पर्व-त्योहार-मेले एक साथ आते हैं।

मिर्ज़ापुर का दक्षिणांचल दरिद्र है। अर्थात् वहाँ के लोग दरिद्र हैं। यद्यपि इसी ज़िले में ओबरा है, जहाँ से देश के एक बड़े भाग में बिजली की आपूर्ति होती है। यहाँ के पहाड़ों में कई तरह के खनिजों के स्रोत भी हैं। यहाँ कलाओं की कमी नहीं। चित्र से लेकर नृत्य तक—सारी कलाओं के महारथी यहाँ मिल जाएँगे। अंग्रेज़ों ने इसीलिए यहाँ अपने ठिकाने बनाए थे। राबर्ट्सगंज और ड्रमंडगंज उन्हीं के बसाए गए नगर हैं; जो रहपटगंज और दिरामलगंज नाम से जाने जाते हैं। ड्रमंडगंज तो अब संस्कृति के रखवालों के कारण सोनभद्र हो गया है और मिर्ज़ापुर डूब गया, मीरजापुर में। यहाँ यह स्पष्ट करना आवश्यक है कि एक विशेष वर्ग के लोग ही 'मिर्ज़ापुर' को 'मीरजापुर' लिखते हैं। और इसके अपने साम्प्रदायिक कारण हैं। 'मिर्ज़ापुर' शब्द से यह बोध होता है कि इस नगर को किसी मिर्ज़ा साहब ने आबाद किया था, जबकि 'मीरजापुर' में जो 'मीरजा' शब्द है उसका अर्थ है समुद्र की बेटी अर्थात् लक्ष्मी। यह 'मिर्ज़ापुर' की राजनीति है।

- मगर मेलों की कोई राजनीति नहीं होती।

मिर्ज़ापुर ज़िले में कई तरह के मेले लगते थे। उन सबका वर्णन नहीं किया जा सकता। राबर्ट्सगंज के पास विजयपुर में शीतला माता का जो प्राचीन मन्दिर है; वहाँ सावन भर मेला लगा करता है। ख़ासकर सोमवार को। मिर्ज़ापुर से लगभग

किलोमीटर दूर गंगा-तट पर चन्द्रिका धाम में मकर-संक्रान्ति का ख़ूब बड़ा मेला लगता था। इसका इतिहास मुग़लकाल तक जाता है। इनके अतिरिक्त ऐसे-ऐसे मेले लगते थे जो अकल्पनीय हैं।

उन्हीं मेलों में गड़बड़ा का मेला भी था। और उसी मेले में सितारा नाम की एक 12-13 वर्षीया लड़की अपनी माँ के साथ घूम रही थी।

मेले का क्षेत्र बहुत बड़ा था। एक तरफ़ नदी और तीन तरफ़ पहाड़। बीच में घास का मैदान। उसी मैदान के किनारे से एक सड़क निकली हुई थी, जो मिर्ज़ापुर को मध्यप्रदेश की सीमा से जोड़ती थी। सड़क के किनारे पीपल का एक पेड़ था। उसकी डालों पर लाल कपड़े के टुकड़े लटके रहते थे। पेड़ के पास ही हनुमना से आने वाली बस रुका करती थी। हनुमना तेंदू पत्तों के व्यापार का केन्द्र था। इन्हीं पत्तों से बीड़ियाँ बनती थीं। इन पत्तों से बनने वाली जबलपुर की शेरछाप बीड़ियाँ बहुत मशहूर थीं। इधर उत्तर प्रदेश में इलाहाबाद के 'लाल ख़ाँ' की बीड़ियाँ थीं। गड़बड़ा के मेले में दोनों ही तरह की बीड़ियाँ बिक रही थीं। ताज़ा-ताज़ा दगी हुई बीड़ियाँ घास के मैदान में चमक रही थीं।

सितारा अपनी माँ के साथ एक सुलग रही बीड़ी की तरह मेले में फिर रही थी।

मेले में बहुत भीड़ थी। लोग थे। दुकानें थीं। मिठाइयों, सेवड़ों और कचालू की दुकानों पर मक्खियाँ भिनभिना रही थीं। चूड़ियों और गुरियों से ज़मीन पर सजी मनिहारिनों की दुकानें। हिन्दू-मुसलमान बज़ाज़े। एक दुकान पर एक युवा बज़ाज़ किसी गँवई किशोरी को फटी बनियान के ऊपर नई बनियान पहना रहा था और उसके वक्षों की बग़ल से खींच-खींच कर सिद्ध कर रहा था कि बनियान की नाप ठीक है।

सितारा ने उस खींच-खिंचाव को अपनी नयन हो रही आँखों से देखा।

मेले में झूले थे। तमाशे थे। जादूगर थे। मेल्टिंग गर्ल थी। मौत का कुआँ था, जिसकी दीवारों पर एक नौजवान मोटरसाइकिल चला रहा था।

मेले में एक हाथी था। एक ऊँट था। तीन ऊँटनियाँ थीं। बैल थे। भैंसे थे। भेड़ें थीं। बकरियाँ थीं। एक दाढ़ीवाला बकरा भी था।

और उन्हीं के बीच घूमता हुआ एक कवि था। उसकी एक ही आँख थी और उसी आँख से वह अपनी पुस्तिका से गा-गाकर कजरियाँ सुना रहा था। वास्तव में वह अपनी पुस्तिका बेच रहा था। मगर लोग सिर्फ़ कजरी सुन रहे थे :

हम्में सैकिल पे चढ़ना सिखाय द पिया
मिरजापुर घुमाय द पिया ना।

शाम हो गई। घरजँवाई की नाईं जाड़ों का दिन। न आते पता चलता न जाते। सूरज पहाड़ों के पीछे न जाने कहाँ खो गया। नदी की तरफ़ धुएँ जैसा कोहरा

छा गया। हवा ठठरियों में तीर मारने लगी। चिड़ियाँ अपने घोंसलों की तरफ़ उड़ चलीं।

मेला मद्धिम पड़ गया। आसपास के गाँवों से आए हुए लोग जंगली पगडंडियों पर चल पड़े। स्त्रियाँ गृहस्थी का सामान लिए, बच्चे रबर की गेंद उछालते अथवा काग़ज़ की फिरकिनियाँ घुमाते हुए। कजरी का गायक कवि न जाने कहाँ ग़ायब हो गया।

दुकानें बढ़ाई जाने लगीं। दीपक और लैम्प हवा के झोंके से ख़ुद ही ठंडे हो गए थे। हरीकेन लालटेनों के काँच पहले काले पड़ गए, फिर उनकी बत्तियाँ धीमी कर दी गईं। इक्की-दुक्की गैसबत्तियाँ हवा भरने पर भी जलने का नाम नहीं ले रही थीं। सर्वत्र अँधेरा फैल गया। दूर जंगलों में बसे गाँवों में ज़रूर रौशनियों के कुछ टुकड़े चमक रहे थे।

ठंड चीत्कार कर रही थी। जनवरी की, जंगल की ठंड। आसमान से पाला झर रहा था। दूर-दराज़ से आए लोग अपने-अपने इकट्ठा किए गए जलावनों के पास पहुँचकर उन्हें सुलगा रहे थे। जाड़ों के वस्त्र और कम्बल आदि कम ही लोगों के पास थे। जलावन भी सीमित था। ताज़ा तोड़े झाड़-झंखाड़ आग नहीं पकड़ रहे थे। उनसे आँखफोड़ू धुआँ उठ रहा था।

सितारा अपनी माँ के साथ गठरी-मुठरी लिए काँपती-ठिठुरती पीपल के पेड़ तले पहुँची। पेड़ की डाली पर फहराती हुई पताकाएँ चुड़ैल की जीभ की तरह प्रतीत हो रही थीं। नीचे उभरी हुई जड़ों से उनके उलटे पैरों का भान होता था।

वहाँ और भी लोग खड़े थे। उनमें इस बात पर बहस चल रही थी कि गोपालगंज जाने वाली सतबज्जी बस हनुमना से आकर चली गई या अभी आई ही नहीं। चिन्ता यह थी कि बस अगर नहीं आई तो गोपालगंज की सवारियों का क्या होगा?

पीपल के पेड़ के नीचे एक अधेड़ साधु बैठा था जो दिन के वक़्त नदारद था। उसने इनकी चिन्ता भाँप ली। बोला :

"फिकर काहे बदे? ओहर बड़मनइन क तम्बू बा। उनहिन माँ घुस जा।"

अब सभी की आँखें उस साधु की ओर मुड़ गईं। उसने बात आगे बढ़ाई :

"मरद लोग जलावन इकट्ठा कर लेयँ। एहर लकड़ी-कंडा भरा पड़ा है। मेहरारू लोग गदेलवन के साथ तम्बू में चली जाएँ। सेर-बाघ बदे हम त हई हैं। कउनो खतरा नाहीं है। बड़मनइन के पास ओढ़े-बिछावे बरे सब कुछ बाटै।"

"अउर बस!"

किसी ने टोका तो साधु देवता मुस्कराए। कहा :

"बस त सरकारी है न! खड़ी हुइ गई होई आपन पितर पुजावै।"

तभी एक ख़ूब ठंडा झोंका आया और पीपल का पेड़ हरहराने लगा।

लोगों की नज़र मेले वाले मैदान के पार पहाड़ की तलहटी की तरफ़ उठी। उधर कुछ तम्बू गड़े हुए थे और कुछ गाड़े जा रहे थे। अगल-बगल से धुआँ भी उठ रहा था। सितारा की माँ ने बेटी का हाथ पकड़ा और उसी दिशा में चल पड़ी। वे एक पेड़ के पास जाकर रुकीं और वहीं बैठ गईं। थोड़ी देर तक वे उकड़ूँ बैठी रहीं, फिर माँ ने गठरी से निकालकर एक फटी-सी धोती फैला दी। अब माँ-बेटी आराम से पालथी मारकर बैठ गईं। मगर ठंडी हवाओं और ऊपर से झरते पाले ने उनका हाल बुरा कर रखा था। बेटी ने एक गठरी से खाने की कोई चीज़ निकाली तो दोनों अपना पेट भरने लगीं।

अचानक मेले के मैदान में कुछ गैसबत्तियाँ चमकीं। नगाड़े की आवाज़ गूँजी। तम्बुओं में सरसराहट हुई। और एक दूसरा ही मेला फिर गुलज़ार हो उठा। पता चला कि मेले में नौटंकी होगी। 'लज्जावती'। जिसमें एक पतिव्रता स्त्री अपने रोगी पति को कंधों पर बिठाकर उसकी वेश्या प्रेमिका के घर ले जाती है।

मेला फिर लग गया। दिन में भेंट-मुलाक़ातों का मेला था, रात में रंगरलियों का।

लगभग सारे तम्बू खाली हो गए। तम्बू बड़मनइन के थे। वे हर साल 'गड़बड़ा' के मेले में आते थे। पूरे तामझाम के साथ। उनमें बाभन भी होते थे, ठाकुर भी और मुसलमान भी। मेला पूरे पन्द्रह रोज़ चलता था। बड़मनई अपनी हैसियत के हिसाब से वहाँ ठहरते थे। वे अपने साथ रज़ाई-गद्‌दा सब लाते थे। दिन में चुहल, रात में मस्ती। चुहल भी ऐसी कि राह चलते भीड़भाड़ में किसी लड़की के वक्ष को दबा दिया। बस। और मस्ती ऐसी कि नौटंकी में लड़की बनकर नाच रहे लड़के को उठाकर तम्बू में ले जाते। बस। अगली सुबह सामान्य रहती।

मेले की गैसबत्तियाँ चमकीं तो सितारा की माँ ने देखा कि और भी लोग जगह-जगह डेरा जमाए पड़े हुए हैं। वे सब उन्हीं की तरह मजबूर लोग थे। किसी की बस छूट गई थी, किसी की बस आई ही नहीं थी, किसी को इतनी देर हो चुकी थी कि जंगली जानवरों के डर से रुक गए थे। मगर सर्दी से सब परेशान थे। किसी के पास पर्याप्त कपड़े नहीं थे। बस कोई-कोई ही था जिसके पास देसी कम्बल था। काले रंग का, जिसे ओढ़ने वाला रीछ लगता था।

अधिकांश लोग झुंड में थे। इसलिए एक-दूसरे से लिपटे हुए थे। बगल में जल रहे जलावन ठंडे पड़ गए थे। नौटंकी में उनके लिए जगह नहीं थी। बस वे दूर से ही पात्रों के आलाप सुन सकते थे।

सितारा भी अपनी माँ के साथ गुड़ी-मुड़ी होकर बैठी थी और काँप रही थी। उसके बदन पर एक शलवार थी और एक कुर्ती। माँ ने धोती और ब्लाउज़ पहन रखा था। ओढ़ने के लिए उनके पास एक फटी-सी चादर थी। वह चादर भी इधर-उधर खिंच रही थी। कभी उसे माँ अपनी तरफ़ खींचती तो कभी बेटी।

अचानक मेले की गैसबत्तियाँ धीमी पड़ गईं और नौटंकी से आने वाले आलाप भी मद्धिम पड़ गए। आसमान से पाला झरना बढ़ गया। हवा लगभग बन्द हो गई। ठंड बढ़ गई। ठीक उसी समय तम्बुओं की तरफ़ लोग आने लगे। सितारा की माँ ने देखा, जहाँ वे लोग बैठे थे उसके पास वाले तम्बू का युवक बाहर खड़ा होकर पेशाब कर रहा था। फिर वह अन्दर चला गया। सितारा की माँ ने उसे पहचान लिया।

अब मेले की रात भी बुझ चुकी थी। कई पल बीत गए थे। तम्बुओं में सन्नाटा छा गया था। सितारा भी ठिठुरती हुई-सी सो गई थी। मगर उसकी माँ जाग रही थी। उसने बेटी को टहोका दिया—

"सितारा!"

"ऊँ।" वह कुनमुनाई।

"जाड़ा लग रहा है?"

"हूँ।"

"ऊ वाला तम्बू नईम का है।"

"ऊँ!"

"नईम है। अपना नईम। अली हसन का बेटा।"

"ऊँ!"

"अरे पगली, उसके पास रजाई-गद्दा सब कुछ है।"

"हूँ।"

"जा के पड़ रह उँही।"

सितारा कुछ नहीं बोली।

"सुना कुछ?"

"ऊँ।"

"हुवाँ रजाई-गद्दा सब कुछ है। जाके सो रह। हियाँ का हाड़ गलाएगी।"

"उहूँ।" सितारा ने जैसे इनकार किया।

"काहे? जा, चली जा।"

अब सितारा उठ बैठी।

"बेटा, ऊ तम्बू नईम का है। जा चली जा। एक तरफ रजाई खींचकर लेट जाना। जाड़ा-पाला से बचना जरूरी है। फिर वो तेरा भाई जैसा है। मैं तो अपना बेटा ही समझती हूँ उसको। तड़के बाहर निकल आना। जा।"

सितारा कुनमुनाई। फिर उसने एक अँगड़ाई ली और धीरे-धीरे चलकर पास वाले तम्बू में घुस गई।

नईम अपने गद्दे पर लिहाफ़ ओढ़े गहरी नींद में सो रहा था। सितारा को ठंड लग रही थी। वह उसकी रज़ाई में घुसकर पड़ रही। मगर न जाने क्यों अब उसकी

नींद ग़ायब हो चुकी थी। शायद वह रज़ाई की गर्मी के एहसास में डूबी हुई थी।

फिर धीरे-धीरे उसे भी नींद आने लगी। और उसने करवट बदल ली।

पता नहीं उन दोनों को कुछ मालूम था या नहीं, मगर प्रकृति के समक्ष सारे रहस्य खुले हुए थे। अचानक सितारा को अपने बदन पर एक सरसराहट का अनुभव हुआ और वह चित्त हो गई। मानो अपने एक अंग के खींचे जाने से वह अकबका गई हो और दोनों अंगों को उसने समर्पित कर दिया हो। अपने दूसरे अंग पर भी उसे एक स्पर्श का अनुभव हुआ—आह्लादपरक अनुभव। वह साँस रोके चित्त पड़ी रही। स्पर्श करने वाला भी साँस रोके हुए था। कुर्ती के अन्दर चिकनी मिट्टी से बना हुआ एक गोला आकार और उस पर किसी का हाथ। साँसों की आवाज़ और फिर एक अजीब ख़ामोशी। स्त्री और पुरुष—पुरुष और स्त्री—दोनों के लिए मानो एक नया अनुभव। फिर एक इन्द्रिय खिसकने लगी। नीचे। वह पुरुष की थी। स्त्री सावधान हो गई। सितारा ने करवट फिर बदल ली।

थोड़ी देर बाद सुबह हो गई। सितारा तम्बू से निकलकर माँ के पास पहुँची। थोड़ा कुछ पका-खा कर दोनों फिर मेला घूमने लगीं। उस रोज़ सितारा ने जानबूझकर देर की और झूला झूलने के चक्कर में हनुमना से गोपालगंज जाने वाली बस छूट गई। दोनों माँ-बेटी को फिर उसी तरह रात गुज़ारनी पड़ी। मगर इस बार माँ ने नहीं, बेटी ने स्वयं कहा—"अम्माँ, मैं नईम भाई के तम्बू में चली जाऊँ?"

माँ को आश्चर्य हुआ। मगर वह उसे रोक न सकी, क्योंकि पहली रात उसी ने वहाँ उसे भेजा था।

और जब मेले की बत्तियाँ धीमी पड़ गईं और नौटंकी के आलाप मद्धिम हो गए तो सितारा फिर नईम के तम्बू में घुस गई।

उस रात नईम मियाँ जाग रहे थे। उन्हें यह भी भान था कि सितारा उनके पास लेटी है।

रात गहरी होती जा रही थी और साथ ही ठंड भी। सितारा की तरफ़ रज़ाई थोड़ी कम पड़ रही थी। अतः वह नईम की तरफ़ थोड़ा और खिसक गई। फिर वह उनसे लिपट-सी गई। और...और फिर सितारा को उसी स्पर्श का अनुभव हुआ जो कि पिछली रात में हुआ था। कुछ देर बाद वह सिहर उठी।

ठंड की उस रात में रज़ाई के नीचे पसीना-सा कुछ बहा...और सितारा ने एक रोमांचक-सा दर्द महसूस किया और बस।

सुबह हो गई। सितारा उठी और अपने कपड़ों को ठीक करती हुई तम्बू से निकलकर अपनी माँ के पास पहुँच गई।

दिन में मेला अपनी रफ़्तार में था। मगर सितारा और उसकी माँ ने किसी तरह उस शाम अपनी बस पकड़ ही ली।

गोपालगंज न शहर था न क़स्बा। वह एक लम्बोतरा-सा बाज़ार था। बीच में सड़क और दोनों तरफ़ दुकानें। दुकानों के ऊपर या पीछे ही रिहाइशी मकान भी बने हुए थे। अधिकांश घरों में पिछवाड़े आँगन थे। सड़क के किनारों पर नीम के पेड़ थे। कुएँ थे। एक जगह रामलीला का चबूतरा था। बिजली अभी नहीं पहुँची थी। मगर स्कूल था। इंटर कॉलेज। अलग से एक प्राइमरी स्कूल भी था।

बाज़ार में हर पेशे के लोग थे। उनकी अपनी-अपनी जातियाँ थीं। वे हिन्दू भी थे और मुसलमान भी। बाज़ार से अलग हटकर ब्राह्मणों-ठाकुरों के मकान थे। एक छोर पर ख़ाँ साहब लोग रहते थे। अली हुसैन का घर उधर ही था।

सितारा और उसकी माँ सड़क किनारे के एक मकान में रहती थीं। साथ में सितारा का बड़ा भाई भी था, जो अविवाहित था। वह साइकिलों की मरम्मत का काम किया करता था। मकान के सामने नीम का एक ख़ूब पुराना टेढ़ा-सा पेड़ था जिसकी डालियाँ मकान के ऊपरी हिस्से में बने बारजे पर छाई रहती थीं। मकान की दीवारों और नीम की निचली डालियों पर साइकिलों के बेकार टायर, ट्यूब, चेन, रिम आदि भिन्न-भिन्न प्रकार के सामान लटके रहते थे। पटरी पर पंक्चर जोड़ने की सामग्रियों के बीच सितारा का भाई हमीद अपने बड़े-बड़े बालों को झटकता हुआ काम में तल्लीन रहता था।

उसकी माँ जब सितारा के साथ गड़बड़ा के मेले से लौटी तो हमीद एक साइकिल के पहिए की टूटी हुई तीली को ठीक कर रहा था। बगल में एक लैम्प जल रहा था। हालाँकि अभी अँधेरा नहीं हुआ था।

''ये चल कैसी रही है?''

हमीद ने सितारा को घूरते हुए पूछा तो कोई कुछ नहीं बोला। दोनों भीतर चली गईं। हमीद की उँगली में तीली चुभ गई और वहाँ हल्का-सा ख़ून छलछला आया। वह अपनी उँगली को मुँह में डालकर चूसने लगा। तभी एक आदमी अपनी साइकिल का पंक्चर ठीक कराने आ गया। और हमीद ने उसे पेचकश थमाते हुए कहा—

''टायर के भीतर से ट्यूब खींचकर बाहर निकालो।''

भीतर जाकर गठरी-मुठरी रखने के दौरान सितारा ने लक्ष्य किया कि माँ उसे कुछ दूसरी ही नज़र से देख रही है। उसने ख़ासकर उसकी आँखों में देखने की कोशिश की। सितारा घबरा उठी। और वह ऊपर जाकर ''जी अच्छा नहीं है'' कहती हुई अपनी पुरानी-सी गुदड़ी में लिपटकर सो गई। कमरे में रौशनी नहीं थी।

माँ ने कुछ नहीं कहा, वह दीये के प्रकाश में मिट्टी के चूल्हे पर भोजन तैयार करने लगी।

अब तक रात काफ़ी गहरी हो गई थी और पाला भी ख़ूब पड़ने लगा था। बाहर का लैम्प तेल कम होने के कारण बुझने लगा था। साइकिल का पंक्चर ठीक नहीं

हो पाया था। हमीद ने सारा साज़ो-सामान समेटकर दुकान बढ़ा दी थी। अब वह भी भीतर जाकर चूल्हे के पास बैठ गया था और दोनों हाथ फैलाकर आग तापने लगा था।

उधर नईम डरा हुआ था। उसे शक था कि कहीं सितारा ने सारी बातें अपनी माँ से बता न दी हों। अगर ऐसा हुआ तो घर-परिवार में और समाज में उसका मान-सम्मान ख़त्म हो जाएगा। उसका कोई कुछ बिगाड़ तो नहीं लेगा मगर इज़्ज़त पर बट्टा लग जाएगा। उसके बाप अली हुसैन बेदाग़ आदमी थे। उन पर कभी किसी ने उँगली नहीं उठाई। माँ तो एकदम पूजनीया क़िस्म की स्त्री थीं। गोपालगंज में सभी छोटे-बड़े उन्हें मान देते थे। दरवाज़े पर कोई भी स्त्री आती, वे अपना पानदान लेकर बैठ जातीं। सबको पान खिलातीं। ग़रीबों को पुराने कपड़े आदि देकर धन्य करतीं। ख़ैरात-ज़कात भी ख़ूब निकालतीं।

अली हुसैन की भतीजी ज़ुबैदा से नईम का रिश्ता लगभग तय-सा था। दोनों इस बात को जानते भी थे। अपने भावी अधिकार के भाव से नईम मियाँ कई बार ज़ुबैदा को दबा-दुबू भी चुके थे। मगर वास्तविक आनन्द सितारा से ही मिला था। वैसे तो बाज़ार के लड़के अधनंगी घूमती लड़कियों की काली-काली मिर्चों तक को चिकोटियाँ काटते रहते मगर गदराए हुए सीपिया आम किसी-किसी को ही नसीब हो पाते। अगर होते भी तो बेशुमार गालियों के साथ। और यहाँ आलम यह था कि नईम मियाँ को सब कुछ सहज ही उपलब्ध हो गया था।

यह सहजता भयावह थी। भयावहता उसके मन को मथे जा रही थी। मगर नईम वास्तविकता को जान लेना चाहता था।

सितारा के लिए यह अनुभव आनन्दातिरेक से भरा हुआ था। उसने कभी सपने में भी नहीं सोचा था कि किसी पुरुष का संग-साथ इतना आनन्ददायक हो सकता है।

और सितारा का चेहरा आरक्त रहने लगा। उसकी समीज के नोक कुछ और बाहर निकल आए। वस्त्र कस उठे। राह चलते उसने किसी स्त्री से सुना :

पहिले बइर सम, फिर भइले टिकोरा।
सैंयाजी के हाथ लागल हो गइ लैं सिंधोरा।

"ई सिंधोरा क्या होता है अम्माँ?" सितारा ने अपनी माँ से पूछा तो माँ ने बताया—

"हिन्दू औरतें काठ की जिस डिबिया में सिन्दूर रखती हैं, उसी को सिंधोरा कहते हैं।"

उसने सितारा को यह नहीं बताया कि सिंधोरा एक प्रकार का आम होता है। माँ जानती थी कि बेर, टिकोरा और आम फलसूचक हैं। सिन्दूर की डिबियाँ यहाँ बेमेल है। मगर सितारा यह गणित नहीं जानती थी।

सितारा सिर्फ़ यह जानती थी कि वह बदल गई है। उसे वह आनन्द मिल चुका है जिसके लिए लड़कियाँ विवाह का इन्तज़ार किया करती हैं। सम्भव है, वह आनन्द कुछ अधिक होता हो, मगर इस आधे-अधूरे आनन्द में जो स्वाद है वह कहीं अधिक मधुर है। सितारा अब जितनी बार आईना देखती, उतनी बार शरमा जाती। उत्तेजित होती, घबराती। बेचैन होती। ऊटपटाँग बातें करती। बिस्तर पर बिलावजह पड़ी रहती। उसे अपने भीतर सरसराहट महसूस होती।

माँ कुछ-कुछ समझती थी, मगर चुप रहती थी।

सितारा डरी हुई थी, मगर उसका डर अब भाग रहा था। डर की जगह शर्म लेती जा रही थी।

एक रोज़ नईम अचानक ही आ पहुँचा। उसकी साइकिल पंक्चर हो गई थी। साइकिल उसने पटरी पर लिटा दी। साइकिल के पहिए घूमने लगे। हमीद के सलाम का जवाब उसने दिया या नहीं, पता नहीं। उसने कहा, "प्यास लगी है।"

हमीद ने माँ को आवाज़ दी। भीतर से कोई जवाब नहीं आया।

"आप ख़ुद ही जाकर पी लीजिए ना!" हमीद ने इस तरह कहा मानो नईम उसके घर का ही सदस्य हो। नईम भीतर चला गया। भीतर कोई नहीं था। नईम ने अधिकार के साथ आवाज़ दी—"सिताराऽऽ!"

"जी, मैं यहाँ हूँ।" सितारा की आवाज़ ऊपर से आई और वह सीढ़ियाँ चढ़ गया। सितारा मामूली-से कपड़े पहने चारपाई पर बैठी थी और कोई किताब पढ़ रही थी।

"पानी मिलेगा?"

नईम ने पूछा तो सितारा ने उसे हँसकर देखा। उसने उठकर उसे पानी दिया। इसके बाद वह फिर चारपाई पर बैठ गई। अब नईम भी उसके पास बैठ गया।

"क्या हो रहा है?"

नईम ने पूछा तो सितारा चुप रही।

"अम्माँ कहाँ हैं?"

नईम ने अगला प्रश्न किया तो पता चला कि वे नदी की ओर गई हैं। नईम ने अपना काम शुरू किया। उसका एक हाथ सितारा की शमीज़ के भीतर गया। शमीज़ दुतल्ली थी इसलिए उँगलियाँ कपड़े से ही उलझ रही थीं। सितारा ने ख़ुद उसकी उँगलियों को अपनी शमीज़ का दूसरा द्वार दिखाया। नईम का दूसरा हाथ नाड़े से उलझ रहा था। नाड़े में गाँठ पड़ गई थी। इस पूरी प्रक्रिया में वह तना जा रहा था और सितारा गली जा रही थी। उसका चेहरा टेसू का फूल हो गया। उसने अपना अंग-अंग फैला दिया। जवाब में नईम ने भी अपना अंग फैलाने की कोशिश की, मगर अचानक हवा से खिड़की का एक पट खुल गया और बाहर की चहल-पहल भीतर घुस आई। नईम चिनार बन गया और सितारा पल-दर-पल अनार होती रही। फिर पीछे का दरवाज़ा खटका और वह उठ बैठी। उठकर उसने झाड़ू उठाया और

घर की सफ़ाई में लग गई। नईम का पाजामा गीला हो गया था इसलिए वह पिछवाड़े बने गुसलखाने में जाकर उसे साफ़ करने लगा।

सितारा की माँ नदी से लौट आई थी।

थोड़ी देर बाद सब कुछ सामान्य हो गया। और हमीद ने भीतर आकर सितारा से कहा, "पंक्चर जोड़ने वाला सलूशन ख़त्म हो गया है। कहीं कोई पुराना ट्यूब तो नहीं पड़ा है?" इस पर सितारा ने गुसलखाने से निकलते हुए नईम की तरफ़ घूरकर देखा और बोली—"सलूशन का ट्यूब तो था मगर रक्खे-रक्खे बह गया।"

हमीद झुँझलाता हुआ बाहर चला गया।

फिर ऐसा कई बार हुआ। कई-कई तरह से हुआ। सितारा और नईम के सामने कई बार ऐसे मौक़े आए। कभी वे असफल हुए और कभी कुछ-कुछ सफल। असफल होने पर सितारा की झुँझलाहट नईम की झुँझलाहट से कुछ ज़्यादा ही दिखाई देती थी।

सितारा की माँ सब कुछ समझ रही थी। वह एक स्त्री थी। वह स्त्री को जानती थी। उसने गौरैया और कुतिया से लेकर घोड़ी और हथिनी तक की बेचैनी को अपनी आँखों से देखा था। वह स्त्री थी, इसलिए पुरुष को भी जानती थी। उसे जवान होते लड़के और लड़कियों की बेचैनी के बारे में मालूम था।

सितारा की माँ अब अपनी बेटी के बारे में नहीं सोच रही थी। वह सोच रही थी अपने वंश के बारे में। उसका वंश क्या था? अब क्या है? क्या हो सकता है—और उसका दिमाग़ भन्नाने लगा। उस भन्नाहट में कई तरह की आवाज़ें थीं। उनमें एक आवाज़ थी स्त्री की। दूसरी आवाज़ थी जाति की।

वह मुसलमान थी। नईम भी मुसलमान था। मगर नईम ख़ाँ साहब का बेटा था। और वह? वह भी ख़ाँ साहबों में शामिल हो सकती है। माध्यम है सितारा। काश! सितारा के भीतर एक दूसरा नईम जड़ जमा लेता।

और सितारा की माँ अब अली हुसैन के घर सितारा को लेकर जाने लगी। कभी-कभी सितारा को वह वहीं छोड़ आती। मगर सितारा के लिए वह जगह सुविधाजनक नहीं थी। नईम के लिए भी नहीं। वहाँ नईम की माँ थी। जब-तब ज़ुबैदा भी आ टपकती थी। सुरक्षित केवल उसका घर था, जहाँ भाई साइकिलों की मरम्मत में जुटा रहता और माँ अक्सर बाहर रहती। इसलिए सितारा अपने ही घर में रहना पसन्द करती।

घर में कई जगहें थीं। ऊपर का कोठा था, टूटा-फूटा गुसलख़ाना था, कोने-अँधेरे थे। सितारा की माँ समझ गई। वह सितारा को पहले से भी ज़्यादा अकेली छोड़ने लगी। अवसर देखकर वह अपनी बेटी को टटोलने भी लगी। वह इस इन्तज़ार में रहने लगी कि बेटी का प्राकृतिक क्रम भंग हो। इससे सबूत पुख़्ता होगा। अली हुसैन ख़ाँ को मजबूर किया जा सकेगा। एक महीने में ऐसे कुछ लक्षण दिखे

भी मगर वे जल्दी ही ग़ायब हो गए। तब सितारा की माँ परेशान हुई। वह सितारा को और छूट देने लगी। नईम को भी। लेकिन पता चला कि नईम तो आगे की पढ़ाई के लिए शहर जाने वाला है। फिर तो उसके पाँवों तले से ज़मीन खिसकने लगी। सितारा को भी यह बात मालूम हुई मगर उस पर कोई फ़र्क पड़ता नहीं दिखा। उसकी दशा उस प्राणी जैसी थी जो सब कुछ खा-पी चुका हो और हर खाद्य पदार्थ उसके लिए एक रस हो चुका हो।

सितारा का मन उन्मुक्त गगन में विचरता रहता और नईम मियाँ शहर चले गए। सितारा की माँ हाथ मलती रह गई। घी का लड्डू उसके गले में अटककर रह गया।

2

हिन्दुस्तान में अब बारिश कम होने लगी थी। बादल आते और उड़ जाते। सुनने में आ रहा था कि ग्लोबल वार्मिंग की वजह से ऐसा हो रहा है। अर्थात् ओज़ोन-लेअर में छेद हो गया है। इसीलिए पृथ्वी का वातावरण बदल गया है। वह छेद क्या है? कैसा छेद है? उस छेद के भीतर क्या है? बाहर क्या है? ये सारे प्रश्न अनुत्तरित थे।

नईम शहर के एक मशहूर कॉलेज में पढ़ रहा था। वह था तो विज्ञान का विद्यार्थी मगर उसे भूगोल में भी दिलचस्पी थी। अतः आए-दिन उसके कमरे में विद्यार्थियों की भीड़ इकट्ठा होती थी। लेकिन उस 'छेद' को लेकर अभी तक कोई विमर्श नहीं हुआ था। विमर्शों का वह ज़माना भी नहीं था। फिर भी एक रोज़ बात चल ही पड़ी।

वे तीन थे—नईम, गौतम और आकाश। आकाश ने कहा, "संस्कृत में जिसे छिद्र कहा गया है वही छेद हो गया है।"

"सुन लो भई, हम बात कर रहे हैं आसमान के छेद की और ये ले आए संस्कृत। संस्कृत में ओज़ोन लेअर को क्या कहते हैं?" गौतम ने चुटकी ली तो नईम हँस पड़ा। बोला—

"वैसे कोई-न-कोई फ़िलासफ़ी तो होगी ही इस छेद की।"

"क्या हम अन्दर आ सकते हैं?"

तभी दो लड़के और आ गए।

"आओ, आओ। बैठो।" नईम ने कहा।

दोनों अन्दर आकर मोढ़ों पर बैठ गए।

उस कमरे में एक फ़ोल्डिंग बेड था और चार मोढ़े। एक कोने में मेज के साथ कुर्सी भी लगी हुई थी। किताबें दीवार में बने अलमारीनुमा ख़ानों में पड़ी थीं।

"यहाँ 'छेद' की फ़िलासफ़ी पर बहस हो रही है।" गौतम ने उन्हें सूचित किया।

वे दोनों ही लड़के मुसलमान थे। एक का नाम था रफ़ीक़ और दूसरे का सलमान।

"छेद की फ़िलासफ़ी बड़ी गहरी है।" सलमान ने बड़ी गम्भीरता से कहा।

सभी लड़के उसकी तरफ़ ग़ौर से देखने लगे।

गौतम ने पूछा, "कैसे?"

"मैं बताता हूँ," आगे बात रफ़ीक़ ने बढ़ाई, "छेद का ताल्लुक़ पूरे समाज से है।"

"अरे बाबा, यहाँ ओज़ोन वाली छेद की बात हो रही है।"

"वह तो हर कोई कर रहा है; मगर उससे होना-हवाना तो कुछ है नहीं। हाँ, ज़रूरी मुद्दों से लोगों का ध्यान ज़रूर हटा रहेगा। समाज के छेदों पर बहस छेड़ेंगे तो पैबन्द लगाने के लिए पूरे मुल्क का कपड़ा कम पड़ जाएगा।"

थोड़ी देर के लिए कमरे में सन्नाटा छा गया। अब सलमान ने बोलना शुरू किया—

"हमारे समाज का सबसे बड़ा छेद है जातिवाद, जिसे हिन्दुओं ने तो समय रहते समझ लिया है मगर हम मुसलमान हैं कि अभी तक न जाने किस छेद में दुबके बैठे हैं।"

"मुसलमानों का जातिवाद से क्या लेना-देना? मुसलमान तो मुसलमान।" आकाश ने प्रतिवाद किया।

रफ़ीक़ मुस्कुराया। वह नईम से मुख़ातिब हुआ। "क्यों नईम भाई, क्या ये ठीक कह रहे हैं?"

नईम चुप रहा।

"मौनं स्वीकृति लक्षणम्।"

आकाश ने विजयी भाव से कहा तो गौतम ने पहलू बदला। बोला—

"नईम इसलिए चुप है कि वह ख़ाँ साहब का बेटा है लेकिन हम जानते हैं कि मुसलमानों में भी जातियाँ हैं और उनकी स्थिति हिन्दू जातियों से बहुत अलग नहीं है।"

"गौतम ने बिलकुल सही कहा," सलमान ने उत्साहित होते हुए कहा, "मगर नईम भाई भी इस विचार से असहमत होंगे, ऐसा हमें नहीं लगता।"

"बोलो नईम।" रफ़ीक़ ने नईम को उकसाया तो वह थोड़ा खुंदक खा गया। बोला—

"हाँ है, मगर वैसा नहीं जैसा कि इन लोगों के यहाँ है।"

"इन लोगों मतलब, हिन्दुओं," सलमान आवेश में आ गया, "अरे नईम मियाँ, आप हैं कहाँ? किस मुल्क में रहते हैं आप? हिन्दुस्तानी समाज में जितनी जातियाँ हिन्दू समाज में हैं लगभग उतनी ही जातियाँ मुस्लिम समाज में भी हैं। क्या आपको

पता है कि मैं नाई हूँ और यह रफ़ीक़ धोबी है। मुसलमानों में कुँजड़े हैं, जुलाहे हैं, धुनियाँ हैं, चुड़िहार हैं, मनिहार हैं; कसाई हैं। और तो और हेला भी हैं—यानी पाख़ाना साफ़ करने वाले, जिन्हें पहले मेहतर कहा जाता था और बाद में 'हलालख़ोर' कहा जाने लगा। हिन्दोस्तान में जब मुसलमान आए तो यहाँ की हर उस जाति के लोगों ने इस्लाम धर्म अपनाया जो हिन्दू समाज में उपेक्षित थे। क्योंकि इस्लाम के हाथ में मसावात का झुनझुना जो था। मगर यह झुनझुना सिर्फ़ बजाने में अच्छा लगता था..."

"देखो सलमान, इस्लाम के बारे में कुछ न कहो।"

नईम ने उसे रोका तो वह चुप हो गया।

"बात इस्लाम की है ही नहीं," रफ़ीक़ बोला, "बात है समाज की, बात है जातियों की..."

"अच्छा तो यह बताओ तुम लोग," गौतम ने बहस में रुचि लेते हुए पूछा, "कि अगर हिन्दू समाज की सभी उपेक्षित जातियों में से लोग इस्लाम की शरण में गए तो उनके पेशों का क्या हुआ?"

"पेशे वही रहे," रफ़ीक़ तपाक से बोला, "नाई, नाई ही रहा और धोबी, धोबी। सिर्फ़ उनके नाम बदल गए। रामू नाई रहमान नाई बनकर रह गया। जैसे रामू नाई, ठाकुर साहब की चारपाई पर नहीं बैठ सकता था, वैसे ही रहमान नाई भी ख़ाँ साहब या सैयद साहब की चारपाई पर बैठने की हिम्मत नहीं कर सकता था। और यही स्थिति अब भी है।"

"फिर लुहारों, बढ़इयों और सुनारों का क्या हुआ?"

यह सवाल नईम ने पूछा तो रफ़ीक़ मुस्कराया। बोला—

"इनको छाँट-छाँटकर बहुत ही सम्मानजनक नाम दिए गए। लुहार हुए 'आहनगर' और सुनार हुए 'ज़रगर', बढ़ई हुए 'तरख़ान' या 'दरख़ान'।"

"ये नाम हमने तो कभी नहीं सुने।"

"कश्मीर जाकर देखो, वहाँ थोक के भाव 'ज़रगर' मिल जाएँगे। थोड़ा और आगे बढ़ोगे तो 'तरख़ान या दरख़ान' नाम से बढ़ई भी मिल जाएँगे।"

"नईम भाई, ये लोग रिसर्च करके आए हैं। इनसे उलझना बेकार है," आकाश ने बात टालते हुए कहा, "चलो हम लोग छेद की बात पर लौटते हैं।"

"नहीं," नईम ने तनते हुए कहा, "अभी ज़रा यह जान लेने दो कि मुसलमानों में चमार, पासी और खटीक वग़ैरह क्यों नहीं हैं?"

सलमान ने हाथ उठाया, मानो कह रहा हो मेरी बात सुनो। सब ख़ामोश हो गए। सलमान ने अपना गला साफ़ किया। फिर बोला—

"सीधे-सीधे कहो कि सूअर पालने वाली जातियों का क्या हुआ? तो सुनो..."

गौतम ने बात काटते हुए कहा, "अरे यार, सब मार-मारकर भंगी बना दिए

गए। चलो, सूअर नहीं पालोगे तो उसका भोजन साफ़ करो। यह मुहावरा ऐसे ही नहीं बन गया है।''

''गौतम, सच-सच बताना, क्या तुम भंगी हो?''

नईम ने पूछा तो गौतम का चेहरा लाल हो गया। बोला—

''और तुम ज़रा सही-सही बताना कि क्या वाक़ई तुम्हारा ख़ून किसी अफ़ग़ानी ख़ान से मिलता है?''

''हाँ, मिलता है।'' नईम ने उठते हुए कहा तो गौतम भी खड़ा हो गया और पूछा, ''सबूत?''

अब सभी खड़े हो गए। सबके चेहरे तने हुए थे। आकाश ने स्थिति को भाँप लिया कि अब किसी भी वक़्त हाथापाई हो सकती है। इसलिए उसने सबको शान्त करते हुए कहा—

''बस! अब आगे कोई और बात नहीं होगी। चलो चलें। नईम भाई, जो हुआ, उसे भूल जाओ। मैं सबकी तरफ़ से माफ़ी माँगता हूँ।''

और सब चले गए।

लेकिन नईम का मन अशान्त हो गया।

कमरे में ताला लगाकर वह बाहर निकल गया। थोड़ा आगे जाकर घंटाघर का मैदान था। कभी चारों तरफ़ दीवारें रही होंगी, अब सिर्फ़ आड़ी-तिरछी ईंटें भर थीं। घंटाघर का मीनार बहुत ऊँचा था। वहाँ चारों ओर घड़ियाँ लगी थीं जो बन्द पड़ी थीं। कहते हैं, पहले घड़ियों में चाभी भरने वाला एक नौकर हुआ करता था। अब कोई नहीं था। घंटाघर के अहाते में अपाहिज, भिखारी और कुत्ते पड़े रहते थे। भिखारियों में कभी कोई लड़की आ जाती तो चन्द दिनों बाद ही वह ग़ायब हो जाती थी। जो रह जाती थी उसका सामूहिक उपयोग होता था। गौतम बता रहा था कि एक बार उसने रात को ऐसा सीन ख़ुद अपनी आँखों से देखा था। उसने कुछ फुसफुसाहट-सी सुनी थी। लड़की अपने उपभोक्ता से कह रही थी, ''डरपोक कहीं के! ले गए थे कहकर कि घर सूना है और नौकरानी बनाकर जमीन पे सुला दिया। अब यहाँ क्या है? ये सब अपाहिज हैं, ये क्या करेंगे।'' लड़की बके जा रही थी और वह साला सुँसुआता जा रहा था। लड़की ने वो लात मारी कि साला दुम दबाकर भाग गया। मन तो हुआ कि...मगर उसे अपना ब्रह्मचर्य याद आ गया।

नईम को गौतम की याद आई। सलमान और रफ़ीक़ की याद आई। आकाश याद आया।

आकाश पर एकादशी का चाँद चमक रहा था। वह उसी मैदान पर एक जगह घास देखकर बैठ गया। बाद में पता चला कि घास पर एक तरफ़ टट्टी पड़ी थी। उसका आकार चौदस के चाँद जैसा ही था। फिर उसके दिमाग़ में फ़िल्म 'चौदहवीं का चाँद' से एक दृश्य कौंधा। अचानक नक़ाब का उठना और फिर गिर जाना।

अर्थात् सौन्दर्य का अधूरापन। तो क्या अधूरापन ही सौन्दर्य है? अगर ऐसा है तो उसके मन में आया वह रूपक कितना गंदा है। नईम ने सोचा। फिर उसे अरब का कैलेंडर याद आया और याद आई शाइरी की परम्परा। मगर उस परम्परा ने सब कुछ चौपट कर दिया। उसने महसूस किया कि उसी परम्परा ने चन्द्रमा का सर्वनाश किया है। तभी तो एक शरारती शाइर ने दूज के चाँद के बारे में यह कहा कि—

"चाँदनी के खेत में हगने जो बैठा माहरू
लेंड़ ख़म खाकर हिलाले-चर्ख़े-गर्दूं बन गया।"

नईम ने अपने दिमाग़ को झटका दिया और वह धीरे-धीरे सामान्य होता चला गया।

चाँद का प्रकाश उसे सुन्दर लग रहा था। नीचे बदबू थी, मगर दूसरी कोई जगह बैठने लायक नहीं थी। कहीं कोई साँड टहल रहा था तो कहीं कुछ गधे चहलक़दमी कर रहे थे।

एकादशी के चाँद को ग्रहण क्यों नहीं लगता? अचानक यह प्रश्न उसके दिमाग़ में कौंधा। नईम बहुत देर तक इस विषय में सोचता रहा। फिर उसकी समझ में आया कि प्रकृति के सारे नियम वैज्ञानिक हैं। चाँद को यूरोप में यूँ ही स्त्रीलिंग नहीं माना गया है। और लूना तो पूर्णिमा को ही ग्रहण योग्य होती है। उसी रात तो उससे चाँदनी का रस झड़ता है। और वह रसवती होती है।

फिर उसका ध्यान अन्य प्राणियों की ओर गया। जानवर हों या पक्षी, कीट हों या पतंग; सबकी मादाएँ जब रसवती होती हैं तभी वे अपने नरों द्वारा भोग्या होती हैं। मगर मनुष्य?

और मनुष्य का विचार आते ही नईम के मन में जुगुप्सा भर गई। संसार में मनुष्य ही एक ऐसा प्राणी है जो पाँच साल की बच्ची के साथ भी रमण कर सकता है। तो क्या मनुष्य 'हिक़ारतुल मख़्लूक़ात' है?

शास्त्रों में जिस प्राणी को मनुष्य कहा गया है, वह तो नीचों का शिरोमणि नहीं हो सकता। हाँ, मनुष्य के रूप में हम जैसे जो प्राणी हैं, उन्हीं में नीचता यानी हिक़ारत भरी हुई है। और उसका कारण है...

उसका क्या कारण है?

उसका कारण है छेद?

ओज़ोन-लेयर का छेद?

नईम का दिमाग़ अब गड़बड़ा गया। वह कभी साइंस की ओर भागता तो कभी संसार की ओर। और फिर उसे सर्वत्र छेद-ही-छेद दिखाई पड़ने लगे। जैसे ग़ारे-हिरा में हज़रत अबू बक्र सिद्दीक़ को दिखे थे।

एक किंवदन्ती है कि अरब की 'हिरा' नामक गुफा में एक साँप रहता था। गुफा की दीवारों में छेद उसी साँप ने बनाए थे क्योंकि उसे पता था कि एक रोज़

हज़रत मुहम्मद साहब तपस्या करने के लिए यहाँ आकर रहेंगे। उसे यह भी मालूम था कि उनके साथ उनके परम स्नेही हज़रत अबू बक्र भी होंगे तो सुरक्षा की दृष्टि से इन छेदों को बन्द करने की कोशिश करेंगे, मगर कोई एक छेद तो बाक़ी बचेगा जिससे अपना सिर निकालकर वह अपने प्यारे पैग़म्बर का दर्शन कर सकेगा। साँप का सोचा सच हुआ। सारी घटनाएँ घटीं। और वह साँप पैग़म्बर का प्रेमी निकला, जिसका रूप धारकर शैतान जन्नत के बाग़ में घुसा था और उसने हव्वा को बहकाया था। और फिर हव्वा के बहकावे में हज़रत आदम भी आ गए थे। और इस तरह इस सृष्टि का आरम्भ हुआ।

साँप के रूप में शैतान भी जन्नत की दीवार में एक छेद बनाकर प्रविष्ट हुआ था। जन्नत तो आसमान में है; कहीं वही छेद तो नहीं है जिसे आज ओज़ोन लेयर का छेद कहा जा रहा है। अब तो वाक़ई वह छेद बहुत बड़ा हो गया होगा। लोग व्यर्थ में मनुष्यों की करतूत को दोष देते हैं।

लेकिन उस साँप का क्या हुआ?

यह सोचते ही नईम के अस्तित्व में एक साँप फनफनाने लगा। उस साँप के कई-कई अवतार होने लगे। एक अवतार वह, जिसमें एक अतृप्त युवती किसी विशिष्ट प्रकार के साँप को ख़रीदना चाहती है। दूसरा अवतार वह, जिसमें चन्दन के पेड़ को साँप भींचे हुए है। तीसरा अवतार वह, जिसमें साँप एक बिल में घुसा जा रहा है। और बिल का द्वार फैलता जा रहा है—पूरा घुसते ही द्वार पूर्वावस्था में लौट आता है। चौथा अवतार वह, जिसमें साँप किसी के गले में लिपटा हुआ नीचे की तरफ़ झाँक रहा है। पाँचवाँ अवतार वह, जहाँ साँप जाँघों के बीच से निकलते हुए ऊपर पके जामुनों की ओर बढ़ रहा है। छठा अवतार वह, जहाँ साँप सीढ़ियों पर चढ़ता-उतरता रहता है और उसे प्रविष्ट होने के लिए कोई उपयुक्त स्थल नहीं मिलता है। सातवाँ अवतार वह, जहाँ साँप टीवी स्क्रीन पर विज्ञापन की तरह आता है और बेचारे उन अंगों को छिपाने की कोशिश करता है, जिनके खुल जाने से देश की सरकार ख़तरे में पड़ सकती है; क्योंकि देश को तो सरकार चला नहीं रही है, मदारी चला रहे हैं। आठवाँ अवतार वह होता है, जब कोई बुद्धिजीविता क़िस्म की औरत यह कहती है कि नौ-दस साल की उम्र में जब मेरी चड्ढ़ी खोली गई तो मैंने देखा कि मेरे रिश्ते के भाई या मेरे चचा की लुंगी में से एक साँप निकलकर मेरे अन्दर घुसने की कोशिश करने लगा। नवाँ अवतार वह होता है, जब साँप प्रतीक बन जाता है। बुद्ध की तरह। लोग समझ जाते हैं कि साँप है भी और नहीं भी। ईश्वर की तरह। फिर साँप के दसवें अवतार का ख़याल आता है। दसवाँ अवतार तो हुआ ही नहीं, वह बाद में होगा! कब होगा? किस रूप में होगा? आदि-आदि... ?

नईम सोच में पड़ गया। आख़िर इस छेद का रहस्य क्या है?

अचानक उसे याद आया, एक बार उसके अब्बू के दोस्त बता रहे थे कि वे एक

बार एक कोठे पर चले गए। वहाँ जो रंडी थी...आगे की कहानी जुगुप्सा भरी थी। उसे सुनकर अब्बू ने कहा था, "इसीलिए कहा गया है कि चौदह साल से ज़्यादा उम्र वाली लड़की से शादी नहीं करनी चाहिए। अरे भाई पहली रात में अगर दुल्हन को हाथ लगाने में फुरहरी न छूटे तो फिर शादी की लज़्ज़त ही क्या!"

इस पर उन सज्जन ने उन्हें रोकते हुए कहा, "अमाँ मैं बीवी की नहीं, रंडी की कहानी सुना रहा था।"

मगर थोड़ी देर बाद पता नहीं क्या हुआ कि वे बेचैन-से हो उठे। बोले, "फुरहरी! मगर मेरी दुल्हन तो..."

और उन सज्जन ने अपनी बीवी को तलाक़ दे दी।

नईम घंटाघर के मैदान से सड़क पर निकल आया। सड़क के किनारे वाली दुकानें अब भी खुली हुई थीं, मगर ठेले-वेले ग़ायब हो गए थे। वह एक सड़क पर चलता हुआ दूसरी सड़क पर पहुँच गया। उस सड़क की दुकानें बढ़ाई जा रही थीं। आगे थोड़ा अँधेरा था। वह उस अँधेरे में घुस गया। थोड़ी दूर चलने पर एक और सड़क आ गई। उस सड़क पर रंडियाँ रहती थीं। वहाँ हर मकान के बग़ल में कोई-न-कोई सीढ़ी थी। सीढ़ियों पर या तो दलाल खड़े थे या फिर लड़कियाँ बैठी थीं। वे लड़कियाँ थीं या औरतें, समझ पाना मुश्किल था। उनके चेहरे पता नहीं किस-किस पदार्थ से पुते हुए थे और उनकी आँखों में से न जाने कौन-कौन से इशारे झाँक रहे थे। एक ने तो अपने ब्लाउज़ को ही हल्का-सा चीर रखा था या शायद वह फट गया हो। एक सीढ़ी पर खड़ी स्त्री उस पुरुष को भद्दी-भद्दी गालियाँ बक रही थी, जो भागता हुआ-सा सीढ़ियाँ उतर रहा था। नईम यह सब देखता हुआ आगे बढ़ा जा रहा था कि एक आवाज़ ने उसे चौंका दिया—

"ए! आ न!"

उसने घूमकर देखा। आवाज़ देने वाली औरत सीढ़ी पर नहीं, अपने घर के द्वार पर खड़ी थी। उसने एक सादी-सी सूती साड़ी पहन रखी थी। उसने शृंगार भी नहीं किया था। उसका चेहरा अपनत्व-भरा था। नईम खड़ा होकर उसकी तरफ़ देखने लगा।

अब स्त्री ने उसे इशारे से अपनी तरफ़ बुलाया। मगर वह ठूँठ बना रहा। तब स्त्री ने अपनी उँगलियों से एक भद्दा-सा इशारा किया। यह देखकर नईम जल्दी से आगे बढ़ गया। पीछे से आवाज़ आई—

"अपने जानवर को क्या गू खिलाता है तू?"

नईम ने इस जुम्ले का अर्थ नहीं समझा। वह सरपट भागता हुआ अपने कमरे में पहुँचा। वह लेट गया लेकिन लेटते ही तनाव महसूस करने लगा।

नईम को उस रात सितारा की एक बार याद आई। मगर वह आई और चली

गई। सितारा से उसे जो कुछ मिलना था, मिल चुका था और विश्वास था कि आगे भी मिलता रहेगा। सितारा उसकी प्रेमिका नहीं थी। न वह सितारा का प्रेमी था। सितारा उसकी मात्र प्रयोगशाला थी। उसके चचा की बेटी ज़ुबैदा उसकी मंगेतर थी। वास्तविक प्रयोग तो वहाँ होना था। अभी तो वह एक विद्यार्थी था। भविष्यद्रष्टा। देश का कर्णधार। क़ौम का भावी आदर्श। गोपालगंज के और अली हुसैन ख़ाँ के वारिस का नैतिक प्रतीक। ऐसा प्रतीक, जिस पर लोग गर्व करें। मगर वह था क्या? ख़ाँ साहब! कौन-सा ख़ाँ? अफ़ग़ानिस्तान का या मुग़ल ख़ानदान का? या सिर्फ़ दौलत की खान था, जिसे पुरानी फ़िल्मों के हीरो 'कान' बोलते थे। खान को वे कान क्यों बोलते थे? क्योंकि खान बोलने के लिए उन्हें 'काफ़' नामक अक्षर में 'दुचश्मी हे' जोड़ना पड़ता, जिसमें एक नहीं, दो-दो छेद होते हैं। इसलिए कहीं ऐसा तो नहीं है कि सारा मामला उस छेद को छिपाने का है जिसका ज़िक्र सलमान और रफ़ीक़ करते थे।

यह सब सोचते-सोचते नईम परेशान हो गया और उसी परेशानी के आलम में वह बग़ैर लाइट ऑफ़ किए ही बिस्तर पर पड़ा रहा।

अगली सुबह से वह पढ़ने में व्यस्त हो गया। शहर में वह पढ़ाई करने आया है, फ़ालतू की बातें सोचने के लिए नहीं। मुसलमानों की दुरवस्था का एकमात्र कारण है अशिक्षा। सरकार क्या करेगी? आज पढ़े-लिखे कितने ही मुसलमान बड़े-बड़े पदों पर बैठे हुए हैं। जो अपढ़ और जाहिल हैं, वे सरकार को कोसते रहते हैं कि उनके साथ अन्याय हो रहा है।

नईम यही सब सोच रहा था और एक किताब में डूबा हुआ था। कमरे में उमस बहुत थी। छत पर लगे पंखे से भी गर्म-गर्म हवा निकल रही थी। बाहर हरियाली का कहीं नाम नहीं था। सड़क पर धूल उड़ रही थी। भादों का महीना जेठ की तरह तप रहा था।

पढ़ते-पढ़ते नईम जब थक गया तो सोचा कहीं चलकर कुछ खा-पी आएँ। वह उठकर तैयार होने लगा। तभी दरवाज़ा खटका और सलमान भीतर दाख़िल हुआ। उसके पीछे-पीछे रफ़ीक़। फिर एक लड़की। नईम अपनी चारपाई पर बैठ गया। बाक़ी सब मोढ़ों पर जम गए। अलैक-सलैक के बाद सलमान ने बोलना शुरू किया—

"पहले इनका तआरुफ़ करा दूँ," उसने उस साँवली और गदबदी-सी लड़की की तरफ़ उन्मुख होते हुए कहा, "इनका नाम हुमा है। ये भी हमारी तहरीक में शामिल हो गई हैं।"

"कैसी तहरीक?" नईम ने अनमने भाव से पूछा तो उत्तर रफ़ीक़ ने दिया—

"वही, मुसलमानों में जो जातिवाद का चक्कर है। कहाँ तो मसावात की बातें और कहाँ जाति के नाम पर अपमान और शोषण।"

"यह सारा चक्कर ही बेकार है।" नईम ने बात ख़त्म करनी चाही, मगर सलमान ने डोर पकड़ ली। बोला—

''क्यों? क्या मुसलमानों में जातियाँ नहीं हैं और इसकी बुनियाद पर उनसे भेदभाव नहीं किया जा रहा है?''

''देखो सलमान, तुम लोगों के दिमाग़ में ये बातें हिन्दुओं की पॉलिटिक्स से आई हैं। अरे भई उन्हें तो राज करना है यहाँ; तुम लोगों को क्या मिलेगा?''

''मिलेगा क्यों नहीं,'' अब हुमा ने मुँह खोला, ''हमें हमारा हक़ मिलेगा और हम उसे लेकर रहेंगे।''

''कैसा हक़? किस हक़ की बात कर रहे हो तुम लोग? कौन-सा ऐसा हक़ है जो इस देश में मुसलमानों को नहीं मिल रहा है?''

नईम तैश में आ गया था। सलमान ने उसे ठंडा करने के उद्देश्य से धीमी आवाज़ में कहा—

''देखो भाई, आज दलित और पिछड़ी जाति के सारे हिन्दुओं को आरक्षण का फ़ायदा मिल रहा है। मगर मुसलमानों को? क्या उनमें भी दलित और पिछड़ी जाति के लोग नहीं हैं?''

नईम अपनी चारपाई पर तनकर बैठ गया। बोला—

''मगर पहले यह साबित तो हो कि मुसलमानों में भी दलित और पिछड़ी जाति के लोग हैं। क्या कोई ऐसी कमेटी है जिसकी रिपोर्ट इसे साबित करेगी? जी नहीं। इसे साबित करने के लिए क़ुरआन और हदीस के हवाले देने पड़ेंगे। क्या ऐसे हवाले हैं तुम लोगों के पास?''

कमरे में सन्नाटा छा गया।

उस सन्नाटे को हुमा ने तोड़ा। बोली—

''सबूत हम देंगे। हम बताएँगे सरकार को कि क़ुरआन और हदीस के सिद्धान्त हिन्दुस्तान के धर्म-परिवर्तन से होने वाले मुसलमानों को ध्यान में रखकर नहीं बनाए गए थे।''

''ठीक'', नईम ने थोड़ा और तनते हुए कहा, ''फिर हिन्दुस्तान के मुसलमान इतने दिनों तक अपनी-अपनी जाति छिपाने के लिए अरबी समाज के सरनेम क्यों लगाते रहे? हमारे यहाँ सारे जुलाहे ख़ुद को अंसारी कहते हैं, धुनिया-चुड़िहार अपने नाम के आगे सिद्दीक़ी लगाते हैं, कसाई सब क़ुरैशी कैसे हो गए, नाई लोग सलमानी क्यों बन गए, फिर हाशिमी, काज़मी, आज़मी...वग़ैरह कहाँ से आ गए? यहाँ तक कि भिखमंगे अपने आगे शाह लगाने लगे और ख़ाँ साहबों की तो भरमार हो गई। जिसे देखो वही अपने आगे ख़ाँ—ख़ाँ नहीं ख़ान—का तमग़ा लगाए घूम रहा है। यहाँ तक कि अंग्रेज़ों के ज़माने में नस्ल और क़ौम के लिहाज़ से नवाब अहमद बख़्श ख़ाँ बेशक सैयद थे और 'ग़ालिब' से कई दरजः ऊँचे लेकिन शम्शुद्दीन अहमद ख़ाँ की माँ तो कमज़ात और पराई थीं, लिहाज़ा ग़ालिब उन्हें ज़ात-पाँत में अपने बराबर न समझते थे। हालाँकि मिर्ज़ा ग़ालिब ने यह रहस्य बना रखा था कि

वे सुन्नी थे या शिया। बहरहाल, किसी तरह तो इन बेचारों ने अपने को ऊँची जातियों में शुमार करके, धोखे से ही, उन ख़ानदानों से रिश्ते तक जोड़ने लगे और अब तुम लोग चले हो उन्हें फिर से उनकी असली जाति बताने। इससे तो उनका अपमान और बढ़ेगा।''

''हमें सम्मान नहीं, हमारा हक़ चाहिए।'' हुमा ने मुट्ठी तानते हुए कहा तो नईम मुस्कराया। बोला—

''बुरा न मानो तो पूछूँ, तुम किस जाति की हो?''

''जोंकहारिन,'' जवाब रफ़ीक़ ने दिया, ''इनके यहाँ जोंक पालने का धंधा होता था। इनके बाप-दादा मिट्टी के छोटे-छोटे घड़ों में जोंक पालते थे और गाँव-गाँव घूमकर ख़तरनाक फोड़ों का इलाज किया करते थे। वे फोड़े पर जोंक चिपका देते थे और जोंक फोड़े का सारा ख़ून-पीप चूस लेता था। मगर हकीम लोग तो ऊँची जाति में शामिल थे, हालाँकि थे वे भी नाई, मगर ये बेचारे जोंकहारे अछूतों की तरह ज़िन्दगी बसर करते थे। अब तो डाक्टर की हैसियत रखने वाले इन लोगों का पेशा ही ख़त्म हो गया।''

''पेशे तो धीरे-धीरे सभी ख़त्म हो रहे हैं,'' सलमान ने बात आगे बढ़ाई, ''अब बड़े-बड़े लोगों ने हेयर-कटिंग सैलून खोल लिए हैं, डाईक्लीनिंग के शॉप्स खुल गए हैं जिनके ज़्यादातर संचालक हिन्दू हैं। टेलर्स का काम भी क्या दर्ज़ियों के हाथ में है? नाई, धोबी और दर्ज़ी तो इनके यहाँ मज़दूरी करते हैं।''

''तो तुम लोग इसके ख़िलाफ़ क्यों नहीं लड़ते?''

नईम ने पूछा तो हुमा भड़क उठी। बोली—

''किसके ख़िलाफ़? पेशों के ख़त्म होने के ख़िलाफ़ या उनकी शक्ल बदलने के ख़िलाफ़? जी नहीं, ऐसा तो हिन्दुओं के यहाँ भी हुआ है। इसीलिए तो उन्होंने अपनी लड़ाई जाति का मुद्दा बनाकर लड़ी, जिसका नतीजा है कि आज उनका पूरा आयोग बन गया है। उनकी हर शिकायत सबसे पहले सुनी जाती है। बच्चों के एडमीशन से लेकर नौकरियों तक में उनकी सीटें सुरक्षित हैं। और हम? हम अभी तक क़ुरआन हाथ में लिए घूम रहे हैं।''

नईम मुस्कराया। उसने थोड़ी देर तक छत पर अपनी नज़रें टिकाए रखीं, फिर बोला—

''मगर उमा, तुम इतनी परेशान क्यों हो?''

''मैं उमा नहीं, हुमा हूँ।'' हुमा उत्तेजित हो गई, ''और मज़ाक़ मुझे बिलकुल पसन्द नहीं। जहाँ तक मेरी परेशानी का सवाल है तो साफ़ बता दूँ कि जातिवाद की असल सज़ा औरत को ही भुगतनी पड़ती है। हिन्दुओं में जैसे कोई भी ब्राह्मण या ठाकुर यह कहता हुआ मिल जाएगा कि मैंने गाँव की किसी चमारिन, पासिन या खटकिन को नहीं छोड़ा है उसी तरह कोई ख़ाँ साहब या सैयद साहब के साहबज़ादे

यह कहते हुए आपको आसानी से मिल जाएँगे कि मैंने अपने इलाक़े की किसी जुलाहिन, चुड़िहाइन या धोबिन को नहीं छोड़ा है। सब मेरी जाँघों के नीचे से निकलकर अपनी सुहागरात मनाने गई हैं।''

हुमा के शब्दों में कड़वाहट थी, मगर नईम को उसमें करेले से बनी कलौंजी का स्वाद मिला और वह पूछ बैठा—

''और जोंकहारिन?''

हुमा अब फनफना उठी। सलमान और रफ़ीक़ के चेहरे भी तन गए। वे कुछ बोलना भी चाहते थे, मगर हुमा ने हाथ के इशारे से रोक दिया। नईम के सवाल का जवाब उसने ख़ुद दिया, एक प्रश्न के साथ—

''आप जोंकहारिन की जगह हेलिन भी तो बोल सकते थे, मगर हेलिन कहने से शायद आपके हलक़ में कुछ उलटा-पुलटा होने लगता। सम्भव है आपको अपना ही पाख़ाना याद आ जाता। ख़ैर, माफ़ कीजिएगा। हो सकता है आपके मुँह से यह लफ़्ज़ मुझे देखकर निकल गया हो। मगर हुमा का मतलब तो आपको मालूम ही होगा; हुमा उस चिड़िया का नाम है जो किसी को दिखाई नहीं देती। और जब वह ख़ुद ही दिखाई नहीं देती तो उसकी हँड़िया में छिपा जोंक कहाँ से दिखाई देगा?''

नईम का मन हुआ कि कहे, अच्छा ऐ लड़की, अपना हँड़िया तो दिखा दे, मगर उसकी हिम्मत नहीं हुई। सलमान और रफ़ीक़ ने मौक़े की नज़ाकत भाँप ली और उठ खड़े हुए।

''उठो हुमा, चलें,'' सलमान ने हुमा को सम्बोधित करते हुए नईम से कहा—''देखो नईम, हम लोगों ने एक संगठन बनाया है—'पद-दलित मुस्लिम समाज'। आज की बातचीत से संगठन का उद्देश्य तो तुम्हारी समझ में आ ही गया होगा। अगले इतवार को टाउनहॉल में हमारा एक प्रोग्राम है। अगर उसमें तुम आ जाओ और मुस्लिम समाज में व्याप्त जातिवाद जैसी कुप्रथा तथा पद-दलित मुसलमानों के अधिकार विषय पर एक भाषण दे सको तो अच्छा रहेगा। तुम्हारे आने से हमें बल मिलेगा। बाहर यह सन्देश जाएगा कि एक ख़ाँ साहब भी हमारे साथ हैं। हुमा की बातों का बुरा न मानना। अभी ये हमारी तहरीक से नई-नई जुड़ी हैं। फिर इनके घरेलू हालात भी ठीक नहीं हैं। अभी चलते हैं, बाद में आपको सब बताएँगे। आज की सारी गुस्ताख़ियों के लिए हम तुमसे माफ़ी चाहते हैं।''

यह कहते हुए सभी लोग चले गए। नईम विचारमग्न हो गया। उसे लगा कि वाकई कहीं कोई छेद है जो वातावरण को गरमा रहा है।

टाउनहॉल वाले कार्यक्रम में नईम नहीं गया था। उस इतवार को वह कमरे में ताला लगाकर ग़ायब हो गया था। वह डर रहा था कि कहीं उसे वे लोग पकड़ न ले जाएँ। दरअसल वह मुसलमानों के जातिवाद में फँसना नहीं चाहता था।

उसके बाद फिर कई रोज़ गुज़र गए; उसके कमरे में कोई आया नहीं। वह अब इत्मीनान से अपने कोर्स की किताबें पढ़ता रहता और कुछ सोचता रहता। कभी-कभी खिड़की से बाहर देख लिया करता था। एक रोज़ उसने देखा कि बाहर, सड़क के पार एक पेड़ के नीचे एक कुत्ता एक कुतिया के साथ उलझा हुआ था। गौतम और आकाश उसी वक़्त उसके पास पहुँचे थे।

"क्या देख रहे हो?" आकाश ने प्रश्न किया तो नईम ने उसे खिड़की के पार वाला दृश्य दिखाया। इस पर उसने टिप्पणी की—

"इसी तरह की एक समस्या तब पैदा हुई थी जब एक मुसलमान औरत के भीतर एक हिन्दू फँस गया था।"

"कैसे?"

"अरे भाई, उसका अगला हिस्सा कटा हुआ तो था नहीं..."

"झूठ।" गौतम ने आपत्ति की। बोला, "और जो मुसलमान लड़कियाँ हिन्दुओं से विवाह कर लेती हैं वो? उनका मामला क्यों नहीं फँसता?"

इस पर सब ख़ामोश रहे मगर कुछ देर बाद आकाश ने कहा—

"ये सारी चीजें पुरुष मानसिकता की देन हैं। स्त्री के अंगों को प्रतीकों में ढालकर प्रस्तुत करना भी घोर अश्लीलता है।"

"और पुरुष के अंगों को?" गौतम ने प्रश्न किया तो आकाश झल्ला उठा। बोला—

"पुरुष के अंगों को लेकर ऐसी बातें नहीं मिलतीं। अगर तुम्हारा इशारा शिवलिंग की तरफ़ है तो वह किसी स्त्री-मानसिकता की उपज हो सकती है, मगर वह आस्था और विश्वास का प्रतीक है।"

"तब तुम कुछ नहीं जानते," गौतम ने बात आगे बढ़ाई, "स्त्री के अंगों पर अनगिनत बातें इसलिए मिलती हैं कि सृजन का स्रोत वही है। इसमें कोई सन्देह नहीं कि पुरुषों की रसलिप्सा भी उसमें शामिल रही है। काव्य और दर्शन ने इस प्रवृत्ति को और भी प्रबल आधार प्रदान किया। मगर स्त्रियों की दृष्टि ने भी पुरुषांग को कई-कई तरह से देखा। कभी साँप के रूप में, कभी कछुवे के मुँह के रूप में, कभी हार्सपावर के रूप में तो कभी..."

"यार अब यह बहस ख़त्म करो, मेरा मन उलझ रहा है।"

नईम ने अपने बाल नोचते हुए कहा तो आकाश और गौतम दोनों चुप हो गए। नईम चारपाई से उठकर कमरे में टहलने लगा। कमरे में उमस थी। मगर बाहर कोई ऐसी जगह नहीं थी जहाँ इत्मीनान से बैठकर बातें की जा सकें। अचानक वह रुका और बोला—

"क्यों नहीं सलमान, रफ़ीक़ और उमा को भी बुला लिया जाए। कल।"

"उमा?" आकाश और गौतम दोनों सकपकाए।

"अरे नहीं यार, हुमा।"

गौतम ने आश्चर्य से नईम की ओर देखा।

"हाँ है तो चिड़िया, वह किसी को दिखाई भी तो नहीं पड़ती।" नईम दार्शनिक अन्दाज़ में बोला।

तब गौतम ने गम्भीरता का बाना धारण करते हुए पूछा, "नईम भाई, यह बताओ कि तुम इस मुद्दे पर इतना परेशान क्यों हो गए?"

नईम ने दोनों को घूरकर देखा और फिर अपनी चारपाई पर जम गया। बोला—

"तुम लोग अभी काव्य और दर्शन की बात कर रहे थे तो मैं अचानक धर्म के बारे में सोचने लगा।"

"मगर टहलने क्यों लगे?" गौतम ने टोका।

"लगा स्वर्ग में टहल रहे हो।" आकाश ने मज़ाक़ किया।

"हाँ, मैं वाक़ई जन्नत में टहल रहा था।" नईम बोला और चुप हो गया। आकाश और गौतम ने कोई टिप्पणी नहीं की। नईम कुछ देर सोचता रहा, फिर बोला—

"आदम और हव्वा की कहानी तो सबको मालूम ही है। मैं दो बातों पर विचार कर रहा था। एक आसमानी किताब में लिखा है कि आदम ने ईव यानी हव्वा के बहकावे में आकर एक वर्जित फल को खा लिया था। इसीलिए वे दोनों जन्नत से निकाल बाहर किए गए। जानते हो, वह वर्जित फल कौन-सा था? सेब यानी अंग्रेज़ी का एप्पल। और दूसरी आसमानी किताब यह बताती है कि आदम ने 'गंदुम' खाया था। और जानते हो, कि गंदुम क्या होता है? गेहूँ। उस वक़्त मैं इस उलझन में फँस गया था कि दोनों में से सही क्या है? मगर मैं अब समझ गया। दोनों ही आसमानी किताबों ने सृष्टि-रचना का वैज्ञानिक विश्लेषण किया है। जिसने कहा सेब, वह पुरानी किताब है और जिसने कहा गेहूँ वह आख़िरी किताब है। अब ज़रा ग़ौर से विचार करो। मनोवैज्ञानिक तौर पर पुरुष पहले सेब को टटोलता है, फिर गेहूँ की तरफ़ बढ़ता है। सेब से उसे मानसिक आनन्द की अनुभूति होती है और गेहूँ से शारीरिक तृप्ति। सृष्टि की रचना के लिए दोनों ही महत्त्वपूर्ण हैं।"

इतना कहकर नईम चुप हो गया। आकाश और गौतम भकुआए से उसे देखते रहे। कमरे में अभेद्य सन्नाटा छाया रहा। खिड़की से बाहर खिलखिलाहट की आवाज़ें आ रही थीं। पास के गर्ल्स स्कूल की छुट्टी हुई थी। और वे सारी आवाज़ें लड़कियों की थीं।

"मगर नईम भाई, हम कुछ समझे नहीं," आकाश ने आहिस्ता से कहा, "वर्जित फल का किस्सा तो हम न जाने कब से सुन रहे हैं पर सेब और गेहूँ का रहस्य उस किस्से से एकदम अलग है। जरा समझाओगे क्या?"

नईम ने अपने दोनों मित्रों को अजीब-सी नज़रों से देखा और पूछा—

''तुम लोग स्त्री के अंगों की बातें तो बहुत रस ले-लेकर करते हो, मगर उन अंगों को कभी ग़ौर से देखा भी है?''

आकाश और गौतम एक-दूसरे को देखने लगे और आँखों-ही-आँखों में कुछ संकेत-सा करने लगे। गौतम ने कहा—

''नईम भाई, सेब का मतलब तो हम समझ गए, मगर गेहूँ?''

''तुमने स्त्री का सेब देखा है?'' नईम ने सख़्त लहज़े में पूछा तो गौतम सहम गया।

आकाश मुस्कराया। बोला—''हाँ, मैंने देखा भी है और महसूस भी किया है।''

''और गेहूँ? क्या तुम लोगों ने गेहूँ के दाने को ग़ौर से देखा है कभी? कैसी होती है उसकी आकृति? घर लौटकर देखना। सेब को भी और गेहूँ को भी!''

आकाश और गौतम दोनों चुप। मानो उन्हें काठ मार गया हो। कमरे में थोड़ी देर के लिए फिर सन्नाटा छा गया।

नईम अपनी चारपाई पर लेट गया था और उसकी पलकें मुँद गई थीं। आकाश की निगाहें खिड़की पर लगी थीं। गौतम कमरे में बिखरी चीज़ों को देख रहा था। वे सोच रहे थे कि नईम शायद और कुछ बोलेगा, मगर जब उन्होंने देखा कि वह लगभग सो-सा रहा है तो दोनों उठ खड़े हुए। बोले—

''अच्छा तो नईम भाई, अब हम लोग जा रहे हैं।''

''ठीक है।'' नईम ने कहा और वह सितारा के सेबों और उसके गेहूँ की सुरंग में खो गया।

बाहर और भीतर, चारों तरफ़ अब रात घिर आई थी।

3

पृथ्वी पर ऋतुएँ कई तरह से आती हैं।

पशु-पक्षियों और दूसरे जीव-जन्तुओं की भी अपनी-अपनी ऋतुएँ होती हैं। हर मादा अपने समय पर ऋतुमती होती है और मतवाला नर किसी भी वेश में आकर उसके भीतर अपना सत्व उड़ेल जाता है। जिसे वह सत्व नहीं मिल पाता, वह हत्भागिन तड़पती रहती है।

सितारा की माँ ने बाज़ार से लाई मछली काटी तो उसके पेट से अंडों की एक थैली निकली। उसने सितारा को आवाज़ दी—

''सितारा, ओ सितारा। ये ले मछली के अंडे। इनसे पकौड़े बना डाल। तेरे भाईजान को मछली के अंडों वाले पकौड़े बहुत पसन्द हैं।''

सितारा गुमसुम-सी आई और अंडों को लेकर बावर्चीख़ाने में चली गई। वह

जब अंडों को बेसन में भरने लगी तो उसे कल्पना में पास की नदी में एक के ऊपर एक चढ़ी हुई मछलियाँ दिखाई पड़ने लगीं। तभी उसे लगा कि उसके जिस्म में चींटियाँ घुस गई हैं। वह अपने पूरे बदन को खुजलाने लगी। उसकी देह में अजीब-सी सिहरन हुई। सितारा ने कड़ाही को यूँ ही चूल्हे पर छोड़ दिया और ऊपर जाकर लेट गई।

"क्या हुआ बिटिया?"

माँ ने सितारा के माथे पर हाथ रखते हुए पूछा तो वह चुप रही।

"बोल न!" माँ ने फिर टोका तो सितारा ने आँखें बन्द कर लीं। बोली—

"बदन में ऐंठन हो रही है अम्मी। भाईजान से कहकर कोई दवा मँगवा दो न।"

माँ चुप रही।

"पूरा बदन चुनचुना रहा है।"

सितारा फिर बोली तो माँ का शरीर भी चुनचुनाने लगा। बोली—

"यह सब मौसमी तकलीफ़ें हैं, अपने आप ठीक हो जाएँगी।"

इतना कहकर वह वहाँ से चली गई लेकिन जाने से पहले उसने अपना हाथ सितारा के सीने पर कसकर दबा दिया। सितारा पहले तो चिहुँकी, मगर फिर करवट बदलकर लेट गई।

सुबह सितारा एक बदली हुई लड़की थी। उसने ख़ूब शृंगार किया और दुकान पर बनने आई एक साइकिल उठाकर सैर को निकल गई। सितारा साइकिल चलाना सीख चुकी थी।

गोपालगंज में बाज़ार था। गोपालगंज में छोटा-मोटा जंगल था। गोपालगंज में नदी थी। नदी दुबली-पतली ही थी, मगर उपयोगी बहुत थी। उसके उस पार वाले जंगल में लोग अपने जानवर चराते थे। वहीं कंजरों की एक बस्ती भी थी, जहाँ दारू बनती थी और छैलों की भीड़ लगती थी। नदी के जल में लोग अपना मल साफ़ करते थे, स्त्रियाँ अपने बच्चों के थीगड़े धोती थीं। उसी जल में पर्व-त्योहारों के पवित्र पुष्पादि सिराये जाते थे। उसी नदी के किनारे व्रतों का पारन होता था। स्पष्ट है कि पारन के लिए पर्व का होना आवश्यक है और हिन्दुओं के ऐसे तमाम पर्व थे, जिनमें जन्माष्टमी का पर्व प्रमुख था। मगर गोपालगंज में तो मुसलमान भी रहते थे, इसलिए अपने पारन की व्यवस्था उन्होंने ख़ुद कर ली थी। उन्होंने क्या, उनके घरों की महिलाओं ने की थी।

भारतवर्ष पर्वों का देश है। अगर पंचांग लेकर बैठा जाए तो यहाँ प्रतिदिन कोई-न-कोई पर्व ज़रूर निकल आएगा। ऐसी स्थिति में बेचारे मुसलमान क्या करें? 'मसावात' के चक्कर में पड़कर वे हो तो गए मुसलमान, मगर पर्व के नाम पर उन्हें

मिली सिर्फ़ ईद। बक़रीद तो बलिदान का दिन है। जिसके पास हैसियत है, वह कराए क़ुर्बानी। चाहे बकरे की कराए चाहे भैंसे की और चाहे ऊँट की। रही ईद बकरीद की नमाज़, तो वह वाजिब है। अनिवार्य नहीं। मगर मुसलमानों ने उसे ही अनिवार्य बना दिया। अब रह गया मुहर्रम! तो वह ग़मी का अवसर है। उस दिन शोक करें या शोक के अलावा कुछ और भी। अब शोक तो चला गया शीया मुसलमानों के ख़ाते में, 'कुछ और भी' करने वाले सुन्नी लानत-मलामत का शिकार होने लगे। इस चक्कर में दंगों की शुरुआत हुई, जिसका केन्द्र बना लखनऊ। फिर भी वे माने नहीं। ताज़िये का जुलूस निकालते रहे; बिलकुल दशहरा वाले अन्दाज़ में। मगर इसके बाद? और क्या करें? तब उन्होंने गढ़े नए-नए पर्व। जैसे बारावफ़ात। यानी हज़रत मुहम्मद का निर्वाण-दिवस। अब देखिए तो यह भी है ग़मी का अवसर। तिस पर दिक़्क़त यह कि सरकारी छुट्टियाँ तो जन्मदिनों पर ही होती हैं तो उन्होंने बारावफ़ात को ईदे-मीलादुन्नबी बना दिया। अब यह संयोग ही है कि हज़रत मुहम्मद साहब का जन्मदिन और वफ़ात यानी पर्दा कर जाने की तारीख़ समान है। अरबी कैलेंडर के रबी-उल-अव्वल नामक महीने की बारह तारीख़। इसलिए यह समानता काम आ ही गई। शबे-बरात और ग्यारहवीं शरीफ़ जैसे त्योहार तो बनाए ही गए, जिनके पीछे कोई-न-कोई कहानी रच ली गई। फिर हिन्दुस्तानी मुसलमानों ने एक और पर्व बनाया—'कूँडे' का पर्व। इस पर्व पर ख़स्ते या मीठे पराँठे बनाए जाते और उन पर चूल्हे के पास ही फ़ातिहा होता है। इन पकवानों को खाया भी जाता है चूल्हे के पास ही। इन्हें किसी के घर भेजा नहीं जाता बल्कि पड़ोसियों को 'कूँडा' खाने के लिए घर ही में बुलाया जाता है और उन्हें भी चूल्हे के पास ही बैठाकर खिलाया जाता है। फिर ऐसे ही किसी बुद्धिमान व्यक्ति ने एक और पर्व का ईजाद किया और उसका नाम रखा—'नाव-नवरिया'।

ज़ाहिर है कि इस पर्व के सन्दर्भ में भी एक कहानी गढ़ी गई। और वह यह कि एक साहब थे ख़्वाजा ख़िज़िर, जो पानी में रहते थे और भूले-भटकों को पानी से बाहर निकलकर राह दिखाते थे। एक दफ़ा उनकी भिड़ंत हज़रत मूसा अलैहिस्सलाम से हो गई थी। हज़रत मूसा को हज़रत ख़िज्र के बारे में पता था; इसलिए वे ज्ञान प्राप्त करने के लिए उनके पास पहुँचे। उनके पहुँचते ही जल देवता अर्थात् हज़रत ख़िज्र बाहर निकल आए और पूछा—"बोलो, क्या चाहते हो?"

"मैं चाहता हूँ कि आप मुझे कुछ ज्ञान दें।" हज़रत मूसा ने इल्तिजा की।

तब हज़रत ख़िज्र उन्हें ज्ञान देने के लिए तैयार हो गए, मगर एक शर्त रख दी कि आपको मेरे साथ सफ़र करना होगा और रास्ते में मैं जो कुछ भी करूँ उस पर कोई टीका-टिप्पणी मत करना। हज़रत मूसा तैयार हो गए।

फिर दोनों एक किश्ती पर सवार होकर दरिया के उस पार पहुँचे। पार पहुँचते ही हज़रत ख़िज्र ने नाव का एक पल्ला तोड़ दिया। हज़रत मूसा को यह बात अच्छी

नहीं लगी और उन्होंने टिप्पणी कर दी। हज़रत ख़िज्र इस पर नाराज हो गए। और उन्होंने उन्हें शर्त की याद दिलाई। हज़रत मूसा ने माफ़ी माँग ली। लेकिन बाद में दो घटनाएँ और घटीं। एक गाँव में पहुँचकर हज़रत ख़िज्र ने एक बच्चे का क़त्ल कर दिया और गाँव में गिरती हुई एक दीवार की मरम्मत करा दी। हज़रत मूसा ने उन घटनाओं पर भी सवाल उठाए। तब हज़रत ख़िज्र ने उन घटनाओं का रहस्य बताया : कि नाव का पल्ला इसलिए तोड़ा कि वहाँ का राजा अच्छी और बेऐब नावों पर क़ब्ज़ा कर लेता था। बच्चे को इसलिए मार दिया कि बड़ा होकर वह माँ-बाप की जान मुश्किल में डालने वाला था और दीवार की मरम्मत इसलिए ज़रूरी थी कि उसके नीचे यतीम बच्चों का धन गड़ा हुआ था। लेकिन यह सब बताने के बाद उन्होंने हज़रत मूसा को आगे अपने साथ ले जाने से मना कर दिया।

कहानी बिलकुल परफ़ेक्ट। ख़्वाजा ख़िज़िर अलैहिस्सलाम की यही भूमिका थी। हो सकता है उन्होंने ही राजा नल के साथ शरारत की हो और यह मसल प्रसिद्ध हुई हो कि :

जब राजा नल पर बिपत परी
तब भूँजी मछरी जल में गिरी

अब यहाँ राजा नल की कहानी से बचते हुए यह बता दें कि पूरे गोपालगंज के मुसलमान 'नाव-नवरिया' पर्व को जन्माष्टमी के ढंग से ही मनाते थे। उनके घरों की स्त्रियाँ काग़ज़ की नाव बनाती थीं और शाम को मौसमी फल, जिसमें सस्ता और सुलभ होने के कारण खीरा ही प्रमुख होता था, लेकर नदी किनारे जाती थीं। वे वहाँ स्नान करती थीं और पानी में अपनी नाव सिराकर फलाहार करती थीं; क्योंकि उस दिन वे रोज़ा रखती थीं।

तो, वह 'नाव-नवरिया' का दिन था और सितारा ने अपनी माँ के कहने पर उस दिन रोज़ा रखा था। काग़ज़ की नाव उसके भाईजान ने बना दी थी। माँ ने छूले के पत्तों में फलाहार सजा दिया था। उसने उस दिन सितारा को अपनी साड़ी पहना दी थी और ब्लाउज़ भी। नहाने के लिए एक अतिरिक्त वस्त्र के रूप में सिर्फ़ उसके पास एक साया था।

नदी किनारे नाव-नवरिया पर फ़ातिहा भी होता था, मगर उसके लिए कोई छोटा-मोटा, अनाड़ी-सा मौलवी ही तैयार होता था। बड़े घरों की मुसलमान औरतें यह सब नहीं करती थीं। इसलिए पर्व मनाने वाली मुसलमान स्त्रियों की संख्या कम ही होती थी। ज़्यादा भीड़ बरसाती नदी में तैरने वाले लौंडों-लपाड़ों की ही होती थी। इसलिए उस दिन जो भी औरतें वहाँ आई थीं उन्होंने लौंडे-लपाड़ों को डाँट-डपटकर भगा दिया और किसी तरह पकड़ में आए कम उम्र के मौलवी से फ़ातिहा पढ़वाकर उसे भी टरका दिया। फिर उन्होंने इधर-उधर आँखें फिराईं। सर्वत्र उन्हें

जंगली झाड़ियाँ दिखीं। दूर-दूर तक मानुस की गन्ध भी नहीं। तब उन्होंने अपने कपड़े उतारे और छिछले जल में स्नान करने लगीं।

उन्होंने जी भरकर स्नान किया। उस वक़्त उन्होंने एक-दूसरे के अंग-प्रत्यंग पर टिप्पणियाँ भी कीं। उन्होंने सितारा के तेज़ी से विकसित होते वक्षों पर भी टिप्पणी की। सितारा उनके मर्म से अनजान शरमाती हुई पानी से बाहर निकलकर अपने शरीर पर साड़ी लपेटने लगी। अब वह ब्लाउज़ पहन रही थी, मगर उसके बटन लग नहीं रहे थे। इस चक्कर में वह बार-बार अपने ब्लाउज़ के पल्लों को अगल-बगल झटक रही थी।

सितारा को क्या पता कि सामने की झाड़ियों में ठाकुर गुन्ना सिंह का भाई गजेन्द्र सिंह अपने एक दोस्त मक़बूल के साथ अपने हाथ में शिकार करने वाली बन्दूक लिए बैठा है।

''ए गजेन्दर, उधर देख।''

मक़बूल ने गजेन्द्र को टोका तो उसने पहले इस बात को लापरवाही से लिया, फिर बार-बार मक़बूल के कहने पर जब उसका ध्यान उधर गया तो वह तड़प उठा। बोला—

''जा, पकड़ उसको।''

मगर तब तक सितारा के ब्लाउज़ के बटन लग चुके थे और वह अपनी नाव को पानी में सिरा रही थी। गजेन्दर और मक़बूल—दोनों ने वह दृश्य देखा और वे परेशान हो गए। तब गजेन्दर ने मक़बूल को आदेश दिया—

''अब जो भी दिखे उसे पकड़ना है।''

तभी मक़बूल ने देखा गजेन्दर के ही टोले की एक लड़की उसी नदी से नहाकर निकली। वह बोला—

''बाबू साहब, वो एक निकली है।''

''उसे लाओ पकड़कर।''

मक़बूल आगे बढ़कर उस लड़की को पकड़ लाया। मगर उसे देखते ही गजेन्दर ने मक़बूल को डाँटा और बोला—''छोड़ दे उसे।''

लड़की भाग गई।

सितारा तब तक जा चुकी थी, मगर उन्हें पता चल चुका था कि सितारा कौन है? गजेन्दर सिंह ने मक़बूल से कहा—

''कल हमें इस लड़की की माँ से मिलना है।''

मक़बूल ने 'जी सरकार' वाले अन्दाज़ में सिर हिलाया और दोनों आगे बढ़ गए।

अगले दिन गजेन्दर की मोटरसाइकिल हमीद की दुकान पर रुकी। हमीद उस समय एक साइकिल का हैंडल ठीक कर रहा था।

''नमस्कार ठाकुर साहब।''

हमीद ने रिंच पकड़े-पकड़े ही कहा और गजेन्द्र सिंह को अजीब-सी आँखों से देखा।

गजेन्दर मोटरसाइकिल से उतरकर पेड़ के पास खड़ा हो गया था और घर के भीतर की तरफ़ देख रहा था, जहाँ बाहरी कमरे में सितारा कपड़ों को तह करने में अपनी माँ की मदद कर रही थी।

''इसका अगला पहिया कुछ टेढ़ा हो गया है। जरा इसको देखना तो हमीद।'' गजेन्दर ने भीतर की तरफ़ देखते-देखते ही हमीद को सम्बोधित किया तो वह चुप रहा।

तब तक भीतर से उसकी माँ ने गजेन्दर को देख लिया और वहीं से उसने नमस्कार किया। गजेन्दर नमस्कार का जवाब देते हुए आगे बढ़ा और दरवाज़े के बाहर चबूतरे पर बैठ गया।

''अरे ठाकुर साहब, ई का? आप भीतर आकर बैठिए न!''

इतना सुनना था कि गजेन्दर बाबू भीतर घुस गए और एक तरफ़ बिछी चारपाई पर बैठ गए। सितारा ऊपर चली गई।

''मोटरसाइकिल ठीक हो जाए तो बता देना हमीद!'' गजेन्दर ने वहीं से आवाज़ दी और उसकी माँ से बोला, ''माँ जी, चाय मिलेगी क्या?''

सितारा की माँ चौंकी।

''आप हमारे यहाँ की चाय पिएँगे?''

''आप भी हद करती हैं माँ जी, आप जानती नहीं क्या कि मक़बूल से मेरी कितनी गाढ़ी दोस्ती है! मैं तो उसके घर सब खाता-पीता हूँ। फिर क्या हम बाम्हन हैं! ठाकुर और मुसलमान तो एक जैसे होते हैं। हमारी तो रिश्तेदारी भी है मुसलमानों के यहाँ।''

''रिश्तेदारी,'' अब तो सितारा की माँ और चौंकी। पूछा, ''वो कैसे?''

''अरे, बनारस के पास जो चकिया चन्दौली है न, उधर के ख़ाँ साहब लोग पहले ठाकुर ही तो थे। मुसलमान हुए तो अपने को ख़ाँ कहने लगे। हमारी ननियाउर है वहाँ।''

''अच्छा,'' सितारा की माँ के चेहरे पर एक चमक-सी आई, फिर उसने सितारा को आवाज़ दी, ''अरे ओ सितारा, गजेन्दर बाबू के लिए चाय बना के ला तो। देखो बिस्कुट-नमकीन न हो तो सामने गोपी की दुकान से बढ़कर ले लो।''

''नहीं माँ जी, बस चाय काफ़ी है। सिर्फ़ चाय लाना सितारा और कुछ नहीं।'' गजेन्दर ने सितारा को इस तरह पुकारा मानो इस घर में उसका रोज़ का आना-जाना हो।

''अउर भइया, घर में सब ठीक तो हैं,'' माँ ने चाय आने तक कुछ बोलते रहने वाले अन्दाज़ में कहा, ''बहू यहीं है कि नइहरे गई है? दिखी नहीं बहुत दिन से!''

गजेन्दर को बहू वाली बात कसैली-सी लगी। वह शादीशुदा तो था, मगर उस समय वह अपने को कुँआरा समझ रहा था। ठाकुरों और मुसलमानों में रिश्तेदारी की बात उसने यूँ ही नहीं कही थी। फिर भी कुछ-न-कुछ जवाब तो देना ही था, इसलिए बोला—

"उसका क्या है, रहना न रहना सब बराबर। न कोई अदब है, न संस्कार। अब आप तो जानती ही हैं कि हमारे भैया का कितना रुतबा है क्षेत्र में। न जाने कितने बड़े-बड़े लोग उनसे मिलने के लिए आते रहते हैं। उनके लिए सरबत-पानी का इन्तजाम करना पड़ता है कि नहीं। भाभी बेचारी कितना करेंगी। और वह इतनी बेसहूर हैं कि..."

तभी स्टील की एक ट्रे में चाय के कप लिए सितारा सामने आ गई।

"नमस्ते।"

चारपाई के पास पड़े स्टूल पर चाय की ट्रे रखते हुए सितारा ने कहा तो गजेन्दर ने ग़ौर किया कि उसने साड़ी-ब्लाउज़ नहीं, बल्कि सफ़ेद रंग की एक सलवार और नीले साटन की समीज़ पहन रखी है। सिर पर दो चोटियाँ घुमा-घुमाकर बाँधी गई हैं।

"बैठो।" गजेन्दर ने चारपाई पर उसके लिए जगह बनाते हुए कहा, मगर वह अपनी माँ के पास ज़मीन पर ही बैठ गई।

"किस कक्षा में पढ़ती हो?"

गजेन्दर ने चाय का कप हाथ में लेते हुए पूछा तो सितारा ने सिर झुका लिया।

"अरे भइया, घर के कामकाज में ही लगी रहती है। दर्जा पाँच तक पढ़ी है। मुलाँ आगे का इस्कूल दूर पड़ता है न, इसीलिए छोड़ दिया। कभी-कभी भाई की दुकान की कोई साइकिल उठाकर चली जाती थी। एक रोज साइकिल रस्ते में खराब हो गई और यह देर से घर आई। उसी बीच, जिसकी साइकिल थी वो चला आया और हमीद से झगड़ा करने लगा। जब ये आई तो हमीद ने इसे इतना मारा कि इस्कूल का नाम ही ये भूल गई।"

इतना बोलते-बोलते सितारा की माँ अपनी आँखें पोंछने लगीं। हालाँकि उन्हें रुलाई नहीं आ रही थी बल्कि यह उनकी आदत थी। मगर गजेन्दर बाबू के भीतर स्त्री-शिक्षा के अवरोध के ख़िलाफ़ एक क्रान्ति-सी उठी और वे बोले—

"वो स्कूल ददरी रोड पर है न! माँ जी कल आप इसे तैयार कर देना। वहाँ की ड्रेस भी यही है—सफेद सलवार और नीली समीज। मेरा तो रोज ही उधर जाना होता है। मैं अपनी मोटरसाइकिल पर इसे ले जाया करूँगा और वापसी में साथ ले आऊँगा। माँ जी, आजकल लड़कियों को पढ़ाना बहुत ज़रूरी है। सरकार ने इस अभियान को तेज करने के लिए तरह-तरह की स्कीमें बनाई हैं। और अल्पसंख्यकों, यानी मुसलमानों के लिए तो और भी न जाने कितनी योजनाएँ हैं। सितारा की आँखें

बता रही हैं कि इसकी बुद्धि बहुत कुसाग्र है। देखिएगा, एक दिन यह अपने खानदान का नाम रोसन करेगी।''

''मगर भइया, पढ़ाई के लिए पइसा...'' सितारा की माँ झिझकती हुई-सी बोली तो गजेन्दर का उत्साह कई गुना आगे बढ़ गया। बोला—

''उसकी चिन्ता आप न करें। मैं आपका बेटा हूँ न! मैं सब बेवस्था कर दूँगा। प्रिन्सिपल तो भैया का चेला है। उससे कहूँगा, सीधे नाइन्थ में नाम लिखो। मतलब अगले साल हाई स्कूल...''

''मगर हम तो सब भूल गए हैं...'' सितारा ने कुछ बोलने की कोशिश की तो गजेन्दर ने उसे वहीं रोक दिया। बोला—

''घबराओ नहीं, सब याद आ जाएगा। फिर कौन-सा तुम जाओगी परीक्षा देने! परीक्षा में कोई और लड़की बैठेगी। तुम्हें आम खाना है कि पेड़ गिनना है। सब मुझ पर छोड़ो। हाई स्कूल करते ही फटाक से इंटर में। और इंटर के बाद! फिर तो सारे रास्ते खुल जाएँगे। इस बीच कहोगी तो किसी सरकारी अस्पताल में नर्स की नौकरी दिला दूँगा। फिर तो रास्ते-ही-रास्ते निकलेंगे। बस, कल तुम तैयार रहना। माँ जी, कल! अब मैं चलूँगा। सहर जाना है; बी.डी.ओ. के खिलाफ एक समाचार छपवाना है। साला दलित स्त्रियों का दैहिक शोषण कर रहा है।''

इतना कहकर गजेन्दर उठा तो सितारा की माँ भी उठ खड़ी हुई। मगर गजेन्दर बाहर नहीं निकला। वह तब तक वहीं खड़ा रहा जब तक कि सितारा नहीं उठी। गजेन्दर ने इस बीच स्टूल पर रखे ट्रे पर नज़र घुमाई जहाँ मक्खियाँ भिनभिना रही थीं। माँ ने सितारा की तरफ़ आँखें तरेरीं। सितारा ट्रे उठाने के लिए झुकी तो उसकी समीज़ गर्दन के पास, नीचे तक खुल गई। गजेन्दर ने उस हिस्से को ग़ौर से देखा। वहाँ अगल-बगल वही दो मिनिएचर्स हिलोरे ले रहे थे जिन्हें उसने मक़बूल के साथ मिलकर दूर से देखा था।

''कल से स्कूल चलना है।'' गजेन्दर ने सितारा की पीठ पर हाथ फेरते हुए कहा।

सितारा ट्रे उठाकर चली गई। उसकी माँ दरवाज़े पर आकर खड़ी हो गई।

गजेन्दर ने बाहर निकलकर देखा कि उसकी मोटरसाइकिल उसी तरह खड़ी है।

''क्या हुआ हमीद! इसका अगला पहिया सीधा हुआ या नहीं?''

गजेन्दर ने बड़े ही कोमल अन्दाज़ में पूछा तो हमीद तनकर खड़ा हो गया। उस वक़्त उसके हाथ में एक बड़ा-सा पेचकश था। उसने उस पेचकश को मोटरसाइकिल के पहिए से छुआया, फिर बोला—

''ठाकुर साहब, इस दुकान पर साइकिलों की मरम्मत होती है, मोटरसाइकिलों की नहीं। इसे आप सहर ले जाइए। वैसे एक बात बता दूँ, कि आपकी मोटरसाइकिल का पहिया टेढ़ा नहीं है। आपको सायद वहम हो रहा है।''

"क्या मतलब?" गजेन्दर थोड़ा-सा झुँझलाया।

"मतलब यह कि कभी-कभी लोग अपनी मोटरसाइकिल में ऐब निकालकर साइकिलों की तरफ ध्यान देने लगते हैं। शायद यही वजह है कि आज आपके दर्सन यहाँ हुए...बुरा मत मानिएगा, आपके भाई साहब तो इलाके के बहुत मसहूर आदमी हैं। उनके छुटके भाई के पास तो चौपहिया होनी चाहिए। इस दुपहिया से कब तक चलते रहेंगे आप?"

"हाँ हमीद, ठीक कहा तुमने। सीघ्र ही मैं चौपहिये पर चलूँगा। इलेक्सन आने दो।"

इतना कहकर ठाकुर गजेन्दर सिंह ने अपनी मोटरसाइकिल स्टार्ट की और चले गए। सितारा ने ऊपर की बालकनी से झुककर उन्हें जाते हुए देखा। और उसके बदन में फिर चींटियाँ सुरसुराने लगीं। सितारा की माँ उसी चारपाई पर लेट रहीं, जिस पर ठाकुर गुन्ना सिंह का भाई ठाकुर गजेन्दर सिंह बैठा हुआ था।

माँ ने अपनी आँखें बन्द कर लीं। उन बन्द आँखों ने क्या देखा? पता नहीं।

मगर शीघ्र ही यह देखा गया कि सितारा ठाकुर गजेन्दर सिंह की मोटरसाइकिल पर बैठकर स्कूल जाने लगी। स्कूली लड़कियों के वेश में वह एक अलग तरह की सितारा लगने लगी। कापियों-किताबों से भरा बैग उसके बायें कंधे से लटकता रहता और उसका दाहिना हाथ अक्सर सीट से चिपका रहता। मगर कभी-कभी कच्ची सड़क पर धचका लगने पर वह हाथ गजेन्दर सिंह की कमर या कंधे पर पहुँच जाता। गोपालगंज के कुछ युवकों ने उसे गजेन्दर सिंह से चिपकी हुई भी देखा था।

सितारा की माँ यह सब अपनी खुली आँखों से देख रही थी। हमीद भी देख रहा था। मगर सब चुप थे। स्कूल से लौटने के बाद सितारा अपने पूरे दिन का विवरण ऐसी रोचकता से बयान करती कि कुछ बोलते-बोलते भी माँ-बेटे की ज़बानों में ताले जड़ जाते।

मगर गोपालगंज के लोगों की ज़बान, जो बाज़ार के एक छोर से दूसरे छोर तक फैली हुई थी, उस पर जड़ने के लिए कितना बड़ा ताला आता? कहाँ से आता और कौन उसे लाता? वह भी उस क़स्बे के मुसलमानों की ज़बान, जिसका एक सिरा अली हुसैन ख़ाँ के इलाक़े में था, दूसरा सिरा अपेक्षाकृत सम्पन्न मुसलमानों के इलाक़े में और तीसरा सिरा जुलाहों-धुनियों की गलियों की तरफ़। उस त्रिशूल पर बसा हुआ काशी धीरे-धीरे कर्बला बनता जा रहा था जहाँ क़ातिल तो बेशुमार थे और मक़तूल था सिर्फ़ एक—सितारा की माँ का घर।

और उस घर को इसकी कोई ख़बर नहीं थी। घर का बेटा साइकिलों की मरम्मत में जुटा रहता था और माँ अली हुसैन ख़ाँ का घर छोड़कर गुन्ना सिंह के घर में बैठकी करने लगी थी।

तभी एक दिन हुआ यह कि स्कूल की वापसी के दौरान नहर की पुलिया पर पहुँचते ही गजेन्दर सिंह की मोटरसाइकिल रुक गई। गजेन्दर सिंह और सितारा—दोनों ही नीचे उतरकर खड़े हो गए।

"क्या हुआ?" सितारा ने अपनी कलाई में बँधी उस घड़ी को देखते हुए पूछा जिसे गजेन्दर सिंह ने ही उसे शहर से लाकर दिया था।

"इसका वो गरम हो गया है।" गजेन्दर ने मुस्कराते हुए जवाब दिया।

"वो क्या?"

"तुम नहीं समझोगी। चलो, पुलिया के नीचे चलकर बैठें। देखो, कितनी अच्छी हवा बह रही है।"

"चलिए।" सितारा ने हवा में लहराते अपने बालों को सँवारते हुए कहा तो गजेन्दर में और जोश आ गया। बोला—"चलो।"

दोनों ढलान से उतरकर पुलिया के नीचे, नहर के किनारे ऊँची-ऊँची घास के बीच बैठ गए।

"आपने कहा था कि इसका वो गरम हो गया है। वो क्या होता है?"

सितारा ने पूछा तो जवाब में गजेन्दर ने उसके एक उभरे हुए हिस्से को दबा दिया और पूछा—"ये क्या है?"

"हट्ट!" सितारा ने बनावटी ग़ुस्से के साथ उसका हाथ अपने उस हिस्से से हटाया और फिर पूछा, "आप तो हमें ये बताइए कि वो क्या होता है?"

"देखोगी?"

सितारा ने अपना सिर झुका लिया।

गजेन्दर समझ गया कि यह लड़की सब कुछ जानती है। उसे लोगों से सुनी हुई यह बात याद आई कि कम उम्र में जो लड़की जिस जड़ को खा लेती है वह हरदम उसी जड़ के लिए तड़पती रहती है।

ठाकुर गजेन्दर सिंह कसमसाने लगे। सितारा ने उन्हें मुस्कुराकर देखा और बोली—

"किसी दिन घर आइए न, तब देखेंगे।"

गजेन्दर सिंह अब पूरी तरह आश्वस्त हो गए और उन्होंने सितारा को अपनी बाँहों में बुरी तरह चपेट लिया। बोले—"कैसा लग रहा है?"

"ऐसा तो फिल्मों में देखा है। हीरो हीरोइन को इसी तरह सीने से लगाकर कहता है।"

"क्या कहता है?"

"पता नहीं, वो अंगरेज़ी में था। हमारी समझ में नहीं आया।"

"वह कहकर मैं बताऊँ?"

"बताइए।"

"आई लव यू।"

"हाँ, हाँ यही कहा था।"

यह कहती हुई सितारा गजेन्दर सिंह के बदन से कुछ ज़्यादा ही चिपक गई।

"तो लव करें?" गजेन्दर सिंह के हाथ मचलने लगे।

"यहाँ नहीं, कोई देख लेगा। घर आना। शाम में।"

"शाम में?"

"हाँ, उस टाइम माँ बाज़ार में होती है और भाईजान कंजरों के मुहल्ले में।"

"पक्का?"

"हूँ।" इतना कहकर वह खड़ी हो गई।

गजेन्दर भी खड़े हो गए। चलते-चलते उन्होंने सितारा को फिर दबोच लिया, मगर सितारा ने उन्हें झटकते हुए कहा—"चलो! हमें अब उलझन हो रही है।"

"चलो नहीं, चलिए कहो।" गजेन्दर सिंह को उसको 'चलो' सम्बोधन ठीक नहीं लगा, मगर सितारा ने उसे डंक मारा। बोली—

"क्यों? चलो कहने से तुम्हारा वो क्या ठंडा पड़ जाता है?"

इस पर ठाकुर गजेन्दर सिंह लाजवाब हो गए। दोनों ढलान से ऊपर आए और मोटरसाइकिल पर सवार हो गए।

सितारा घर पहुँची तो साँझ का तारा ग़ायब हो चुका था और बाज़ार में अँधेरा छा गया था।

घर के दरवाज़े पर साँकल चढ़ी हुई थी। मतलब साफ था कि घर में कोई नहीं है। मोटरसाईकिल से उतरकर सितारा जब किवाड़ खोल रही थी तो गजेन्दर भी पीछे आकर खड़ा हो गया। किवाड़ खुले तो दोनों ही भीतर घुस गए। गजेन्दर ने अन्दर से किवाड़ों की सिटकिनी बन्द कर ली।

अभी थोड़ा ही अरसा बीता था कि बाहर की कुंडी खटकी। एक बार, दो बार, फिर खटखटाहट तेज़ हो गई। तब भीतर से किसी के धड़धड़ाने की आवाज़ आई। दरवाज़ा सितारा ने खोला। सामने माँ खड़ी थी। सितारा अकबका गई। वह अपने सिर और कपड़ों पर हाथ फेरने लगी। तभी आँगन में बने स्नानगृह से हाथ-मुँह धोकर निकलते हुए गजेन्दर सिंह दिखे। वे बिलकुल सामान्य थे। उन्होंने पहले सितारा की माँ को प्रणाम किया, फिर बोले—

"माँ जी, जमाना बहुत खराब है। जब घर में कोई न हो तो ताला लगाकर कहीं निकला कीजिए। हम आए तो देखा कुंडी खुली हुई है। हमारी तो जान ही निकल गई। सोचा, भीतर कोई चोर-वोर न घुसा हो। मगर भगवान की किरपा है कि सभी कुछ सही-सलामत है। सितारा तो अभी भी घबराई हुई है। अच्छा माँ जी, अब हम चलते हैं। आज थकान बहुत हो गई है, नहीं तो चाय पीकर जाते।"

गजेन्दर सिंह एक साँस में इतना सब बोल गए और बाहर निकलकर अपनी

मोटरसाइकिल स्टार्ट करने लगे। तभी हमीद आ गया। वह जब तक उन्हें नमस्कार करता, वे जा चुके थे।

हमीद भीतर घुसा तो उसे बड़ा अजीब लगा। घर में अँधेरा था। वह चीख़ा—

"किसी ने ढिबरी तक नहीं जलाई है अभी तक!"

माँ ने चुपचाप ढिबरी जला दी। कमरे में प्रकाश फैला तो हमीद ने ग़ौर से चारों तरफ़ देखा। पूछा—

"सितारा कहाँ है?"

"ऊपर होगी और कहाँ?" माँ ने कहा और हमीद से पूछा—

"तुम कहाँ थे अब तक?"

"यूँ ही, बाजार की तरफ चला गया था।" हमीद ने सिर झुकाकर जवाब दिया तो माँ की त्योरियाँ चढ़ गईं। बोली—

"तुम्हें नहीं मालूम कि सितारा इस टेम स्कूल से लौटती है? कहीं जाना ही था तो मुझसे बताते, मैं घर पर रहती।"

"क्यों? आज क्या कोई खास बात हो गई?" हमीद ने भी ग़ुस्सा जताया तो माँ सँभल गई। बोली—

"खास बात क्या होगी? ठाकुर साहब कह रहे थे कि खाली घर देखकर कोई चोर-वोर घुस सकता था।"

"चोऽऽर!" हमीद ने बंकिम मुस्कान के साथ कहा, "चोर हमारे घर आएगा? सिवा लोहा-लक्कड़ के और क्या पाएगा यहाँ? हुँह! तुम भी अम्माँ हद करती हो। फिर यह तो सोचो कि ठाकुर गुन्ना सिंह का कितना दबदबा है इस इलाके में। और सब जानते हैं कि उनके छोटे भाई का हमारे घर आना-जाना है। वह अपनी सितारा को स्कूल ले जाता है और वापसी में छोड़ता भी वही है। ऐसे में चोरों का सरताज भी इधर की तरफ कदम बढ़ाने में काँपेगा! हमें तो अम्माँ ठाकुर साहब का सुकरगुजार होना चाहिए कि उन्होंने इतनी इनायत की है हम पर। अच्छा मौका है उनसे कुछ और फायदा उठाने की सोचो। ये चोर-वोर क्या बिगाड़ लेंगे अपना।"

हमीद ने भी एक ही साँस में सब कुछ कह डाला और फिर बाहर निकल गया।

"भाईजान कहाँ गए अम्माँ?"

ऊपर से सितारा की आवाज़ आई तो माँ का चेहरा भावहीन हो गया। उसकी ज़बान लड़बड़ाने लगी। बड़ी मुश्किल से उसने जवाब दिया—"वहीं और कहाँ!... सारे मर्दों का ठौर दो अंगुल की उसी ज़मीन पर है।"

सितारा की माँ अगला वाक्य कैसे बोल गई, उसे पता नहीं। सितारा ने उस वाक्य के मर्म को समझा या नहीं, उसे यह भी पता नहीं। मगर ऊपर से फिर कोई आवाज़ नहीं आई।

सितारा की माँ सिगड़ी सुलगाकर रात का खाना बनाने में व्यस्त हो गई। उसने

सितारा को अपनी मदद के लिए भी नहीं बुलाया। सितारा ख़ुद से सीढ़ियाँ उतरकर नीचे तक आई, मगर माँ को गुमसुम देखकर धीरे-धीरे फिर सीढ़ियाँ चढ़ गई।

4

शहर में निम्नवर्गीय मुसलमानों का आन्दोलन तेज़ होता जा रहा था। आन्दोलन से जुड़े नेता ढूँढ़-ढूँढ़कर ऐसे बुद्धिजीवियों को सामने ला रहे थे जो मुसलमान तो थे, मगर अपनी जाति को छिपाए हुए थे। उनमें विश्वविद्यालयों के प्रोफ़ेसर्स थे, डॉक्टर्स थे, वक़ील थे...और लोग भी थे। उन्हें देश की राजधानी के ही विश्वविद्यालयों में तीन-चार ऐसे प्रोफ़ेसर्स मिल गए जो धुनिया, कुँजड़ा, चुड़िहार या धोबी जाति के थे। कुछ जगहों की पहचान तो ऐसी ही जातियों से है। मसलन आज़मगढ़ और उसके आस-पास रहने वाले अधिकांश मुसलमान 'रौतारा' जाति के हैं जो मूलतः हिन्दू 'राउत' थे। शहर मिर्ज़ापुर में तो ऐसे लोगों की भरमार थी। एक पूरे मुहल्ले में सलमानियों के ख़ानदान बसे हुए थे जो असल में हज्जाम थे। घंटाघर के आसपास जितने अंसारी थे वे सब जुलाहे थे। हालाँकि अपने को वे मदीने के उस अंसार क़बीले से जोड़कर देखते थे जिसने पैग़म्बर मोहम्मद साहब को उस वक़्त शरण दी थी जब उन्हें अपने शस्त्रुओं से परेशान होकर मक्का छोड़ना पड़ा था और वे मदीने में जा बसे थे। विन्ध्याचल पर्वत श्रेणी में स्थित विन्ध्यवासिनी देवी मन्दिर के पास ही कंतित शरीफ़ के आसपास बसे हुए सारे शाह साहब मूलतः भिखारी थे, जो अपने को फ़क़ीर कहते थे, और 'फ़क़ीर' को सूफ़ी चिन्तक एवं दार्शनिक का दर्जा प्राप्त है।

इस आन्दोलन में सलमान, रफ़ीक़ और हुमा—सब आगे-आगे थे। नेताओं ने इन्हें एक और काम सौंप दिया था कि ये कुछ ऐसी जातियों का पता लगाएँ जिनके बारे में अभी तक यह स्पष्ट नहीं हो सका है कि मुसलमान होने से पहले हिन्दू समाज में उनकी जातिगत स्थिति क्या थी?

निश्चय ही यह बहुत कठिन काम था। इस सम्बन्ध में नईम ख़ाँ भी उनकी कोई मदद नहीं कर सकते थे। उन्हें इसमें कोई रुचि भी नहीं थी। मगर उन्होंने एक सलाह दी कि इलाहाबाद विश्वविद्यालय में एक मुसलमान इस विषय पर शोधकार्य कर रहा है, अतः तुम लोग उससे मिलो। शायद कुछ पता चले।

नईम ख़ाँ की सलाह पर वह दल इलाहाबाद पहुँचा और उसने उस शोध छात्र से सम्पर्क किया। शोध छात्र ने उन्हें कुछ इस प्रकार की जानकारियाँ दीं—

"अब देखो भाई, हमारे यहाँ एक जाति है हलवाई। मैं ख़ुद पहले इस जाति को बनिया जाति की एक उपजाति समझता था। मगर जब मैंने देखा कि यहाँ

नख़्ख़ास मुहल्ले में एक मुसलमान हलवाई है तो मेरा दिमाग़ खटका। तब मैंने इस पर रिसर्च की और पाया कि हलवाई शब्द तो 'हलवा' से बना है और फिर यह भी स्पष्ट हुआ कि 'हलावा' शब्द अरबी भाषा का है और इसका मूल अर्थ है मीठी चीज़। फ़ारसी में शीरीन का अर्थ भी मीठी चीज़ ही है। तो मुझे ऐसा लगता है कि जाति के रूप में 'हलवाई' शब्द का प्रयोग भारत में मुसलमानों के आगमन के बाद हुआ होगा। मैंने एक और मिठाई पर ग़ौर किया—जलेबी। यह शब्द भी अरबी भाषा के 'ज़िलेबिया' का संक्षिप्त रूप है। अब आप लोग यह पता करें कि जब किसी जातिनाम के रूप में 'हलवाई' शब्द नहीं था—क्योंकि यह अरबी भाषा से आया है—तब इस देश में 'हलवाई' का समानार्थक शब्द क्या था? मिठाई बनाने वाली जाति का नाम क्या था?"

शोधछात्र के भाषण ने उस दल को उलझन में डाल दिया, मगर उन्होंने उसका पीछा नहीं छोड़ा। वे अब उससे चमार जाति के बारे में पूछने लगे। इस पर वह झल्ला गया। बोला—

"तुम लोग यह समझ लो कि मैं चमार हूँ। बस। अब माफ़ करो और जाओ यहाँ से।"

मगर वे टस-से-मस नहीं हुए। हुमा ने थोड़ी अदा दिखाई और नर्म लहजे में कहा—

"माफ़ कीजिएगा, अगर हमसे कोई गुस्ताख़ी हो गई हो तो माफ़ कीजिए। मगर कुछ तो बताइए।"

"क्या बताऊँ?" शोधछात्र तिलमिलाया हुआ था, "मुसलमानों में एक भी चमार मुसलमान नहीं मिलेगा, मगर चमड़े का सारा बिज़नेस मुसलमानों के हाथ में है। चाहे उत्तर प्रदेश का कानपुर हो या मध्यप्रदेश का जबलपुर।"

"तो फिर चमार कहाँ गए?"

सवाल हुमा ने ही पूछा, इसलिए वह बौखलाया नहीं। बोला, "हो सकता है सभी भंगी बना दिए गए हों।"

"भंगी?"

"हाँ भंगी।"

"तब तो आप यह भी जानते होंगे कि भंगी जाति का इतिहास क्या है?"

"थोड़ा-बहुत।"

"तो फिर बताइए।"

"दरअसल हर समाज की तरह हमारे भारतीय समाज के अपने विधि-विधान थे। क़ायदे-क़ानून थे। समाज के सभी लोगों के लिए यह अनिवार्य था कि वे उन विधि-विधानों, क़ायदे-क़ानूनों का पालन करें। मगर वे सारी आचार-संहिताएँ हर वर्ग के लोगों के लिए अलग-अलग थीं। कुछ लोगों के लिए सम्मानजनक तो कुछ

लोगों के लिए अपमानजनक। ज़ाहिर है, कि जिनके लिए अपमानजनक थीं उनमें से कुछ लोग क्रान्तिकारी हो गए और उन्होंने उन विधि-विधानों को भंग करना शुरू कर दिया। नतीजा यह हुआ कि समाज के प्रतिष्ठित लोगों ने उन्हें दंडित किया। दंडस्वरूप उन्होंने उनसे अपना पाख़ाना साफ़ करवाया और उनकी जाति बना दी भंगी। मध्यकाल में भंगियों ने मसावात के चक्कर में इस्लाम स्वीकार किया तो उन्हें अरबी भाषा का 'मेहतर' लफ़्ज़ और अरबी-फ़ारसी युक्त 'हलालख़ोर' नाम दिया गया। बाद में हलालख़ोर छोटा होकर 'हेला' हो गया।'' वह रुका। फिर बोला, ''अब तुम बोलो, तुम क्या हो? भंगी, चमार या और कुछ?''

हुमा का चेहरा पसीने से तर हो गया। शोधछात्र ने अपना वक्तव्य जारी रखा—

''लेकिन काम उनका वही रहा—पाख़ाना साफ़ करना। चमार और पासी आदि जातियों ने जब इस्लाम स्वीकार करने के बाद अपने पेशे से मुक्त होना चाहा तो उन्हें मार-मारकर भंगी बना दिया गया। फिर यह मुहावरा ही बन गया। उम्मीद है तुमने 'मार-मारकर भंगी बनाने' वाला मुहावरा ज़रूर सुना होगा।''

हुमा का गला सूखने लगा। वह रूमाल से अपने चेहरे पर हवा करने लगी। उसकी यह हालत देखकर रफ़ीक़ और सलमान परेशान हो गए। वे कभी हुमा की ओर देखते तो कभी शोधछात्र की ओर। शोधछात्र भी उनकी स्थिति से परेशान-सा हो गया था। लेकिन वह झल्लाया हुआ था।

थोड़ी देर बाद सलमान ने अपना गला साफ़ करते हुए कहा—

''हम क्या हैं, यह सब हमें पता है। इसीलिए हम यह सब कर रहे हैं। हम इस मुल्क के मुसलमानों को जताना चाहते हैं कि हममें से ज़्यादातर लोग ऐसे हैं जिनके दादा-परदादा मूलतः यहीं के थे। और चूँकि यहाँ का समाज तरह़-तरह की जातियों में बँटा हुआ था, इसलिए हम भी उन्हीं जातियों में से आए हैं। और जब मुल्क के तमाम लोगों को जाति के नाम पर फ़ायदे हो रहे हैं तो हमें भी क्यों न हों? मगर यह तभी सम्भव होगा जबकि हम अपनी मूल जातियों को साबित कर सकें।''

''एक मिनट,'' शोधछात्र ने उसे रोकते हुए पूछा, ''अगर कोई जाँच कमेटी बैठा दी जाए जिसमें दो-चार मौलवी-मौलाना हों और कहा जाए कि इस्लाम के अनुसार जाति की अवधारणा पर रिपोर्ट दी जाए तो क्या होगा? क्या इस्लामी किताबों से वह अवधारणा स्पष्ट हो सकेगी?''

''हम पहले से ही ऐसी नकारात्मक बातें क्यों सोचें,'' रफ़ीक़ ने टोका, ''अभी तो हम सिर्फ़ जाति के आधार पर आरक्षण की बात उठा रहे हैं। आगे देखा जाएगा। फिर मौलवी-मौलाना भी तो धुनिया-बेहना निकल आएँगे।''

शोधछात्र ने कहा—''तुम लोग अब जाओ। जाकर अपना आन्दोलन चलाओ। मुसलमानों के बीच घुस-घुसकर चिमटियों से उनकी जाति का कीड़ा पकड़ो और उसे दिखा-दिखाकर आरक्षण का फ़ायदा उठाओ। अपना आयोग बनवाओ। अपनी-

अपनी जाति के नाम पर चुनाव लड़ो। बस। इसके अलावा और कुछ तो तुम लोग करने से रहे। अरे, और कुछ तुम कर ही नहीं सकते। तुम लोग तो ऐसी स्थिति में भी नहीं हो कि चुनाव जीतकर किसी प्रान्त पर राज कर सको। तुम्हारे पास है ही क्या? क्या है तुम्हारे पास? बताओ। एक ये हुमा है, जिसका कोई वजूद ही नहीं है इस कायनात में। बस, अब जाओ। मेरा पिंड छोड़ो।''

इतना बोलकर शोधछात्र खड़ा हो गया। यह इशारा था कि अब सब जाएँ। रफ़ीक़ और सलमान ने दरवाज़े की तरफ़ क़दम बढ़ाए भी। मगर हुमा स्थिर रही। उसको अपना नाम लिया जाना बुरा लगा था। जाने से पहले वह अपना क्षोभ व्यक्त कर देना चाहती थी। अतः बोली—

''आपने मेरा नाम लेकर जो टिप्पणी की है, वह ठीक नहीं। मैं कोई चिड़िया नहीं हूँ जिसके वजूद को लेकर आपने ऐसी बात कही है। मैं एक लड़की हूँ। एक औरत। जिसके वजूद के बग़ैर इस कायनात का वजूद ही मुमकिन नहीं था।''

यह कहती हुई वह उठी और अपने साथियों के साथ कमरे से बाहर निकल गई।

नईम जिस कॉलेज में पढ़ता था, वहाँ हड़ताल हो गई थी। पढ़ाई बन्द थी। घर से बार-बार चिट्ठियाँ आ रही थीं। उनमें ज़ुबैदा से उसकी शादी की बातें भी होती थीं। उन ख़तों को पढ़कर उसे ज़ुबैदा की याद आती ज़रूर, मगर जब वह बिस्तर में घुसता तो ज़ुबैदा के बजाय सितारा वहाँ घुस जाती। कभी ज़ुबैदा, कभी सितारा...और वह कसमसाता रहता।

जिन दिनों नईम इस मनःस्थिति से गुज़र रहा था, उन्हीं दिनों सलमान, रफ़ीक़ और हुमा का दल उसके कमरे में आ घुसा। जाड़ों के दिन थे और बाहर बादल छाए हुए थे। इसलिए मौसम ठंडा भी था और सुहाना भी। नईम ने रजाई में दुबके-दुबके ही दल का स्वागत किया और दल के सदस्य मोढ़ों पर बैठ गए।

''आजकल क्या हो रहा है भई, कॉलेज में तो हड़ताल है!''

सलमान ने बात शुरू की तो नईम कसमसाकर उठ बैठा। बोला—

''यार, घर से ख़त आ रहे हैं कि चले आओ...।''

''तो चले जाओ,'' रफ़ीक़ ने उसकी समस्या का समाधान करते हुए कहा, ''यहाँ रहकर भी तुम क्या करोगे? तुम हमारे अभियान में शामिल भी तो नहीं हो सकते!''

''कैसा अभियान?'' नईम ने अनजान बनते हुए पूछा तो हुमा ने स्पष्ट किया—

''वही, मुस्लिम समाज में जातिगत भिन्नता और उसके आधार पर हो रहा उनका शोषण...।''

''और उनके लिए आरक्षण क्यों?'' नईम ने मुस्कराते हुए हुमा से पूछा तो उसका चेहरा तन गया। बोली—

''आरक्षण ही क्यों? अधिकार क्यों नहीं?''

''कैसा अधिकार?'' नईम अब तनकर बैठ गया था।

''अधिकार कैसा होता है? क्या उसका कोई रंग-रूप भी होता है? अधिकार तो अधिकार होता है।''

सलमान ने अपनी बात दार्शनिक अन्दाज़ में रखी तो नईम चिढ़ गया। बोला—

''साफ़-साफ़ बोलो, तुम लोग कहना क्या चाहते हो?''

''कहना नहीं, हम लोग यह पूछना चाहते हैं कि,'' रफ़ीक़ ने टोंकते हुए कहा, ''क्या आप किसी ऐसी लड़की से शादी करने को तैयार हो जाएँगे जो ख़ाँ साहबों के ख़ानदान की न हो। या जिसकी जाति का कोई अता-पता न हो?''

''क्या बकवास की बात है।''

नईम झल्ला गया और रजाई में से बाहर निकल आया। दल के सदस्यों ने देखा कि उसकी लुंगी कई जगह या तो गीली थी या मसली हुई थी।

''बुरा न मानिएगा, क्या आपको एहतेलाम की बीमारी है?''

हुमा ने टोका तो नईम पहले तो शरमाया, फिर उसे ग़ुस्सा आ गया। बोला—

''इस तरह की बात करते हुए आपको शर्म नहीं आती?''

''जी नहीं, यह सब क़ुदरती है। मैं सिर्फ़ यह जानना चाहती हूँ कि उस लम्हे में आपके ज़ेहन में जो भी थी, वह ख़ाँ साहबों के ख़ानदान की थी या कोई और?''

''क्या मतलब?''

''मतलब यह कि वह कौन-सी ग़रीब है?''

इस सवाल पर नईम मियाँ झल्ला गए और आपे से बाहर होकर बोले—

''तुम लोग कौन होते हो मेरी ज़िन्दगी में झाँकने वाले? तुम लोग यहाँ से दफ़ा हो जाओ।''

नईम का यह रूप देखकर सलमान और रफ़ीक़ तो घबरा गए मगर हुमा दृढ़ बनी रही। वे दोनों दरवाज़े तक चले भी गए, मगर हुमा रुकी रही। बोली—

''नईम मियाँ, अभी आपको पता ही नहीं है कि ये सब क्यों हुआ? अब आप ज़रा सोचिएगा। हो सकता है आपको देर तक कुछ न पता लगे। मगर यह सिर्फ़ नफ़सियाती मामला नहीं है। यह कुछ और है। अगर अभी कुछ सोच सकें तो मेरी तरफ़ ग़ौर से देखें और बताएँ कि मुझे देखकर आपको कैसा लग रहा है?''

नईम ने अब हुमा नाम की उस लड़की को ग़ौर से देखा, जिसका चेहरा चौड़ा-सा था। आँखें फैली-फैली। शायद कानों तक। होंठ बर्फ़ी के तराशे हुए टुकड़ों की तरह। बाल की एक लट माथे पर 'लाम' या 'क़ाफ' तो नहीं, मगर 'हम्ज़ा' जैसा कोई नक़्शा ज़रूर बना रही थी। नीचे, छातियों पर अमरूद जैसी कुछ आकृतियाँ उभरी हुई थीं। उसकी नज़र फिर हुमा की नाक पर गई, जो किसी कीड़े के काटने की वजह से फूल गई हो। फिर उसने उसके पाँवों को देखा—पाँव के नाख़ून सलीक़े

से कटे हुए थे, मगर मेहंदी लगे वे नाख़ून इस तरह कटे हुए थे जैसे किसी के हुक्म से काटे गए हों। उनके आकार आड़े-तिरछे थे।

नईम ने पूछा—

"तुम क्या हो?"

"बस, मैं यही चाहती थी कि कोई मुझसे पूछे कि तुम क्या हो?" इतना कहने के बाद वह मुस्कराई। फिर उसने कहा, "फ़र्ज़ करो कि मैं एक आवारा क़िस्म की लड़की हूँ। फिर? फिर आप क्या-क्या करेंगे मेरे साथ..."

"अच्छा अब ज़बान बन्द," नईम ने उसे घुड़कते हुए कहा और धमकी दी, "अब अगर एक जुम्ला भी आगे निकाला तो मैं तुम्हारी ज़बान खींच लूँगा।"

हुमा फिर मुस्कराई। उसने एक नज़र अपने जिस्म पर डाली और व्यंग्य भरे लहजे में कहा, "और अगर मैं यह कहूँ कि मैं उस आदमी की बेटी हूँ जिसका तअल्लुक़ आपके यानी ख़ाँ साहबों के ख़ानदान से है, मगर मेरी माँ मीरासन है तो? तो क्या करेंगे आप?"

"हुमा, तुम अब चली जाओ यहाँ से वरना मुझसे बुरा कोई न होगा। और हाँ, अब कभी तुम लोग इस जगह आना मत।"

उसके इतना कहते ही सलमान और रफ़ीक़ फिर भीतर आ गए और हुमा के इर्द-गिर्द खड़े हो गए।

"हम माफ़ी चाहते हैं नईम भाई। सच में हम बहुत शर्मिन्दा हैं," सलमान ने बहुत कोमल स्वर में कहा, "हुमा का इरादा आपको अपमानित करना नहीं था। यह थोड़ी-सी उत्तेजित हो गई थी, बस। इसमें कोई शक नहीं कि यह एक बोल्ड लड़की है, मगर बोल्डनेस कोई बुरी बात तो है नहीं। असल में नईम भाई, हम समाज को यह सचाई दिखाना चाहते हैं कि कहीं-न-कहीं ऐसा कुछ है जो वक़्त आने पर हमें मुसलमान नहीं रहने देता। वह हमें हमारी औक़ात बताने लगता है। उसका इशारा हमारी जाति या नस्ल की तरफ़ होता है..."

"हालाँकि," अब रफ़ीक़ बोला, "दुनिया के लोग और हमारे अपने देश के लोग भी यही समझते हैं कि सारे मुसलमान एक जैसे हैं। न उनमें ऊँच-नीच का भेदभाव है और न ही छुआछूत। मगर वह..."

"है?" नईम ने दाँत पीसते हुए सवाल किया, "हमारे यहाँ छुआछूत है? बोलिए, है? साबित कर सकते हो तुम लोग?"

"नईम भाई, ग़ुस्सा न करें," अब हुमा ने अत्यन्त आत्मीयता के साथ कहा, "मैंने अंट-संट बककर आपको चिढ़ा दिया है, इसलिए आप बहुत ग़ुस्से में हैं। इस वक़्त हम चल रहे हैं। फिर कभी आएँगे। जहाँ तक साबित करने की बात है, हो सकता है कभी आप ख़ुद इस हक़ीक़त को महसूस कर लें। फ़िलहाल हमारे बीच तो किसी क़िस्म का भेदभाव नहीं है। नहीं है न? अच्छा, ख़ुदा हाफ़िज़।"

इतना बोलकर हुमा दरवाज़े की ओर बढ़ी तो सलमान और रफ़ीक़ भी उसके पीछे हो लिए। नईम बिस्तर पर लेटकर अपने बाल खसोटने लगा। उसके दिमाग़ में बस एक बात घूम रही थी कि मुसलमानों में भी ऊँच-नीच का भेदभाव और छुआछूत जैसी कुरीतियाँ हैं। वह इस बात को समझ नहीं पा रहा था। सलमान, रफ़ीक़ और हुमा के दल को अभी तक वह एक राजनीतिक स्टंट ही समझ रहा था। मगर हुमा नाम की उस लड़की ने नईम नाम के इस नौजवान को भीतर तक झिंझोड़कर रखा दिया था।

'अगर हुमा यह सब कह रही है तो ज़रूर इसमें कोई-न-कोई बात होगी।' उसने सोचा और उसके सामने हुमा की तसवीर आकर खड़ी हो गई। मुस्कराती हुई। अपने पूरे नैन-नक़्श के साथ। उस जुम्ले के साथ कि, 'फ़र्ज करो मैं एक आवारा क़िस्म की लड़की हूँ। फिर ? फिर आप क्या-क्या करेंगे मेरे साथ ?' और वह अपने भीतर बेहद शर्मिन्दगी का अहसास करने लगा। उसने अपनी लुंगी छूकर देखी। उसे उबकाई-सी आई। अकेले में वह न जाने क्या-क्या सोचता रहता है। क्या-क्या करता रहता है। और वह लड़की! उसे 'एहतेलाम' शब्द के बारे में कैसे पता ? और अगर पता भी हो तो वह बोल कैसे गई सबके सामने ?

नईम अभी यह सब सोच ही रहा था कि लगा मानो साक्षात हुमा सामने से चली आ रही हो। मुस्कराती हुई। उसके होंठ 'दुपहरिया' के फूल की तरह लाल हैं। गाल एकदम महुवे के दो गोल-मटोल फूल लग रहे हैं। आँखें नीलीं हैं—नीलकमल की तरह। नाक किसी कीड़े के काटने जैसी नहीं, बल्कि तिल के फूल की तरह सुघड़ है। और दाँत बिलकुल कुन्द के फूलों जैसे सफ़ेद और खिले हुए...

अचानक यह दृश्य बदल गया। अब दूसरा दृश्य उभरा। हुमा की चाल हंसिनी जैसी है। उसकी जाँघें मांसल हैं। केले के पेड़ों की भाँति। उसके स्तन भी स्थूल हैं—नारियल के गोले की भाँति। नईम चौंकता है और याद करता है कि हमारे देश का एक कवि-क़िस्म का आदमी हॉलैंड की एक ख़ूब लम्बी लड़की के बिल्व जैसे स्तन देखकर ही स्तब्ध हो गया था।

दृश्य फिर बदलता है। सामने हुमा है। एक सीधी-सादी-सी लड़की। वह उसकी तरफ़ आ रही है और अपने दोनों हाथ फैलाकर उसे आमंत्रित कर रही है। वह मुस्करा रही है। उसके होंठ कह रहे हैं, आओ और मुझमें समा जाओ। या फिर, ताक़त हो तो मुझे अपने में समेट लो।

नईम के कानों में कुछ बजता है और वह सुनता है—

मन तू शुदम तू मन शुदी मन तन शुदम तू जाँ शुदी
ता कस न गोयद बाद अज़ीं मन दीगरम तू दीगरी।

यानी मैं तू हो जाऊँ और तू मैं हो जा। मैं शरीर हो जाऊँ और तू प्राण हो जा।

ताकि बाद में कोई यह न कह सके कि तुम दूसरे हो और मैं दूसरा या दूसरी!

फिर सब कुछ एक घने कुहरे में बदल जाता है। नईम की जब आँखें खुलती हैं तो वह देखता है कि कमरे में वह अकेला है। वह महसूस करता है कि उसे भूख लगी है। पहले तो वह इधर-उधर कुछ देखता है, फिर बाद में तैयार होकर बाहर निकल जाता है।

नईम एक मुस्लिम होटल में जाकर बैठ जाता है। होटल में भीड़ है। लोग बेंचों पर बैठे हुए हैं। टेबुलों पर तामचीन की प्लेटों में भैंस के गोश्त की हड्डियाँ चूस-चूसकर एक तरफ रखी जा रही हैं। सर्दी का मौसम है, इसलिए हर ग्राहक 'पाया' माँग रहा है। होटल के छोकरे सबके आगे पाये की प्लेटें लगा रहे हैं। साथ में गरमागरम नान। पायों पर कटी हुई मिर्चें और हरा धनिया। लोग पायों को अपनी हथेलियों पर ठोक-ठोककर उनका गूदा निकाल रहे हैं। जो नहीं निकाल पा रहे हैं, वे लोग बेयरा-टाइप के उन लड़कों को बुलाकर आदेश दे रहे हैं कि गूदा निकालकर दो। वे लड़के आसानी से गूदा निकालकर उनकी प्लेटों में रख रहे हैं और आपस में न जाने कैसी रहस्य-भरी बातें कर रहे हैं।

नईम ने भी नान और पाये का ऑर्डर दिया है। एक छोकरा उसके सामने सब रख गया है। छोकरा नया है। नईम ने उसे पहले कभी इस होटल में नहीं देखा। वह पानी के गिलास को हिक़ारत के साथ देखता है और कहता है, "साफ़ पानी लाओ।" छोकरा मुस्कराता है और एक दूसरे गिलास में पानी लाकर रख जाता है। पलटते हुए वह मुस्कराता है। नईम को उसकी मुस्कान में चिढ़ाने जैसा भाव नज़र आता है। नईम नान के टुकड़े तोड़-तोड़कर और पाये के शोरबे में उन्हें डुबो-डुबोकर खाने लगता है कि अचानक उसके सामने भी वही समस्या आ खड़ी होती है। उसकी प्लेट में रखे पाये का गूदा उससे नहीं निकल पा रहा है। नईम इस काम में किसी की मदद नहीं लेना चाहता, इसलिए वह अपनी हथेली पर मुक्के मारता जा रहा है, मगर गूदा है कि निकलता ही नहीं। उसकी टेबल पर सर्व करने वाला छोकरा यह देख लेता है और नईम के सामने आकर खड़ा हो जाता है। छोकरा मुस्कराता है।

"लाओ सा'ब, हम निकाल देते हैं।"

वह मुस्कराता हुआ पाये की नली नईम से ले लेता है और न जाने किस कला का प्रयोग करता हुआ टपाक से गूदा निकाल देता है। नईम उस छोकरे को ग़ौर से देखता है। वह हँसता है, फिर बोलता है—

"होता है सा'ब। ऐसा बहुत होता है। कभी-कभी गूदा बहुत मुश्किल से निकलता है।" इतना कहकर वह चल देता है। फिर थोड़ी देर के लिए रुकता है। मुस्कराता है और एक बार फिर बोलता है, "गूदा निकालना सबको आता नहीं सा'ब, सीखना पड़ता है।"

उसका यह जुम्ला नईम को प्रतीकात्मक लगता है और झुँझलाहट के साथ पूछता है—

''अच्छा, तुम्हारी ज़ात क्या है छोटू?''

''हमारी ज़ात! हम धोबी हैं सा'ब।''

छोकरे ने अत्यन्त सहज भाव से जवाब दिया और वहाँ से न जाने कहाँ ग़ायब हो गया! नईम ने गिलास ऊपर उठाया, मगर उसने पानी पिए बग़ैर ही गिलास को टेबल पर रख दिया।

और बिल अदा करके जब वह बाहर निकलने लगा तो काउंटर पर खड़े एक अधेड़-से आदमी ने उससे दरयाफ़्त किया—

''पानी नहीं पिया सा'ब?''

नईम चौंका। उसका चेहरा तमतमाया हुआ था। उसने पूछा—

''आपको अपने होटल में रखने के लिए यही छोकरा मिला है?''

''क्यों सा'ब, इसमें हरज क्या है?''

उस अधेड़-से आदमी ने नईम को घूरते हुए पूछा तो नईम झल्ला गया। बोला—

''आपको पता है, कि यह छोकरा ज़ात का धोबी है?''

''जी, पता है। तो?''

अब वह आदमी सख़्त हो गया था।

''तब तो आपको यह भी पता होगा कि धोबियों का काम क्या?''

''जी, पता है।''

''फिर?''

''अब सा'ब जमाना बदल गया है।''

''आपके लिए बदल गया होगा ज़माना, मगर...''

''मगर क्या?''

''क्या आपको नहीं मालूम कि मेहतरों-हेलों की तरह ये भी अछूत हैं। इनका छुआ खाना-पीना! अस्तग़फ़िरुल्लाह!''

''धोबी और अछूत? कुछ समझ में नहीं आया सा'ब।''

''आप क्या समझेंगे? आपके लिए तो सब धान बाइस पसेरी! यह बात क्या आप भूल गए हैं कि ये लोग छत्तीस ज़ातों के गन्दे कपड़े साफ़ करते हैं। यहाँ तक कि ज़च्चा के नापाक कपड़े भी। नजिस-से-नजिस। हमारे गाँव में तो इनका दिया पान भी कोई नहीं खाता।''

इतना बोलते-बोलते नईम को मितली-सी छूटी और वह दौड़ता हुआ-सा सड़क पर आ गया।

छुआछूत!

अचानक उसके कानों में यह एक शब्द बजा और उसकी चाल में लड़खड़ाहट

आ गई। मगर जल्दी ही वह सँभल गया। उसकी आँखों के सामने पाये की नली से गूदा निकालते हुए छोकरे का चेहरा नाचने लगा और उस चेहरे में कई-कई चेहरों को गड्डमड्ड होते देखता हुआ वह अपने कमरे में आकर बिस्तर में घुस गया। और वह फिर अपने आपसे लड़ने में मशग़ूल हो गया।

उस रात काफ़ी मशक़्क़त के बाद उसे नींद आई। और जब नींद आई तो ख़्वाब में क्या देखता है कि हुमा उसके सामने साक्षात् दुर्गा के रूप में खड़ी है।

"तुम कौन हो?" नईम ने प्रश्न किया तो उत्तर मिला—

"दुर्गा।"

"कौन दुर्गा?"

"वही, जिसने चुनार के क़िले में रहने वाले दुर्ग नामक राक्षस का संहार किया था। चुनार कहाँ है, जानते हो?"

नईम नींद में कुछ बड़बड़ाने-सा लगा। फिर देखता क्या है कि उसकी कई-कई भुजाएँ हैं। वह सिंहवाहिनी, त्रिपुरसुन्दरी और महषिमर्दिनी होती हुई एकदम 'काली' हो जाती है। उसकी एक भुजा में खड्ग, दूसरी में दानव का सिर, तीसरी भुजा वरद-मुद्रा में और चौथी अभय में फैली हुई है। गले में मुंडमाला, जीभ बाहर तक लटकी हुई, कमर में दानवाकृति करधनी और एड़ियों तक लटकते हुए केश। वह ख़ून पी रही है और अपना एक पाँव किसी पुरुष की छाती पर तथा दूसरा पाँव उसकी जाँघ पर रखे हुए उसकी सत्ता को चीर देना चाहती है।

नईम की बड़बड़ाहट और बढ़ गई। तब हुमा ने कहा—

"देख लिया! मिल गया न सबूत! हम इसी समाज की बात कर रहे थे, जो एक लौंडे के गूदान में मुँह मारने में तो शर्म नहीं करता, मगर अपना गू उसी लौंडे के घरवालों से साफ़ करवाता है। अब ज़रा सोचिए कि यह समाज उस ख़ानदान की औरतों का क्या हाल करता होगा? क्या आपने कभी अपना गूदान देखा है? नहीं न! तो बस सावधान हो जाओ। अब तुम कुछ और ही देखोगे।"

और हुमा ग़ायब हो गई।

नईम का ख़्वाब टूट गया।

वह जब सुबह उठा तो उसके दिमाग़ में एक शाइर की छवि उभरी, जिसकी शाइरी की विषयवस्तु, कुछ-कुछ ऐसी ही थी। यानी शरीफ़ों के लिए गन्दगी से भरी हुई। उस शाइर का 'हिलाल-चर्ख़े-गर्दूं' वाला शे'र अचानक उसे याद आ गया और बिस्तर से उठकर वह कमरे में टहलने लगा। तभी अचानक आकाश और गौतम आ टपके। आते ही वे मोढ़ों पर जम गए और नईम से उलझने लगे।

"सच-सच बताओ, किस विचार में डूबे हुए हो?"

आकाश ने पूछा तो गौतम ने उस सवाल को और आगे बढ़ाया—

"यानी हुज़ूर किस फ़िक्र में मुब्तिला हैं?"

नईम अपने बिस्तर पर बैठ गया और मुस्कराने लगा। फिर बोला—

"यार मुझे एक शाइर की याद आ रही है।"

"शाइर? कौन? मीर या मिर्ज़ा ग़ालिब?"

आकाश ने पूछा तो नईम ख़ामोश रहा। तब गौतम ने कुछ और शाइरों के नाम लिए—

"अच्छा, इक़बाल या फ़ैज़? या फिर..."

"नहीं यार, वह इनसे अलग क़िस्म का शाइर है।" नईम ने जवाब दिया, "उस शाइर ने अपना तख़ल्लुस रक्खा था 'चिरकीन'।"

"क्या?" आकाश और गौतम एक साथ चौंके।

"जी हाँ।" नईम ने आगे कहा, "चिरकीन का मतलब समझते हो? नहीं न! तो सुनो, ऐसा बच्चा जो रह-रहकर जगह-जगह पाख़ाना करे...इस क्रिया को 'चिरकना' कहा जाता है। तो उस शाइर ने अपना यही उपनाम रखा और इसी तरह की शाइरी करता था..."

"जैसे?" गौतम ने पूछा तो नईम ने इशारे से उसे चुप रहने को कहा। फिर बोला—

"जैसे :

हम उनके कूचे से जब भी निकलते हैं
क़बा पे इत्र के बजाय हम पेशाब मलते हैं।"

"वाह!"

आकाश ने दाद दी तो नईम ने अपनी आँखें तरेरीं। बोला—

"आगे सुनो। हमारे ये जो चिरकीन साहब थे न, ये थे पक्के शीया। और शे'र कहते थे ग़लाज़त से भरे हुए। लखनऊ के सारे शाइर इस बात से परेशान थे। तब उन्होंने एक तरकीब निकाली, कि क्यों न एक मुशायरा हज़रत अली की शान में मुन्अक़िद किया जाए और यह शर्त रखी जाए कि इस मुशायरे में हर शाइर सिर्फ़ हज़रत अली की शान में अपना कलाम पेश करेगा। फिर देखते हैं चिरकीन साहब क्या करते हैं। ख़ैर, मुशायरा तय हुआ और हमारे चिरकीन साहब वहाँ पहुँच गए। उन्हें शर्त बता दी गई। और जब उनकी बारी आई तो जानते हो, उन्होंने क्या सुनाया?"

अब आकाश और गौतम—दोनों चुप। नईम आगे बढ़ा—

"उन्होंने एक शे'र पढ़ा—

तैग़ खैंची म्यान से जब हैदरे—कर्रार ने...

इतना सुनना था कि महफ़िल में वाह! वाह! का नारा बुलन्द हो गया।...चिरकीन साहब ने थोड़ी देर उस दाद का आनन्द लिया। फिर उन्होंने पूरा शे'र पढ़ा—

तैग़ खेंची म्यान से जब हैदरे-क़र्रार ने
भड़भड़ा कर हग दिया तब लश्करे-कुफ़्फ़ार ने।

सुना?'' नईम इतना कहकर ख़ामोश हो गया। मगर आकाश और गौतम ने कोई प्रतिक्रिया व्यक्त नहीं की। तब नईम ने आगे कहा—

''अब देखो, सब कुछ तो ठीक था, मगर 'हग दिया' ने सब गड़बड़ कर दी। नवाब साहब बेहद नाराज़ हो गए और उन्होंने हुक्म जारी किया कि सुबह सूरज निकलने से पहले चिरकीन मियाँ शहर छोड़ दें। वरना उन्हें सख़्त-से-सख़्त सज़ा मिलेगी।''

''फिर?'' गौतम ने परेशानी के साथ पूछा, मगर नईम ने बड़ी संजीदगी से कहा—

''तब चिरकीन मियाँ अपने बाल-बच्चों के साथ रातों-रात शहर से बाहर निकल गए। मगर जाते-जाते शहर के दरो-दीवार पर एक शे'र लिख गए...''

''कौन-सा शे'र?'' आकाश ने उत्सुकता के साथ पूछा।

नईम ने कहा—

''गुल पे पेशाब किया और चमन छोड़ दिया
मेहतरो ख़ुश रहो, चिरकीं ने वतन छोड़ दिया।''

इतना बोलकर नईम चुप हो गया। तब गौतम ने कहा—

''अब तो तुम्हें हुमा की बात सच लग रही होगी?''

''अबे चुप,'' आकाश ने उसे डाँट दिया, ''ख़ाँ साहबों ने ऐसी न जाने कितनी कहानियाँ गढ़ी हैं हम सबका मज़ाक बनाने के लिए।''

''यानी?'' नईम ने चौंककर पूछा तो आकाश ने छूटते ही कहा—

''यानी कि तुम लोग हम सबको मेहतर समझते हो और कुछ नहीं।''

इतना बोलकर आकाश उठ खड़ा हुआ और दरवाज़े की तरफ़ चल पड़ा। गौतम ने भी उसका अनुकरण किया। और नईम फिर अकेला हो गया।

5

बोर्ड की परीक्षाएँ नज़दीक आती जा रही थीं। मगर सितारा उनसे बिलकुल बेख़बर थी। वह सिर्फ़ ठाकुर गजेन्दर सिंह की मोटरसाइकिल पर बैठी, अपने लम्बे-लम्बे बाल लहराती इधर-से-उधर और उधर-से-इधर आती-जाती नज़र आती। अब उसकी आँखों पर धूप का फ़ैशनेबल चश्मा लगा होता और होंठों पर लिपस्टिक की लकीरें चमक रही होतीं। उसके साथ पढ़ने वाली लड़कियाँ उसे देखतीं तो एक-

दूसरे के कानों में न जाने क्या-क्या फुसफुसातीं। मधु और सरिता तो अपनी उँगलियों से कुछ ऐसे इशारे भी करतीं कि दूसरी लड़कियाँ शरमा जातीं। कभी-कभी उनमें किसी बात को लेकर झगड़ा भी हो जाता। लड़कियों के उस झुंड में गोपालगंज की एकमात्र मस्जिद के मोलवी साहब की बेटी सलमा भी थी, जो अक्सर सितारा का पक्ष लिया करती थी क्योंकि लगभग सारी इशारेबाज़ियाँ सितारा को लेकर ही हुआ करती थीं। मोलवी साहब चूँकि पेशे से दर्ज़ी थे, इसलिए आपस के झगड़ों में लड़कियाँ सलमा को दर्जिन कह-कहकर उसका मज़ाक़ उड़ाती थीं। किसी मनचले ने उसके बारे में एक शे'र भी गढ़ दिया था, जो अक्सर गूँजने लगता था—

"दुख़तरे-दर्ज़ी का सीना देखकर,
जी में आता है कि इसको मल मल दूँ।"

फिर शे'र को अश्लीलता से मुक्त करते हुए कहा जाता था कि यहाँ 'सीना' का तात्पर्य है, 'सिलाई' और 'मलमल' एक कपड़े का नाम है।

उसके अब्बू मस्जिद के पिछवाड़े ही अपनी दुकान में सिलाई का काम किया करते थे। सलमा को अपने लिए दर्जिन कहा जाना बुरा लगता था, मगर वह चुपचाप बर्दाश्त कर लेती थी। हाँ, जब एक रोज़ मधु ने सितारा के लिए 'चमाइन' शब्द का इस्तेमाल किया तो वह बिफर उठी, बोली—

"क्यों कहा उसे चमाइन?"

मधु ने इतराकर कहा—"वह जो कर रही है, उसे सिर्फ़ चमाइनें ही किया करती हैं।"

"क्या कर रही है वह?"

सलमा ने फिर ग़ुस्सा दिखाया तो सरिता ने अपनी उँगलियों के इशारे से एक गंदा-सा चित्र प्रस्तुत किया। तभी वहाँ पर लीला आ गई, जो चमरौटी में रहती थी और गोपालगंज के कालू चमार की बेटी थी। आते ही उसने सरिता के दाहिने हाथ की लम्बी वाली उँगली को कसकर पकड़ लिया और बोली—

"इसको मसल दूँ तो कैसा लगेगा?"

"मजा आएगा।" मधु ने कहा और खिलखिलाकर हँस पड़ी। बोली—"समझ लेंगे सरिता मर्द है और तू तो है ही चमा...।"

इतना सुनते ही लीला ने मधु को एक ज़ोर का झापड़ मारा। मधु चिहुँक उठी। वह गिरते-गिरते बची मगर जल्दी ही उसने खुद को सँभाल लिया और फिर मधु ने लीला पर जवाबी प्रहार करने के लिए अपना दाहिना हाथ उठाया जिसे सरिता ने पकड़ लिया। और बोली—"छोड़ो भी मधु, हँसी-हँसी घोंघामसी ठीक नहीं। इस तरह का हँसी-मजाक तो चलता ही रहता है।" फिर उसने कहा—"और सुनो अब से सितारा के बारे में भी ऐसी-वैसी बात नहीं होनी चाहिए। जाति-वाति की बात

भी नहीं। आखिर हम सब लड़कियाँ ही तो हैं। जब हम ही आपस में लड़ेंगी तो हमारे ही स्कूल के लोफरों का मन और बढ़ेगा या नहीं?''

इस पर मधु ने अपना उठा हुआ हाथ नीचे कर लिया।

मगर इसके बाद उन लड़कियों ने जो दृश्य देखा, उसने उन्हें फिर विचलित कर दिया। उन्होंने देखा कि—

दूर एक कच्ची सड़क पर सितारा अपने बाल लहराते, ठाकुर गजेन्दर सिंह से चिपकी एक मोटरसाइकिल पर भागी जा रही थी। किधर? किस दिशा की ओर? यह उसे कहाँ पता था!

धीरे-धीरे ये बातें सितारा की माँ तक पहुँचीं। वे सावधान हो गईं। मगर वे सितारा को कुछ बनाना चाहती थीं। हमीद से तो कोई उम्मीद भी नहीं, बस बेटी का ही सहारा था। इसीलिए वे सब जानती-बूझती हुई भी ख़ामोश थीं। मगर एक रोज़ उनकी ज़बान खुली। गजेन्दर सिंह जब सितारा को घर छोड़कर जाने लगे तो उन्होंने ठाकुर साहब को रोक लिया। वे रुक भी गए। माँ ने उन्हें आदर के साथ भीतर बुलाकर बैठाया। फिर बोली—

''इस लड़की को तो कुछ आता-जाता है नहीं, यह बोर्ड के इम्तिहान में पास कैसे होगी?''

''उसकी चिन्ता आप मत कीजिए, मैं हूँ न!'' इतना कहकर ठाकुर साहब जाने लगे, मगर सितारा की माँ ने दूसरा सवाल दाग दिया—''मगर कैसे?''

अब गजेन्दर सिंह फिर बैठ गए। वे थोड़ी देर तक चुपचाप ऊपर की तरफ़ देखते रहे फिर बोले—

''मैं इस स्कूल का सेंटर बदलवा दूँगा।''

''मतलब?'' सितारा की माँ ने आश्चर्य के साथ पूछा।

''मतलब यह कि बोर्ड परीक्षाओं के कई सेंटर ऐसे हैं जहाँ कुछ भी हो सकता है। गोपालगंज में तो खास कुछ नहीं हो सकता। बस पर्चीबाजी हो सकती है। यहाँ कभी भी उड़ाका दल आ सकता है। मैं सितारा के स्कूल का सेंटर बिलकुल इंटीरियर में करवा दूँगा। उधर हलिया की तरफ। वहाँ दुलहापुर स्कूल का प्रिंसिपल हमारा रिस्तेदार है। वह सब मैनेज कर लेगा।''

''कैसे?'' सितारा की माँ को कुतूहल हुआ।

''वहाँ सब कुछ पहले से तय हो जाता है। रेट फिक्स है। इसके अलावा सेंटर में सिर्फ लड़कियाँ होती हैं। इसलिए उनकी बारीक तलाशी नहीं होती।''

''मगर इसे तो कुछ भी आता-जाता नहीं।'' सितारा की माँ के चेहरे पर चिन्ता झलकी तो ठाकुर साहब मुस्कराए। बोले—

''बताया न कि रेट फिक्स है। कोई अगर खुद से नकल करके लिख ले तो

अलग रेट, पूरे कमरे को बोर्ड पर लिख-लिखकर नकल कराने का अलग रेट और किसी की जगह कोई और बैठकर लिख दे तो उसका अलग रेट। वह बहुत हाई होता है। मगर चिन्ता मत कीजिए। मैं वही फिक्स करूँगा। सितारा की जगह कोई और लड़की बैठ जाएगी!"

"अरे बाप रे!" सितारा की माँ डरी। बोली—

"कहीं कोई पुलिस केस न हो जाए?"

"हुँह, कैसा केस? मैं हूँ न!"

"तब तो खर्च बहुत आएगा।"

"हाँ आएगा। मगर आप सिर्फ हमें मुर्गा खिला दीजिएगा!"

"बस?"

"बस। मैं तो आपका बेटा हूँ न! सब हो जाएगा।"

इतना बोलकर ठाकुर साहब उठे और बाहर निकलकर अपनी मोटरसाइकिल स्टार्ट करने लगे। सितारा छज्जे पर खड़ी उन्हें देख रही थी। उनकी निगाह भी ऊपर उठी और दोनों ने एक-दूसरे को कुछ इशारे किए। फिर मोटरसाइकिल भर्र-भर्र करती हुई सन्न से भाग गई।

जब बोर्ड की परीक्षाओं का मौसम शुरू हुआ तो वातावरण में एक विचित्र प्रकार की मादकता छा गई। परीक्षाओं के केन्द्र बने स्कूल अशोक वृक्षों की भाँति लहरा उठे। उन स्कूलों के परिसरों में नक़ल करके फेंकी गई पर्चियाँ सेमल के फलों से निकली रुई के फाहों की तरह उड़ने लगीं। प्रधानाचार्यों के चेहरों की आभा कामदेव को चुनौती देने लगी। अध्यापकों की टोलियाँ मानो सोमरस में डुबकियाँ लगाने लगीं। जो स्कूल लड़कियों के परीक्षा-केन्द्र बने उनके द्वार नूपुर-रणित पदाघातों से मंद्रित हो उठे। स्कूल के समस्त कक्ष रीतिकाल में पहुँच गए जहाँ झुकी-झुकी-सी गर्दनों वाली छात्राओं के कुचों और उनकी डोंडियों की छटा ने मानो सम्पूर्ण सृष्टि को अपने आलिंगन में समेट लिया हो।

परीक्षा-केन्द्र से बाहर निकलने वाली लड़कियों के वार्तालाप कुछ इस तरह होने लगे—

"आज का पेपर कैसा हुआ?"

"मज़ेदार।"

"मतलब?"

"तिवारी जी आए और तलाशी लेने लगे। जैसे ही उनका हाथ बग़ल में पहुँचा, उन्होंने अपना हाथ खींच लिया। मैंने पूछा क्या हुआ माट्साहब तो वे शरमाकर आगे बढ़ गए।"

“तो इसमें मज़ेदार क्या था?”

“मज़ेदार ये था कि उनकी उँगलियाँ मेरे ‘उस’ से छू गई थीं और वहीं पर मेरी चिटें थीं। मैंने आराम से उन चिटों को निकाला और सारा कुछ लिख मारा।”

“अच्छा तू बता।”

“मेरा तो इससे भी अच्छा गया।”

“वो कैसे?”

“मेरे कमरे में शर्मा जी थे। वे आए और तलाशी लेने लगे। तलाशी के दौरान उन्होंने मेरे बाएँ वाले को मसक दिया। मैंने घूरकर उन्हें देखा और वे घबरा गए। बोले, लिखो बेटा लिखो। और मैंने गेसपेपर वाली पूरी किताब निकालकर सब कुछ लिख डाला।”

“और तू? तुझे तो कभी देखा नहीं! किस स्कूल से आई है?”

“मैं गोपालगंज के हलिया रोड वाले स्कूल से आई हूँ। सितारा नाम की कोई लड़की है, उसकी जगह।”

“अच्छा! तो फिर तेरा कैसा रहा?”

“मुझे तो किसी मास्टर ने छुआ भी नहीं। प्रिंसिपल साहब भी आए, पर दरवाज़े से ही लौट गए।”

“तो क्या तेरे पास कुछ भी नहीं है?”

“अन्धी हो क्या?”

“नहीं, वो तो देख रहे हैं। मगर कुछ मज़ेदार...।”

“मज़ेदार चीज़ें सितारा के पास होंगी।”

और अचानक सारी लड़कियाँ चुप हो गईं। थोड़ी देर तक दुल्हापुर स्कूल के बाहर गप्पें लड़ाती उन लड़कियों के बीच सन्नाटा छाया रहा। फिर सब उठीं और चल पड़ीं।

अचानक दो लड़कियाँ एकदम पीछे रह गईं। उनमें से एक तो वही थी जो प्रश्न पूछ रही थी और दूसरी वह जो सितारा के स्थान पर परीक्षा दे रही थी।

रास्ता जंगल के भीतर से होकर जाता था। सड़क अभी बन रही थी इसलिए उस पर सिर्फ़ लाल मोरम बिछा हुआ था। अगल-बग़ल धूल, मकोय, झरबेरी, घुँघची और तरह-तरह के झाड़-झंखाड़ भरे पड़े थे। वहीं एक तरफ़ नटों की बस्ती भी बसी हुई थी। आगे एक छोटी-सी नदी बहती थी, जिस पर कोई पुलिया नहीं थी। नदी से पहले ही दोनों लड़कियाँ रुक गईं। दोनों में वार्तालाप होने लगा—

“तुम सितारा की जगह क्यों इम्तेहान दे रही हो?”

“क्योंकि मुझमें योग्यता है।”

“मगर यह तो ग़लत है?”

“हाँ।”

"फिर?"

"इस देश में सही क्या हो रहा है?"

"यानी अगर सब चोरी करें तो हम भी चोरी करने लगें?"

"नहीं।"

"फिर?"

"यह मेरे भाई का आदेश है और मैं अपने भाई के आदेश का पालन कर रही हूँ।"

"तुम्हारा भाई?"

"हाँ।"

"तुम्हारा भाई कौन है?"

लड़की चुप रही। सवाल दुहराया गया—

"तुम्हारा भाई कौन है?"

"मक़बूल।"

"तुम्हारा क्या नाम है?"

"ताहिरा।"

"तुम्हारे भाई ने तुम्हें यह काम क्यों सौंपा?"

"क्योंकि वह किसी गुंडे के गिरोह में फँसा हुआ है।"

"कौन है वह गुंडा?"

"मैं नहीं बताऊँगी, क्योंकि अगर कोई भी बात इधर-उधर होगी तो वह गुंडा मेरे भाई को मार देगा।"

"नहीं, ऐसा नहीं होगा। तुम उसका नाम बताओ।"

"वह तो ठाकुर गुन्ना सिंह का छोटा भाई है।"

"तुम जानती हो उन्हें?"

"हाँ, मैं जानती हूँ। ठाकुर गुन्ना सिंह तो अब पॉलिटिक्स में आ गए हैं। इलेक्शन लड़ना चाहते हैं। उनका भाई उनको प्रोमोट करने के लिए वोटर्स तैयार कर रहा है।"

"तो क्या वह मुसलमानों के वोट के लिए तुम लोगों का इस्तेमाल कर रहा है?"

"पता नहीं।"

"लेकिन एक बात मुझे पता है।"

"क्या?"

"कुछ लोग मज़ा लेने के लिए ऊपर से उतरकर नीचे तक चले जाते हैं।"

"क्या मतलब?"

बहस करने वाली लड़की थोड़ी देर तक चुप रही। फिर बोली—

"पहले तो तुम मेरा परिचय जान लो। मैं मधु हूँ। पंडित सीताराम दीक्षित की

बेटी। हम गोपालगंज की बम्हनौटी में रहते हैं। मेरे दो भाई हैं। रामअवध और अंजनी कुमार। बड़े भाई राजाराम दीक्षित अब इस संसार में नहीं हैं। मगर उनकी पत्नी अब भी हमारे परिवार के साथ हैं। जब मुझे पता चला कि उस स्त्री से मेरे सबसे छोटे चचा अंजनी कुमार के शारीरिक सम्बन्ध हैं तो मुझे आश्चर्य हुआ। क्योंकि भाभी तो लगभग बुढ़ा गई हैं और चाचा एकदम जवान हैं। तब मैंने इसका रहस्य जानना चाहा। और हमारे यहाँ की धोबिन और चाचा के बीच इस बारे में जो वार्तालाप हुआ उसका सारांश यह था कि स्त्री का शरीर मिर्ची की तरह होता है। जैसे मिर्ची चाहे हरी हो या सूखी, तीखी ही होती है—वैसे ही स्त्री का शरीर भी है। चाहे वह जवान हो या अधेड़; यहाँ तक की बुढ़िया ही क्यों न हो...।''

इस प्रकार अपने चाचा और धोबिन के बीच हुए वार्तालाप का लब्बोलुआब सुनाकर मधु वहाँ से चलती बनी। दूसरी लड़की अकेली हो गई। उसका दिमाग़ भन्ना रहा था। पूरे बदन में मानो सरसराहट-सी हो रही थी। वह एक पत्थर पर अपना माथा पकड़कर बैठे गई।

फिर एक दिन ऐसा आया कि इम्तेहान का मौसम ख़त्म हो गया। उस दिन चारों तरफ़ होली-जैसी मची हुई थी। सभी लोग मस्ती में थे। छात्र-छात्राएँ, अध्यापक-अध्यापिकाएँ, अभिभावकगण...सभी।

सितारा चहक रही थी। उसके पेपर्स बहुत अच्छे हुए थे। ठाकुर गजेन्दर सिंह ने आश्वस्त किया था कि वह फर्स्ट आएगी। सितारा की माँ फूली नहीं समा रही थी। हमीद उदासीन था। उसकी दुकान पर एक ऐसी साइकिल आ गई थी जिसके एक पहिए की तीलियाँ टूट गई थीं। वह तीलियाँ ख़रीदने के लिए शहर चला गया था। सितारा की माँ को अली हुसैन ख़ाँ क़ी बीवी ने किसी ख़ास काम से बुलाया था। इसलिए वे वहाँ चली गई थीं। सितारा घर में अकेली थी। वह ऊपर वाले कमरे में लेटी हुई थी और भविष्य के सपने देख रही थी।

तभी दरवाज़े की कुंडी खटकी। सितारा ने नीचे उतरकर दरवाज़ा खोला। सामने ठाकुर गजेन्दर सिंह खड़े थे और उनके पीछे मक़बूल।

सितारा अकबका गई।

''घबराओ नहीं,'' ठाकुर गजेन्दर सिंह ने उसकी परेशानी को भाँपते हुए कहा, ''ये मकबूल मेरा जिगरी दोस्त है। तुम्हारी सफलता की खुसी में आज हम जसन मनाने आए हैं। आओ मकबूल, भीतर आ जाओ।''

यह कहते हुए दोनों भीतर घुस गए।

''अम्माँ और हमीद कहाँ हैं ?''

भीतर पहुँचकर ठाकुर गजेन्दर सिंह ने पूछा तो सितारा ने उन्हें सब कुछ बता दिया। दोनों सीढ़ियाँ चढ़कर ऊपर चले गए और उसी बेड पर जम गए जिस पर

थोड़ी देर पहले सितारा लेटी हुई थी और अपने भविष्य के सपने देख रही थी।

"सितारा?"

ऊपर से आवाज़ आई तो सितारा ने नीचे से ही कहा—

"जी।"

"जरा एक जग पानी लाना और सीसे के दो गिलास।"

सितारा जब पानी का जग और गिलास लिए ऊपर पहुँची तो उसने देखा कि व्हिस्की की एक बोतल खुली हुई है और अख़बार के एक टुकड़े पर नमकीन फैलाई जा रही है।

"बैठो।"

ठाकुर गजेन्दर सिंह ने उसे आदेश दिया और वह एक मोढ़े पर बैठ गई। दोनों ने व्हिस्की से भरे गिलास टकराए और बोले—

"सितारा के फर्स्ट क्लास आने की खुसी में।"

व्हिस्की का दौर चलता रहा और बात-बात में हँसी-ठट्ठा भी होता रहा।

तभी अचानक बाहर का किवाड़ खटका और दोनों लोग सतर्क हो गए। सितारा दरवाज़ा खोलने के लिए नीचे उतर गई। दोनों ने इस बीच अपने-अपने गिलास छिपा दिए।

सितारा की माँ जब भीतर पहुँची तो शराब का भभका उनकी नाक के भीतर घुसा और वह सीधे ऊपर चली गईं। ठाकुर गजेन्दर सिंह और मक़बूल ने उन्हें सलाम किया तो उन्होंने अपने सिर को हल्का-सा हिलाया, बोलीं कुछ नहीं। वे पास ही रखे मोढ़े पर बैठ गईं। कुछ पल के बाद सितारा भी ऊपर पहुँच गई। और एक कोने में खड़ी हो गई। उसकी माँ ने उसे घूरकर देखा और सितारा ने अपना सिर झुका लिया।

तभी ठाकुर गजेन्दर सिंह ने सितारा की माँ से कुछ कहा, मगर वे कुछ नहीं बोलीं। उनकी नज़रें सितारा पर टिकी रहीं। तब ठाकुर गजेन्दर सिंह और मक़बूल उनके सामने ही व्हिस्की पीने लगे। फिर दोनों ही एक साथ बोल उठे—

"सितारा फर्स्ट क्लास आई है न, उसी की खुसी हम मना रहे हैं।"

सितारा की माँ अब भी ख़ामोश रहीं।

"अच्छा तो यह होता कि साथ में देसी मुर्गा भी होता," मक़बूल बोला, "मगर क्या करें, उसका तो अकाल हो गया है। पोल्ट्री फार्म का मुर्गा ले आए हैं। सितारा से कहिए कि खूब मिर्च-मसाला डालकर बनाए।" यह सुनते ही सितारा नीचे चली गई।

"अब असली बात तो बताओ।" ठाकुर गजेन्दर सिंह ने मक़बूल को टोंका तो उठकर वह सितारा की माँ से लिपट गया और बोला—

"अरे मम्मी, अब तो आपकी तक़दीर खुलने वाली है। बरौंधा वाली सीट

महिला उम्मीदवार के लिए आरक्षित हो गई है और... ठाकुर गजेन्दर सिंह कोशिश कर रहे हैं कि वहाँ के एम.एल.ए. का टिकट आपको मिल जाए। फिर तो समझिए कि हमारे दोनों हाथों में घी के लड्डू आ गए।''

सितारा की माँ ने जब यह सुना तो उनके चेहरे पर चमक आ गई। वे एक पल के लिए भूल गईं कि उनके घर में शराब पी जा रही है। वे यह भी भूल गईं कि ये सारा तामझाम सितारा की वजह से हो रहा है। उनकी कल्पना के घोड़े तो चुनाव-प्रचार के उत्सवधर्मी वातावरण के राजमार्ग में दौड़ने लगे।

इलेक्शन आते ही इलाक़े की सरगर्मियाँ तेज़ हो गईं। गोपालगंज के घरों पर तरह-तरह के झंडे फहराने लगे। दीवारों पर पोस्टर्स चिपक गए। सड़क पर लाउड-स्पीकर लगी गाड़ियाँ दौड़ने लगीं। ठाकुर गुन्ना सिंह एक खुली जीप पर हाथ जोड़े खड़े रहते और पब्लिक उनकी जय-जयकार करती। यह सब देखकर सितारा की माँ का दुःखी होना स्वाभाविक था। अतः एक रोज़ उन्होंने ठाकुर गजेन्दर सिंह से पूछा—

''का भइया, हमरे इलेक्सन का का हो रहा है?''

''अरे माता जी, आप चिन्ता क्यों करती हैं, जल्दी ही बरौंधा का टूर बनने वाला है। फिर तो आपको फुर्सत ही नहीं मिलेगी।''

''जल्दी माने?''

''अगले सुक्कर को।''

और शुक्रवार से पहले ही एक रोज़ ठाकुर गजेन्दर सिंह शाम को आए और आते ही उन्होंने सितारा को आवाज़ दी। सितारा उस वक़्त आटा गूँध रही थी। वह लपककर भागी आई। ठाकुर गजेन्दर सिंह ने उसके हाथों में एक पैकेट थमा दिया।

''इसमें का है भइया।''

पीछे-पीछे आकर सितारा की माँ ने जब तक यह सवाल पूछा, पैकेट खुल चुका था। उसमें दो नई साड़ियाँ थीं।

''एक आपके लिए और एक सितारा के लिए। चुनाव-प्रचार के लिए इन्हीं को पहनकर चलना होगा।''

इतना कहकर ठाकुर गजेन्दर सिंह ने अपनी जेब से एक और चीज़ निकाली। गोल-गोल फ्रेम वाला धूप का चश्मा। चश्मे को उसने सितारा की आँखों में लगा दिया।

''देखिए माँ जी, सितारा एकदम हीरोइन लग रही है कि नहीं!''

ठाकुर गजेन्दर सिंह ने तिरछी आँखों से देखते हुए कहा तो सितारा लजा गई। और मौक़े की नज़ाकत को भाँपकर ठाकुर गजेन्दर सिंह ने सितारा को अपनी छाती से चिपका लिया।

"अब देखिए कौन रोकता है आपको जीतने से। कल आप दोनों तैयार रहिएगा, मैं जीप लेकर आऊँगा। फिलहाल तो तीन-चार अंडे उबाल दीजिए।"

और ठाकुर गजेन्दर सिंह बाहर जाकर अपनी मोटरसाइकिल से एक अद्धा उठा लाए और धड़ाधड़ सीढ़ियाँ चढ़कर ऊपर चले गए। सितारा पानी का जग और काँच का गिलास लेकर जब ऊपर पहुँची तो गजेन्दर सिंह बोले—

"तुम यहाँ बैठो।"

ठाकुर गजेन्दर सिंह ने सितारा को अपने पास बैठा लिया और व्हिस्की का एक गिलास भरकर गटागट पी गया।

सितारा ने कहा, "हमें भी दो न!"

उसकी इस अदा से ठाकुर गजेन्दर सिंह का नशा दोगुना हो गया और उसने अपना ही गिलास सितारा के आगे बढ़ा दिया। सितारा ने एक घूँट मुँह में भरा और किसी तरह उसे निगल लिया।

"बोलो, कैसी है?" ठाकुर गजेन्दर सिंह ने बात शुरू की।

"बहुत तीखी है।"

"तुमसे तो कम ही है।"

"हटिए भी!"

"और नहीं तो क्या?"

"बनाया तो आपने ही है!"

"आज अपना तीखापन नहीं चखाओगी।"

"मम्मी हैं कि नहीं।"

"उन्हें भी पिला दें।"

"अरे तौबा! ऐसी बात भी मत करना"

"फिर?"

"फिर कभी।"

"एक आइडिया आया है।"

"क्या?"

"हमें बरौंधा तो चलना ही है। वापसी में तुम्हारी मम्मी को जीप से रवाना कर देंगे और हम लोग वहाँ के सरकारी गेस्टहाउस में रुक जाएँगे।"

"वो किस लिए?"

"वो इसलिए।"

इतना कहकर ठाकुर गजेन्दर सिंह ने सितारा के एक गोलार्द्ध को बुरी तरह दबा दिया।

"उई!" सितारा की चीख़ निकल गई।

तभी नीचे से बुलावा आ गया और सितारा उबले हुए अंडे लाने के लिए नीचे

चली गई। ठाकुर गजेन्दर सिंह ने इस बीच एक और गिलास खाली कर दिया।

कुछ ही देर बाद उबले हुए अंडे आ गए, मगर उनमें छिलके चिपके हुए थे। छिलकों का अहसास ठाकुर गजेन्दर सिंह को इसलिए हुआ कि सितारा के पीछे-पीछे उसकी माँ भी छिलके की तरह टपक पड़ी थीं। गजेन्दर सिंह ने व्हिस्की का एक पैग और बना लिया था, मगर अब वह जल्दी-से-जल्दी सब कुछ निबटाकर वहाँ से चला जाना चाहता था। अब वह इलेक्शन की बात भी नहीं कर रहा था। उसका ध्यान सिर्फ़ अपने गिलास पर था। तभी किसी ने नीचे का दरवाज़ा खटखटाया और सितारा की माँ ने नीचे आकर दरवाज़ा खोला तो देखा सामने मक़बूल खड़ा था। उसने दर्याफ़्त किया—

"क्या ठाकुर साहब यहाँ हैं?"

"हाँ, हैं। ऊपर बैठे हैं।"

सितारा की माँ ने बस इतना कहा तो मक़बूल सीढ़ियाँ चढ़कर ऊपर चला गया।

उसने वहाँ देखा कि गजेन्दर सिंह के पास ही सितारा भी बैठी है।

"क्या बात है मकबूल?" ठाकुर गजेन्दर सिंह ने थोड़ा ग़ुस्से से पूछा, तो उसने जवाब दिया—

"अरे ठाकुर साहब! आप अभी तक यहाँ हैं। घर में आपका इन्तजार हो रहा है।"

मक़बूल की इस बात पर ठाकुर गजेन्दर सिंह को अपना घर याद आया। फिर उसे अपनी पत्नी भी याद आई और उसे व्हिस्की का घूँट कड़वा लगा और वह चारपाई पर पसर गया।

इस बीच सितारा नीचे चली गई।

"चलिए ठाकुर साहब, आपको घर पहुँचा दें।"

मक़बूल ने कहा तो गजेन्दर सिंह की आँखें बाहर निकल आईं; बोले—"सितारा को छोड़कर चले जाएँ।"

"जाना ही पड़ेगा।"

"और अगर न जाएँ तो?"

"तो आपकी नाक और कट जाएगी।"

"कैसे?"

"आपके भाई साहब इलेक्सन हार सकते हैं।"

"क्यों?"

"पूरे गोपालगंज में चर्चा है। आपके और सितारा के बारे में।"

"रहा करे। तुम तो मेरे साथ हो। और मुसलमानों के वोट बैंक तो तुम्हीं हो।"

"अगर आप यह बात मानते हैं तो मुझे भी एक-आध मौका मिलना चाहिए।"

"किस बात का?"

"वही मौका, जिसकी लज्जत आप ले रहे हैं।"

इतना सुनते ही ठाकुर गजेन्दर सिंह उठ खड़े हुए और मक़बूल को पीटने लगे। मक़बूल ज़ोर-ज़ोर से चीख़ने लगा। चीख़ने की आवाज़ सुनकर बाहर भीड़ लग गई। सितारा अपनी माँ के साथ दुबक गई। तभी किसी की गरजदार आवाज़ सुनाई पड़ी—

"यहाँ क्या तमासा हो रहा है? जाओ सब लोग अपने-अपने घर।"

यह आवाज़ सितारा के भाई हमीद की थी। भीड़ तितर-बितर हो गई।

हमीद चुपचाप भीतर घुसा और ऊपर जाकर एक चारपाई पर पसर गया। वहीं पास में एक गिलास लुढ़का पड़ा था। व्हिस्की का अद्धा लगभग खाली हो गया था। मक़बूल ने उसे देखा तो उसके चेहरे पर कोई भाव नज़र नहीं आया। वह लँगड़ाता हुआ बाहर निकल गया।

फिर थोड़ी देर बाद बाहर मोटरसाइकिल के स्टार्ट होने की आवाज़ आई, और लोगों ने देखा कि ठाकुर गजेन्दर सिंह नशे में धुत्त मोटरसाइकिल पर सवार होकर एक तरफ़ चला जा रहा था।

आसमान से ओस झर रही थी।

6

कंतित का उर्स शुरू हो गया था।

मिर्ज़ापुर से इलाहाबाद की ओर जाने वाली सड़क पकड़कर आगे बढ़ते जाइए तो शहर से बाहर, ओझला नाले के उस पार दाहिनी तरफ़, एक ऊँचे से टीले पर कंतित शरीफ़ का मज़ार साफ़ नज़र आएगा। यहाँ अजमेर शरीफ़ के ख़्वाजा मुईनुद्दीन चिश्ती के सगे भांजे ख़्वाजा इस्माईल चिश्ती दफ़्न हैं और हर साल उनकी दरगाह पर शानदार उर्स लगता है। मज़ार पर सबसे पहली चादर एक स्थानीय हिन्दू परिवार की ओर से चढ़ती है। इस परिवार की चादर चढ़ जाने के बाद ही उर्स शुरू होता है। जिस ओझला नाले की बात कही गई है, उसे यहाँ के लोग नाला न कहकर नार कहते हैं। निश्चय ही नार का तात्पर्य नाला ही है, मगर क्या पता कभी यह नार नदी रही हो। जैसे बनारस की असी। असी पहले नदी थी, अब नाला हो गई है। असी नदी थी इसलिए वरुणा और असी नदियों के मध्य बसी आबादी वाराणसी कहलाई। तुलसीदास ने इसी असी नदी के तट पर अपने प्राण त्यागे थे।

सम्वत सोलह सौ असी, असी गंग के तीर।
श्रावण शुक्ला सप्तमी, तुलसी तज्यो सरीर।

यहाँ 'असी' और 'असी' में यमक की तलाश व्यर्थ है। बनारस की 'असी' अब 'अस्सी' हो गई है।

ख़ैर....ग़ौरतलब यह है कि बनारस में असी नाले के पार लंका है और मिर्ज़ापुर में ओझला के पार कंतित शरीफ़। कहाँ लंका का राक्षस-राज और कहाँ कंतित की दरगाह। क्या यही विरुद्धों का सामंजस्य है?

नहीं। इससे आगे कुछ और भी है। दाहिनी तरफ़ दरगाह है और बाईं तरफ़ विन्ध्यवासिनी देवी का धाम। मेले दोनों जगह लगते हैं। विन्ध्यवासिनी देवी के मन्दिर में भले ही सिर्फ़ हिन्दू लोग जाते हों, पर कंतित शरीफ़ की दरगाह पर तो हर कोई जाता है। मगर विन्ध्यवासिनी देवी को लेकर जो किंवदन्ती है, उसका क्या कीजिएगा?

हिन्दुस्तान के राजनीतिक इतिहास में न सही मगर सांस्कृतिक इतिहास में तो ग़ाज़ी मियाँ का नाम लिया ही जाता है। वे कौन थे, क्या थे, कहाँ से आए थे, कहाँ रहते थे...आदि प्रश्नों को छोड़ दें और मान लें कि वे थे। जैसे, यह माना जाता है कि ईश्वर है।

अब किंवदन्ती यह है कि ग़ाज़ी मियाँ—जैसा कि नाम से ही स्पष्ट है कि बहादुर थे। बहादुर थे, इसीलिए 'ग़ाज़ी' कहलाए। ग़ाज़ी अर्थात् 'विजयी'। मगर उनकी तुलना उस ग़ाज़ी-उद्दीन-हैदर से नहीं की जा सकती, जिसके नाम पर बनारस के पास ही ग़ाज़ीपुर नगर आबाद है। क्योंकि ग़ाज़ी मियाँ कोई योद्धा नहीं थे। वे एक बलिष्ठ पुरुष थे। बहुत सुन्दर भी। शायद कृष्ण की तरह। कृष्ण की उपमा इसलिए दी जा रही है कि उनका हृदय प्रेम से परिपूर्ण था। ऐसा प्रेम जो भक्ति का स्थान ग्रहण कर ले। अत: ग़ाज़ी मियाँ की प्रेम-मिश्रित भक्ति ने कुछ ऐसा जादू किया कि विन्ध्यवासिनी देवी उनके सामने साक्षात् प्रकट हो गईं।

अहा! क्या रूप था उनका! केश राशि मानो झूलती हुई श्यामवरणी वल्लरियाँ। आँखें, समुद्र के अन्तस्तल में खुली हुई सीपियाँ। नाक में नथ, पूर्ण सूर्यग्रहण की रिंग। होंठ, जैसे बिम्बाफल की लालिमा। देहयष्टि, साक्षात् कादम्बरी। वाणी, कादम्बरी से नि:सृत आसव!

ग़ाज़ी मियाँ उस आसव को आत्मसात करने के लिए बेताब हो उठे। तब वे मात्र संसारी थे, इसलिए उनसे विवाह करने का प्रस्ताव कर बैठे। देवी ने मुस्कुराते हुए ग़ाज़ी मियाँ के प्रस्ताव को स्वीकार कर लिया।

ग़ाज़ी मियाँ की खुशी का क्या ठिकाना! उन्होंने विवाह की तैयारियाँ शुरू कर दीं। बाक़ायदा बारात सजी। कहाँ सजी? मिर्ज़ापुर में, या कि विन्ध्याचल की तराई में? बनारस में या गोरखपुर में? या फिर कहीं और। इन प्रश्नों का उत्तर अज्ञात है। मगर किंवदन्ती तो है। बारात सिर्फ़ सजी ही नहीं बल्कि अपने पूरे ताम-झाम के साथ विन्ध्यवासिनी देवी के धाम पर पहुँची भी।

पता नहीं, हज़रत इस्माईल चिश्ती उस वक़्त किस मूड में थे? उन्होंने इस घटना पर ध्यान ही नहीं दिया और विन्ध्यवासिनी देवी आकाश में उड़कर अन्तर्धान हो गईं। बेचारे ग़ाज़ी मियाँ को उलटे पाँव वापस लौटना पड़ा।

अब कल्पना कीजिए कि एक युवक सेहरा बाँधे, शादी करने जा रहा है और दुलहन ग़ायब हो गई है। ऐसी स्थिति में उस दूल्हे पर क्या बीती होगी?

उस दूल्हे पर यह बीती कि वह फ़क़ीर हो गया। वह कहाँ से आया था, कहाँ रह रहा था, कहाँ गया, कहाँ मरा...? आदि प्रश्न अब भी अनुत्तरित हैं। मगर पूर्वी उत्तर प्रदेश में ग़ाज़ी मियाँ की अवस्थिति का प्रमाण कई शहर देते हैं। आज भी उन शहरों में ग़ाज़ी मियाँ की बारात पूरे ताम-झाम के साथ निकाली जाती है। उन शहरों में ग़ाज़ी मियाँ के मज़ार भी हैं जहाँ हर साल उर्स होता है। अगर देखा जाए तो ग़ाज़ी मियाँ का उर्स ही सही अर्थों में उर्स है। उर्स यानी 'विवाह'। विवाह का आयोजन। छिपा हुआ अर्थ यह है कि सूफ़ी संत मरे नहीं, बल्कि अपने माशूक़ से विवाह करके उसी के वजूद में समाहित हो गए।

बहरहाल कंतित शरीफ़ का उर्स शुरू हो गया था। क्या हिन्दू क्या मुसलमान, स्त्रियाँ, पुरुष, बूढ़े, बच्चे, जवान...उर्स के मेले में लोग-ही-लोग नज़र आते थे। एक जनसमुद्र था, जो टीले के ऊपर ज्वार की भाँति उत्ताल तरंगें मार रहा था। लोगों के अपने-अपने उद्देश्य थे। कुछ लोग फ़ातेहा पढ़ रहे थे। कुछ लोग मन्नतें माँग रहे थे। जिनकी मन्नतें पूरी हुई थीं वे चादर चढ़ा रहे थे। हर चादर से चढ़ाने वाले की हैसियत का पता चलता था। साधारण सूती चादर से लेकर फूलों और ज़रीदार मख़मल तक की चादरें मज़ार की शोभा बढ़ा रही थीं। मगर 'तबर्रुक़' यानी 'प्रसाद' सबका एक जैसा था। शकर से बने, छोटे-छोटे मटर जैसे सफ़ेद, गोल दाने और बीच-बीच में गुलाब की पंखुड़ियाँ।

मेले में घूम रहे नौजवानों का अपना अलग ही उद्देश्य था। कुछ केवल आँखें सेंक रहे थे। कुछ भीड़ में धकियाते हुए चल रहे थे। इस तरह कि किसी लड़की की छातियों का स्पर्श-सुख मिल जाए। कोई-कोई साहस करके हाथ भी लगा देता था। कुछ लोग ऐसे दृश्यों को देखकर ही आनन्दित हो रहे थे। लड़कियों पर इसका कोई असर नहीं था। वे मानो इस सबकी अभ्यस्त थीं। वे आराम से रंग-बिरंगी मलाई बरफ़ चूसती हुई इधर-उधर डोल रही थीं।

मेले की उस भीड़ में नईम भी था। उसे हर लड़की में सितारा नज़र आती। किसी-किसी में ज़ुबैदा की झलक भी मिल जाती थी। मगर उसका मन तो सितारा में ही रमता था। उसे तो कोई-कोई लड़की सचमुच की सितारा लगती थी। ऐसी ही एक सचमुच की सितारा लगने वाली लड़की के पास वह भीड़ को चीरता हुआ जब पहुँचा तो क्या देखता है कि एक युवक उसे इस तरह पकड़े हुए था कि उसका हाथ लड़की के दाहिने वक्ष से एकदम सटा जा रहा था। लड़की हँस रही थी। नईम का दिमाग़ भन्ना गया। उसके जी में आया कि युवक को खींच कर उसकी धुनाई कर दे। मगर तभी किसी ने उसका नाम लेकर पुकारा तो वह ठिठककर खड़ा हो गया।

"नईम भाई, सलाँवालेकुम।"

उसने सलाम करने वाले व्यक्ति को देखा तो अचम्भित रह गया। गोपालगंज का कल्लू।

"अरे कल्लू! ये क्या हुलिया बना रक्खा है?"

नईम ने उसे नीचे से ऊपर तक देखा। सफ़ेद लुंगी के ऊपर काले रंग का ढीला-ढाला कुर्ता। सिर पर बँधा हरे रंग का स्कार्फ़। गले में मोटे-मोटे मनकों की माला।

"चौंक गए न!" कल्लू ने नईम का हाथ पकड़कर उसे भीड़ से बाहर निकालते हुए कहा, "अरे मियाँ, ख़्वाजा के दरबार में आना था तो सोचा दिल तो बदल नहीं सकता, बाना ही बदल लूँ।"

"मगर यह काला कुर्ता और हरे रंग का यह कपड़ा। यह सब तुम्हें मिला कहाँ से? पहले तो तुम्हारे बदन पर यह सब देखा नहीं?"

"अरे मियाँ, ये सब मँगनी के हैं। धोबी के यहाँ से ले आया हूँ। घर जाकर लौटा दूँगा।"

और कल्लू हँस पड़ा। एक निहायत मासूम-सी हँसी।

"और ये माला?"

"माला किराए की है।"

"किराए की?"

"हाँ, यहाँ एक दुकान से ली है। दिन भर के लिए। अठन्नी में। मेले से जाते वक़्त लौटा दूँगा।"

"और उसने दे दी तुम्हें?"

"देता कैसे नहीं? अपने गोपालगंज में उसकी ससुराल जो है। इस तरह मैं उसका साला हुआ कि नहीं?"

"ससुराल?"

"हाँ, अपने जो रसीद चाचा हैं न, उन्हीं के यहाँ।"

"वो रसीद जुलाहा?"

"हाँ हाँ, वही। जुलाहा हुआ तो क्या हुआ? मैं भी तो धुनिया हूँ।"

"नहीं, नहीं, यह बात नहीं है।" नईम थोड़ा सकुचाया, फिर बोला, "और सुनाओ! वहाँ सब ख़ैरियत है न!"

"कहाँ?"

"अरे, अपने गोपालगंज में और कहाँ?"

अभी कल्लू कुछ बोलने ही जा रहा था कि गौतम, रफ़ीक़, सलमान और आकाश दिख गए। वे क्या दिखे, नईम ख़ाँ उन्हें दिख गए और उन सबों ने आकर नईम को घेर लिया।

"फ़ातिहा-वातिहा पढ़ा कि बस आँखें सेंक रहे हो?"

गौतम ने हँसते हुए पूछा तो बाक़ी सब भी हँस पड़े। नईम की भौंहें तन गईं।

"तुम लोग अपने ही जैसा सबको समझते हो। यह ठीक नहीं है।" नईम के स्वर में तल्ख़ी थी।

"अरे यार, बुरा क्यों मानते हो? यह तो मज़ाक़ था।"

रफ़ीक़ ने उसे शान्त करने की कोशिश की।

नईम ने कल्लू की तरफ़ देखा तो उन सबकी निगाहें भी उस ओर मुड़ीं।

"यह कल्लू है। गोपालगंज से आया है।"

नईम ने उसका परिचय दिया तो कल्लू थोड़ा लज्जित-सा हुआ। बोला, "मैं इन्हें गोपालगंज का हाल सुनाने जा रहा था, कि आप लोग आ गए। अच्छा चलता हूँ।"

कल्लू जाने को हुआ, मगर नईम ने उसका हाथ पकड़कर रोक लिया। वह सितारा का हाल जानने के लिए व्याकुल था।

"तो हम लोग चलें, तुम इनसे अपने गोपालगंज का हाल सुनो।"

"नहीं यार, तुम लोग क्यों जाओगे? हाल-चाल जानने के लिए मैं इसे अपने कमरे पर ले जाऊँगा। यहाँ भीड़भाड़ में क्या बात होगी? चलो पहले मेला घूमते हैं। फिर अन्दर जाकर फ़ातिहा पढ़ेंगे। अभी तो मेला उठान पर है। मज़ार तक पहुँचने के लिए चींटी को भी मशक़्क़त करनी पड़ेगी। तुम भी जाओ कल्लू, घूम-घाम लो। फिर कमरे पर चलेंगे। आज रात तुम मेरे साथ ही रुक जाना। सुबह सतबज्जी बस से निकल जाना।"

नईम ने जब यह कहा तो कल्लू का चेहरा चमक उठा। वह तो सोच ही रहा था कि रात कहाँ गुज़ारेगा, क्योंकि मज़ार पर क़व्वाली का मज़ा तो रात में ही आता है।

"ठीक है। मगर इस भीड़ में आप दुबारा मिलेंगे कहाँ?"

कल्लू की चिन्ता वाजिब थी। नईम इधर-उधर देखने लगा, कि कोई जगह बता सके। मगर उसे कुछ समझ में नहीं आ रहा था। तब कल्लू ने स्वयं ही जगह बताई।

"नीचे, जो मीठी नीम है न, वहीं आप रहिएगा। मैं थोड़ा मेला घूमूँगा, फिर फातिहा पढूँगा और ये माला वापस करके शाम तक वहाँ पहुँच जाऊँगा।"

"शाम तक?" नईम तो सोच रहा था कि वह अभी ही सितारा के बारे में जान ले।

"शाम तो हो ही जाएगी मियाँ। अपने गोपालगंज से बहुत लोग आए हैं उर्स में। उन सबसे ढूँढ़-ढूँढ़कर मिलूँगा और उन्हें अपना यह बाना दिखाऊँगा। मैंने तो तय कर लिया है कि अब मैं भी फकीरी ले लूँगा ताकि मेरे मरने के बाद मेरा भी मज़ार बने और उस पर उर्स लगा करे।"

यह कहता हुआ कल्लू वहाँ से चला गया। लोग उसे देखते रहे।

"हुमा कहाँ है? उर्स में नहीं आई?" अचानक नईम ने पूछा तो सलमान ने जवाब दिया—

"नहीं। उसे इस तरह की भीड़-भाड़ वाली जगह में जाना पसन्द नहीं है।"

"क्यों?"

"यह तुम उसी से पूछना। अब चलो, मेला घूमें।"

इतना कहकर सलमान चल पड़ा। मगर नईम खड़ा रहा। दूसरे साथी भी खड़े रहे। तब नईम ने एक और सवाल किया, "यह मीठी नीम क्या बला है? कहाँ है यह?"

"यह बला नहीं है, एक पेड़ है," आकाश ने बतलाना शुरू किया, "नीम का पेड़। इसकी पत्तियाँ मीठी हैं, कड़वी नहीं। यह पेड़ इस टीले के नीचे है। विन्ध्यवासिनी देवी के धाम और कंतित शरीफ़ के बीच जो छोटा-सा समतल भाग है, वहीं। कहते हैं, जब विन्ध्यवासिनी देवी अन्तर्धान हो गईं तो ग़ाज़ी मियाँ ने यहीं पर अपना डेरा डाल दिया था। ज़ाहिर है कि उनके बरातियों को भी रुकना पड़ा। मगर वह पड़ाव कब तक रहता। रसद ख़त्म हो गई। लोग भूख से व्याकुल हो उठे। तब विन्ध्यवासिनी देवी ने ख़्वाजा साहब से अनुरोध किया कि इनके लिए कुछ खाने का प्रबन्ध कीजिए। अब बेचारे ख़्वाजा साहब क्या करते? वे तो धरती के गर्भ में थे। उन्होंने भगवान से प्रार्थना की तो भगवान ने उस स्थल पर दृष्टिपात किया और पता चला कि वहाँ सिर्फ़ नीम का एक पेड़ है और कुछ नहीं। तो उन्होंने किया यह कि नीम की पत्तियों का स्वाद बदल दिया। मीठा कर दिया। और, आकाशवाणी हुई कि लोग इन पत्तियों को खाकर अपनी क्षुधा को शान्त करें। बस, नीम के उस पेड़ की पत्तियाँ मीठी हो गईं।"

नईम के लिए और अन्य लोगों के लिए भी यह कथा रोचक तो थी, पर अविश्वसनीय। फिर भी सब चुप रहे और मेला घूमने में अपने को व्यस्त कर लिया।

मौसम सुहाना था। न सर्दी, न गर्मी। बसन्त था। और बसन्त सिर्फ़ बाहर ही नहीं, बल्कि लोगों के भीतर भी था। उर्स के मेले में वह भीतर से बाहर की ओर फूटा पड़ रहा था। बाबा के दरबार में क्या हिन्दू, क्या मुसलमान—सभी जन वासन्ती हो गए थे।

धीरे-धीरे शाम होने को आई तो नईम और उसके दोस्त मीठी नीम की ओर चल पड़े। रास्ते में आकाश ने नईम से कहा—

"यार यह जो आदमी था, क्या नाम बताया...शायद कल्लू...ठीक कह रहा हूँ न! आदमी तो उम्र में तुमसे काफ़ी बड़ा दिख रहा था, फिर तुम उससे 'तुम' करके क्यों बात कर रहे थे।"

नईम ने अत्यन्त सहज भाव से जवाब दिया—

"जानते हो, वह कौन है? हमारे यहाँ का धुनिया। तो क्या जुलाहों-धुनियों से हम आप-जनाब लगाकर बात करेंगे?"

रफ़ीक़ और सलमान उत्तेजित हो गए। सलमान बोला—

"आ गए न तुम अपनी ख़ाँ साहबी पर! इसीलिए हम कहते हैं कि मुसलमानों के भीतर घुसे जातिवाद से लड़ना ज़रूरी है।"

"तुम लोग क्या ख़ाक़ लड़ोगे!" नईम ने तुर्श लहज़े में कहा, "यह सब हमेशा से चलता आया है और चलता रहेगा। समाज का यही नियम है।"

"कैसा नियम?" सलमान को अब ग़ुस्सा आ रहा था, "ये सब नियम किसने बनाए हैं? क्या इस्लाम ने? या फिर तुम जैसे ख़ाँ साहबों और सैयदज़ादों ने?"

"छोड़ो यार," रफ़ीक़ ने सलमान को शान्त करने की कोशिश की, "अब मेले का मज़ा तो किरकिरा न करो। इस बारे में हमारी बहसें होती रहेंगी। चलो अभी मीठी नीम के पास। हम भी ज़रा उसकी पत्तियाँ चबाकर देखें।"

"मगर मैं इस सवाल का जवाब देना ज़रूरी समझता हूँ।" नईम ने दृढ़ होकर कहा तो गौतम बोला—

"पहले इस सवाल का जवाब सोचो कि नीम की पत्तियाँ मीठी कैसे हो सकती हैं? मैं तो इसे कोई चमत्कार मानने को तैयार नहीं हूँ। इसके पीछे कोई-न-कोई वैज्ञानिक कारण होगा।"

तब तक मीठी नीम का पेड़ दिखाई पड़ गया। वहाँ अच्छी-ख़ासी भीड़ जमा थी और लोग उचक-उचक कर नीम की पत्तियाँ तोड़ रहे थे। कुछ लोग उन पत्तियों को चबा भी रहे थे। मगर पेड़ की डालियाँ लगभग नंगी हो गई थीं। बस ऊपर की फुनगियों पर कुछ पत्तियाँ बची हुई थीं। बाक़ी सब तोड़ी या नोची जा चुकी थीं।

"यह देखो मनुष्य की लीला!" आकाश ने लगभग निःश्वास भरते हुए कहा, "बेचारे पेड़ को इतना निरीह बना दिया है कि कोई चिड़िया उस पर अपना घोंसला तक नहीं बना सकती!"

आकाश की इस बात का इतना असर हुआ कि सभी लोग चुप हो गए। वे जहाँ थे, वहीं पर बुतों की मानिंद खड़े हो गए। उनकी आँखें नीम के नंगे पेड़ पर टिकी रह गईं।

"चलो कहीं बैठते हैं। कल्लू भाई का तो अभी कुछ अता-पता है नहीं।"

रफ़ीक़ ने चुप्पी तोड़ी तो सभी लोग चारों तरफ देखने लगे। मगर कहीं कोई एकान्त जगह दिख नहीं रही थी।

"ऐसा करते हैं कि यहीं बैठ जाते हैं। यहाँ से मज़ार शरीफ़ भी साफ़ दिख रहा है। हम कल्लू भाई को भी आता हुआ देख सकते हैं।" गौतम ने कहा तो नईम ने एक नज़र ज़मीन पर डाली। बोला—

"ज़मीन पर?"

"तो क्या हुआ?" रफ़ीक़ ने कहा, "ज़मीन पर बैठने से आपकी ख़ाँ साहबी ख़तरे में नहीं पड़ जाएगी।" फिर फ़ौरन हँसकर कहा, "यार बुरा मत मानना। मज़ाक़ में मुँह से निकल गया।"

नईम चुप रहा। फिर सभी लोग बैठने लगे तो उसने अपनी जेब से रूमाल निकाला और उसे एक जगह बिछा दिया। अभी वह उस पर बैठने जा ही रहा था कि सलमान ने यह देख लिया कि रूमाल पर कुछ कढ़ा हुआ है। बोला—

"लगता है, किसी चाहने वाले का तोहफ़ा है।"

"नहीं यार," नईम ने रूमाल पर बैठते हुए कहा, "मेरे चचा जान की लड़की ने यह कढ़ाई की है।"

"तुम लोगों में तो चाचा-मामा की लड़की से भी शादी हो जाती है, क्यों?" आकाश ने चुटकी ली तो नईम ने उसे गम्भीर बना दिया। बोला—

"दक्षिण भारत में तो मामा और भांजी की शादी भी होती है।"

"ख़ैर छोड़ो!" रफ़ीक़ ने माहौल को हल्का बनाने की कोशिश की, "उसका नाम तो बता दो।"

"नाम!" नईम के मुँह से 'सितारा' निकलने जा रहा था, पर उसने बात बदल दी, "अभी तुम लोग इस मीठी नीम की बात कर रहे थे न! मैं भी इसे कोई चमत्कारी नहीं मानता। सारी कहानी गढ़ी हुई है।"

"फिर?" लगभग एक साथ सभी ने चौंककर कहा।

"देखो, सीधी-सी बात है। यह सब कमाल मिट्टी का है।"

"कैसे?"

"पहले के लोग आम का पेड़ लगाने के लिए ख़ूब गहरा गड्ढा खुदवाते थे। फिर उसमें 'राब' भरी जाती थी। फिर उसके ऊपर मिट्टी डालकर आम का पौधा लगाया जाता था। यह सब इसलिए किया जाता था कि आम के पेड़ पर ख़ूब मीठे फल आएँ।"

"वाह!"

"और सुनो, चूँकि मूलियाँ बहुत तीखी होती हैं, इसलिए मीठी मूलियाँ पैदा करने के लिए लोग मूली के बीजों में देसी घी मलकर बुआई करते थे।"

"मगर इस नीम के पेड़ के लिए इतना ताम-झाम भला किसने किया होगा?" आकाश ने पूछा तो सबकी आँखें नईम की ओर उठ गईं। नईम बोला—

"कभी-कभी कहीं की मिट्टी में इस तरह की तासीर अपने-आप होती है।"

"अरे वो देखो, तुम्हारे कल्लू भाई चले आ रहे हैं।"

अचानक टीले की तरफ़ देखते हुए गौतम ने कहा तो सब लोग उधर ही देखने लगे। मीठी नीम वाली बात वहीं ख़त्म हो गई।

कल्लू लगभग दौड़ता हुआ-सा टीले से नीचे उतरा और उन लोगों के पास आकर खड़ा हो गया। उसके गले में अब माला नहीं थी। चेहरा बुझा-बुझा-सा था। इन सबको कुछ शक हुआ। नईम ने पूछा, "ख़ैरियत तो है?"

कल्लू ज़मीन पर उकड़ूँ बैठ गया। वह डरा हुआ-सा लग रहा था।

नईम ने फिर पूछा, ''कोई बात हो गई क्या ? सच-सच बोलो।''

कल्लू सिर झुकाए-झुकाए ही बोला, ''क्या बताऊँ, नईम मियाँ! जब मैं दुकान पर माला लौटा रहा था, उसी वक़्त एक लड़की वहाँ आ गई। पीछे-पीछे कुछ शोहदे भी। लड़की के साथ उन्होंने पता नहीं क्या किया, कि वह चीख़ उठी। तभी वहाँ मारपीट शुरू हो गई। शोहदे तो भाग लिए, लोगों ने मुझे दबोच लिया। मैं चिल्लाता रहा कि मैंने कुछ नहीं किया है, लड़की से पूछ लो। मगर किसी ने मेरी एक न सुनी और मुझे बुरी तरह धुन दिया...।'' इतना कहते-कहते वह रुआँसा हो गया।

''ऐसी जगहों पर यही सब होता है,'' रफ़ीक़ उत्तेजित होकर बोला, ''मैं तो कहता हूँ, सरकार को चाहिए कि इस तरह के मेले-ठेलों पर सख़्ती से पाबन्दी लगा दे।''

''सरकार को तो यह भी चाहिए कि इस मुल्क से जातिवाद से छुटकारा दिला दे। मगर...।''

सलमान अभी आगे कुछ और कहने जा रहा था कि नईम खड़ा हो गया। बोला—

''चलो यार, उठो। बहुत हो गया। थोड़ी देर में रात हो जाएगी।''

और सभी लोग उठकर शहर की तरफ़ चल पड़े। नईम अपने कमरे पर पहुँचने के लिए बहुत उतावला हो रहा था। वह कल्लू के मुँह से गोपालगंज का नहीं बल्कि सितारा का हाल जानना चाह रहा था। इसलिए शहर में पहुँचते ही उसने सबसे कहा—

''तुम सब लोग जाओ। मैं तो अपने मेहमान को पहले होटल में खाना खिलाऊँगा, फिर कमरे पर जाऊँगा।''

''चलो, हम भी तुम्हारे साथ होटल चलेंगे।''

रफ़ीक़ ने कहा तो इससे पहले कि नईम कुछ बोलता, गौतम ने कहा—

''अरे यार, क्यों पीछे पड़ते हो? चलो हम लोग कहीं और चलते हैं। इन्हें अकेले छोड़ दो। गाँव-घर से एक आदमी आया है तो कुछ हालचाल लेंगे कि नहीं! अच्छा नईम मियाँ हम चलते हैं।''

इतना कहकर गौतम एक तरफ मुड़ा तो अन्य साथी भी उसके पीछे चल पड़े।

अब नईम मियाँ कल्लू को साथ लेकर लाल डिग्गी की ओर चल पड़े। लाल डिग्गी मिर्ज़ापुर शहर के एक मुहल्ले का नाम है। मुहल्ला काफ़ी बड़ा है और इसकी आबादी मिलीजुली है। यानी यहाँ हिन्दू भी रहते हैं और मुसलमान भी। मुसलमान कुछ अधिक हैं। इसलिए नईम मियाँ को इस मुहल्ले में किराए का कमरा आसानी से मिल गया है। मुहल्ला चूँकि शहर के केन्द्र से थोड़ा अलग-थलग है इसलिए चहल-पहल भी कम ही रहती है। मगर लाल डिग्गी की यह कोई ख़ास विशेषता नहीं है। ख़ास विशेषता यह है कि इसी मुहल्ले में भारत के भूतपूर्व प्रधानमंत्री लालबहादुर शास्त्री की ननिहाल है।

ख़ैर...एक मुस्लिम होटल में जाकर नईम और कल्लू ने नान-गोश्त खाया। फिर बाहर निकलकर मलाईबरफ़ चूसते हुए मुहल्ले के अन्दर घुस गए।

मुहल्ला अंधकार में डूबा हुआ था। यानी बिजली चली गई थी। नईम किसी तरह कल्लू को लेकर अपने कमरे पर पहुँचा और माचिस ढूँढ़कर एक तीली जलाते हुए उसकी रौशनी में मोमबत्ती तलाश करने लगा। मगर कमरे में मोमबत्ती कहीं नहीं दिखी। तब वह मोमबत्ती लाने के लिए पास की दुकान में चला गया। इस बीच कल्लू ज़मीन पर ही एक तरफ़ बैठ गया। नईम ने वापस आकर मोमबत्ती जलाई और अपनी चारपाई का बिस्तर ठीक करने लगा। फिर उसने एक फटी-सी दरी निकालकर कल्लू के सामने डाल दी। बोला, ''इसे बिछाकर आराम से बैठ जाओ।''

कल्लू ने उसके निर्देश का पालन किया। उसने दरी बिछा ली। मगर बजाय उस पर बैठने के वह पाँव पसारकर लेट गया। नईम को लगा कि कहीं यह सो न जाए; इसलिए उसने लगभग डाँटकर कहा, ''मैंने बैठने के लिए कहा है, सोने के लिए नहीं।''

इतना सुनना था कि कल्लू उठ बैठा और नईम की ओर अजीब-सी नज़र से देखने लगा। नईम ने उठकर कमरे का दरवाज़ा बन्द कर दिया। फिर उसने खिड़की भी बन्द कर दी। इसके बाद अपनी चारपाई पर वह तकिए के सहारे आराम से पसर गया। कल्लू चुपचाप बैठा रहा।

बातचीत की शुरुआत नईम ने ही की—

''हमारे घर का क्या हाल है?''

''सब ख़ैरियत है मियाँ।''

''और गोपालगंज का?''

''सब ठीक है। लोग अपने काम-धाम में लगे हैं।''

''सुना है, इलेक्शन होने वाला है!''

''जी ठाकुर गुन्ना सिंह खड़े हैं।''

''वो तो मालूम है। और कौन खड़ा है?''

''ई तो मियाँ जी हमें नहीं पता। मगर सुना है, जल्दी ही बरौंधा की तरफ़ भी चुनाव होगा।''

''अच्छा।''

''जी। और वह सीट लेडीज़ के लिए रिजर्व हो गई है।''

''तब तो कोई औरत ही लड़ेगी वहाँ से।''

''जी। और सुना है कि उस एलक्सन में हमीद की अम्माँ लड़ेगी!''

''क्या बकते हो?''

''बस सुनी-सुनाई बात है मियाँ। बाकी हम क्या जानें?''

''हमीद की अम्माँ, यानी सितारा की अम्माँ, क्यों!''

"हाँ, वही और कौन?"

"तुम पागल हो गए हो। जानते हो इलेक्शन लड़ने में कितना पैसा ख़र्च होता है? हमीद के पास है ही क्या सिवा साइकिल रिपेयरिंग की दुकान के!"

"अब हम का जानें मियाँ! बस सुना है!"

"तुमने ग़लत सुना होगा।"

"हो सकता है मियाँ!"

"अच्छा यह बताओ," इतना कहकर नईम थोड़ी देर के लिए रुका। यह तय करने के लिए कि सितारा के बारे में कैसे पूछा जाए।

तभी दरवाज़ा खटखटाने की आवाज़ आई। और वह कोई सामान्य आवाज़ नहीं थी। लग रहा था कि कई लोग एक साथ दरवाज़े को पीट रहे हैं। कल्लू उठकर खड़ा हो गया और दरवाज़े की ओर बढ़ने लगा, मगर नईम ने उसे रोक दिया। फिर नईम ने ख़ुद उठकर सिटकिनी खोली।

दरवाज़े के पल्ले एक झटके के साथ खुल गए और नईम ने देखा, सामने रफ़ीक़, गौतम, आकाश, सलमान सभी खड़े थे। नईम उन्हें देखकर हैरान रह गया। वे सभी भीतर घुस आए और सलमान ने दरवाज़ा बन्द कर दिया।

"चलो।"

दरवाज़ा बन्द करने के बाद सलमान ने नईम से कहा तो वह घबरा गया। बोला—

"पहले चलो तो, फिर बताते हैं।"

इस बार गौतम बोला।

"देख नहीं रहे हो कि मेरे यहाँ मेहमान है?" नईम ने तर्क दिया। तब रफ़ीक़ ने कहा—

"मेहमान से कहो, आराम से सो जाएँ। डरने की कोई बात नहीं।"

"हाँ, शहर में कोई दंगा-फ़साद नहीं हुआ है।" आकाश ने अपना तर्क दिया।

"नहीं।" नईम ने दृढ़ता के साथ कहा, "जब तक तुम लोग वजह नहीं बताओगे, मैं कहीं नहीं जाऊँगा।"

अब सभी लोग चुप हो गए और एक-दूसरे का मुँह देखने लगे।

आख़िर गौतम ने चुप्पी तोड़ी। बोला—

"हुमा का कुछ अता-पता नहीं है! वह अपने घर से ग़ायब है।"

"क्या?" नईम का मुँह फैल गया।

"जी," रफ़ीक़ ने बात आगे बढ़ाई, "हम लोग जब मेले में थे, यहाँ उसकी ढुँढ़ाई हो रही थी। अभी थाने में रिपोर्ट नहीं लिखाई गई है। क्या किया जाए, कुछ समझ में नहीं आ रहा है।"

और सभी लोगों के साथ नईम भी बाहर निकल गया। कल्लू ने अन्दर से दरवाज़ा बन्द कर लिया।

7

गोपालगंज में इलेक्शन का बाज़ार गर्म हुआ और फिर धीरे-धीरे ठंडा भी हो गया।

ठाकुर गुन्ना सिंह की जीप पर सितारा और उसकी अम्माँ गजेन्दर सिंह के साथ बैठकर ख़ूब घूमीं। गोपालगंज से बरौंधा, बरौंधा से गोपालगंज। गोपालगंज से मिर्ज़ापुर, मिर्ज़ापुर से गोपालगंज। कभी हलिया, कभी हरदी घाट। कभी सड़क पर, कभी जंगलों के बीच। पूरी यात्रा के दौरान सितारा की माँ ड्राइवर की बग़ल में बैठती और सितारा पीछे की सीट पर गजेन्दर सिंह की बग़ल में। गजेन्दर सिंह का दाहिना हाथ उसकी कमर में फँसा होता और बायाँ हाथ ऊपर उठा हुआ। आबादी ख़त्म होते ही बायाँ हाथ नीचे गिरकर सितारा के गोलार्ध में घुस जाता।

सितारा की साड़ी हवा में फरफराती। ब्लाउज़ के पीछे ब्लेसियर के बन्द झलकते। धूप के चश्मे से बालों की लटें उलझतीं। पाउडर और लिपस्टिक से दमकता हुआ चेहरा साक्षात् मुस्कान बन जाता।

चलती हुई जीप में सितारा खड़ी होती तो साक्षात् किसी फिल्म की हीरोइन प्रतीत होती। अपना हाथ उठाती तो पसीने से भीगी हुई काँख लोगों के न जाने किन-किन अंगों को भिगो देती।

जीप से उतरती तो उसके पाँवों की गुलाबी जूतियाँ धरती की धूल को सुवासित कर देतीं। लोग जूतियों के भीतर छिपे हुए उसके पाँवों की कल्पना इस प्रकार करते मानो उन्हीं के आघात से अशोक वृक्ष पर फूल आते हों।

सितारा कुछ बोलती नहीं थी, मगर ऐसा प्रतीत होता था मानो उसके होंठों के भीतर कोई बुलबुल चहक रही हो।

कोई कहता, आशा पारेख है।

कोई कहता, हट्ट, ये तो मुम्ताज़ है।

तीसरा बोलता, अरे नहीं, एकदम माला सिन्हा लगती है।

चौथा कहता, पागल कहीं के! माथे की लट तो देखो, एकदम साधना लगती है।

और इससे पहले कि कोई पाँचवाँ कुछ कहता, लोगों में झगड़ा हो जाता। सितारा हँसती। गजेन्दर सिंह गर्व से सीना तानते। ड्राइवर मुस्कराता हुआ जीप आगे बढ़ा देता। मगर सितारा की माँ का चेहरा बुझ जाता।

'इलेक्शन ये लड़ रही है या मैं?' सितारा की माँ के दिमाग़ में यह सवाल कौंधता और वह जल्दी से घर वापस लौटने की बात करने लगती।

ठाकुर गजेन्दर सिंह सितारा की माँ को इलेक्शन की अहमियत समझाते, उसके ताल-तिकड़म बताते, उनकी विजय में सितारा की महत्त्वपूर्ण भूमिका का बखान करते, बड़े-बड़े त्यागियों का उदाहरण देते, भारत की तपस्विनी स्त्रियों की कथा सुनाते; मगर सितारा की माँ थीं, कि उन पर गजेन्दर सिंह की बातों का कोई असर

न होता। और एक रोज़ तो हद ही हो गई, जबकि वो जीप से नीचे कूद पड़ीं। बोलीं—

"बस! अब हम घर जाएँगे!"

अभी ठाकुर गजेन्दर सिंह कुछ बोलते कि उन्होंने अपनी बेटी को हुक्म दिया—

"सितारा, उतर हम घर जाएँगे।"

"क्या हुआ अम्माँ? आप इतनी घबरा क्यों रही हैं?"

गजेन्दर ने नीचे उतरते हुए उनसे कहा तो वो चुप रहीं और जीप में बैठी सितारा को देखती रहीं।

सितारा कभी माँ की ओर देखती थी तो कभी ठाकुर गजेन्दर सिंह की ओर। उसकी समझ में नहीं आ रहा था कि क्या निर्णय ले। तभी माँ ने गरजकर कहा, "तू उतरती है नीचे या नहीं?"

"अरे अम्माँ, वो क्यों उतरेगी", गजेन्दर सिंह ने सितारा का रुख़ देखते हुए कहा, "वो तो आपको इलेक्सन जितवाने के लिए ही इतना सब कर रही है। आओ, बैठो जीप में।"

मगर सितारा की माँ बिफर उठीं।

"वो क्या कर रही है और आप लोग क्या कर रहे हैं, हम सब समझ रहे हैं।"

इतना कहकर वह पैदल ही आगे बढ़ चलीं। जब सितारा ने यह दृश्य देखा तो वह भी जीप से उतर गई और माँ के पीछे चलने लगी। ठाकुर गजेन्दर सिंह ने उसका हाथ पकड़कर उसे रोकने की कोशिश की मगर उसने झटककर अपना हाथ छुड़ा लिया और आगे बढ़ गई।

जीप चली गई।

सितारा की माँ भी चली गईं।

पीछे-पीछे सितारा भी।

"**मगर** हुआ क्या?"

यह सवाल गोपालगंज आने पर नईम ने उन लोगों से किया जिन्होंने यह वृत्तान्त उसे सुनाया था।

और जो कुछ मालूम हुआ, वह इतना कड़वा था कि किसी को भी उल्टी हो सकती थी।

इतनी कम उम्र में ही सितारा की शारीरिक भूख आग की तरह भड़क रही थी, जिसका लाभ उठाया गजेन्दर सिंह ने। वह उसकी भूख को शान्त करने लगा। सितारा की भूख और बढ़ती गई। गजेन्दर अब हद से ज़्यादा बढ़ने लगा। माँ सब भाँप रही थी। मगर बुरा हो ऐसी औरत का जो अपनी ही बेटी को दोज़ख़ में झोंक रही थी। मगर उसका भी क्या क़सूर? गजेन्दर उसे सब्ज़बाग़ दिखाने लगा। एम.एल.ए. बन जाने का लालच दिया। सितारा की माँ लालच के जाल में फँस गईं। जरूर इसमें

कोई तो बात रही होगी। बीच में गजेन्दर के दोस्त मक़बूल ने भी सितारा की आग में अपना अंग सेंकने की कोशिश की। मगर गजेन्दर भड़क गया। तब वह यह प्रचार करने लगा कि सितारा तो उसकी रखैल है। ठाकुर गजेन्दर सिंह को उसी ने मौक़ा दिया है। उधर गजेन्दर प्रचार करता था कि वह एक अबला को सहारा दे रहा है, इसलिए लोग उसके ख़िलाफ़ दुष्प्रचार कर रहे हैं। मगर वह पीछे हटने वाला नहीं है। वह सितारा की माँ को एम.एल.ए. बनवाकर रहेगा। लोग पूछते, और सितारा? उसको क्या बनाओगे? तो वह सीना फुलाकर कहता कि उसे पढ़ा-लिखाकर डाक्टरनी बना देंगे। फिर गोपालगंज में एक बड़ा अस्पताल बनेगा और डॉ. सितारा होंगी चीफ़ मेडिकल ऑफ़ीसर।

मगर इलेक्शन के दौरान ही उसकी पोलपट्टी खुल गई। बरौंधा सीट के लिए दरअसल एम.एल.ए. की महिला प्रत्याशी उसकी भाभी यानी ठाकुर गुन्ना सिंह की पत्नी थी। ठकुराइन तो प्रचार के लिए जा नहीं सकती थीं इसलिए गजेन्दर ने यह सारा नाटक रचा था। मक़सद था सितारा को जकड़बन्दी में रखना और उसे भोगना...।

"ज़रूर इस लड़की के साथ किसी ने इसके बचपन में ही मुँह काला किया होगा। तभी तो..."

इस कहानी के बीच में कोई टिप्पणी करता तो जवाब मिलता, "लड़की अगर कचाई में मज़ा चख ले तो वह फिर बेक़ाबू हो जाती है। कोई लड़की पैदाइशी ऐसी थोड़े न होती है। इसके लिए तो कोई मर्द ही जिम्मेदार होता है। चाहे वह पराया हो या फिर घर का।"

"मगर माँ?" माँ तो उसे सँभाल सकती थी। जब कहीं से यह आवाज़ आती तो सुनाई पड़ता कि "माँ भी ससुरी ऐसी ही रही होगी।"

और फिर हुआ यह कि मानो पूरा गोपालगंज ही उल्टी करने लगा। चारों तरफ़ हैज़ा-ही-हैज़ा।

नईम ने ये बातें एक साथ नहीं, बल्कि टुकड़ों-टुकड़ों में सुनीं और हर टुकड़ा ऐसा लगा मानो वह जलती हुई सलाख है जो उसके सीने को छेद रही है। नईम उसे झेल सकने में असमर्थ था। उसे बार-बार यही महसूस होता कि वह हैज़े के दलदल में धँसता जा रहा है। दलदल, जिसमें उल्टी और दस्त के हरे, सफ़ेद, काले, लाल और न जाने किन-किन रंगों का द्रव भरा हुआ है। यह द्रव कहाँ से रिस रहा है? सितारा के, या उसके जिस्म से? नईम सोचता और बस सोचता रहता।

एक रोज़ वह इसी सोच में डूबा अपने कमरे में लेटा हुआ था कि ज़ुबैदा आई और धम्म से पलंग पर बैठ गई। नक़ली ग़ुस्से में, कि शायद 'भाईजान' कुछ पूछें! मगर नईम ख़ामोश रहा। तब वह उन पर झुक गई। नईम ने अब उसकी ओर ध्यान दिया। ज़ुबैदा पहली बार उसे इतनी ख़ूबसूरत लगी। उसकी ओढ़नी सँभल नहीं रही

थी। वह भी उसे सँभाल नहीं रही थी। बड़े गोल गले वाली शमीज़ के भीतर उसके अंग साफ़ दिख रहे थे। साटन की उस शमीज़ के अन्दर उसने ब्रेसियर भी नहीं पहन रखी थी, इसलिए सिन्दूरी आमों के आगे उगी हुई ललछौंही डोडियाँ भी झलक रही थीं। कोई और वक़्त होता तो नईम मियाँ उन्हें नोचने-खाने से बाज़ न आते, मगर किसी की कही हुई बात, कि 'अगर लड़की कचाई में ही मज़ा चख ले', उसके कानों में भनभनाने लगी और वह अनासक्त बना रहा।

जुबैदा को अजीब लगा। 'ये कुछ बोल क्यों नहीं रहे हैं ? कहीं शहर में किसी और से तो नहीं फँस गए हैं ?' आदि-आदि ? जाने किस-किस तरह के विचार उसके मन में घुमड़ने लगे। मगर उसने हार नहीं मानी। नईम की उदासीनता ने उसको और अधिक उत्तेजित कर दिया। उसका चेहरा लाल हो गया। वह उसके ऊपर ढह-सी गई। उसने नईम को खींचकर अपने बाएँ वक्ष पर लगा लिया और मुस्कराई।

''अब तुम जाओ यहाँ से।''

नईम ने उसे हुक्म देने के अन्दाज़ में यह जुम्ला बोला तो ज़ुबैदा खड़ी हो गई।

नईम ने देखा, ज़ुबैदा उस वक़्त घायल शेरनी की तरह दिखाई पड़ रही थी।

नईम ने अपने स्वर में थोड़ी-सी मिठास घोलने की कोशिश की। बोला—

''हमारी सुहागरात तो आने दो!''

मगर ज़ुबैदा पर इसका कोई असर नहीं हुआ। बोली—

''सुहागरात तो सिर्फ़ हम लड़कियों के लिए होती है। सुना है वो तो ख़ून-ख़राबा देखने के लिए। क्यों?''

और वह पाँव पटकती हुई वहाँ से चली गई।

ज़ुबैदा तो चली गई, मगर नईम का दिमाग़ झनझनाने लगा।

सितारा। उसकी सितारा। उसकी ग़ैरमौजूदगी में दूसरों के साथ...उन दूसरों ने उसके साथ क्या-क्या किया होगा ? वही, जो उसने किया था। ज़ाहिर है वही।

और यह सोचते ही उसका समूचा वजूद खौलने लगा।

वह उठ बैठा।

फिर उसने सोचा, सितारा क्या इतनी बुरी लड़की है ? नहीं।

उसने ख़ुद को समझाने की कोशिश की। मगर नहीं समझा सका। सितारा तो वाक़ई बेक़ाबू हो गई थी।

नईम खड़ा हो गया।

उसने फिर सोचा। अगर सितारा जान जाए कि मैं आ गया हूँ तो ? तो क्या वह बदल न जाएगी ? हो सकता है, उसकी ग़ैरमौजूदगी में सितारा के पाँव फिसल गए हों। मगर अब तो वह आ गया है।

सुना है लड़कियाँ अपने पहले प्यार को कभी नहीं भूलतीं।

नईम को अपने इस विचार से बल मिला और वह बाहर निकलकर सितारा के घर की तरफ़ चल पड़ा।

दोपहर ढल रही थी। गोपालगंज के बाज़ार में चहल-पहल बढ़ गई थी। सड़क पर एक नए प्रकार के वाहनों का ताँता लगा हुआ था। उन वाहनों में इंजन के साथ ड्राइवर वाली सीटें तो थीं, मगर पीछे सिवाय चेसिस के कुछ भी नहीं था। पता चला, कि इनके ऊपर ट्रकों का निर्माण होगा। ये वाहन कलकत्ता की तरफ़ जा रहे हैं। नईम को बहुत अजीब लगा। एक भाग कहीं और, दूसरा कहीं और। जीवन भी तो ऐसा ही है। उसने सोचा। शुरू कहीं और से होता है और ख़त्म कहीं और। वह आगे बढ़ता रहा। रास्ते में जो भी मिलता उससे सलाम करता। वह कभी जवाब देता और कभी मात्र सिर हिला देता। वह डर रहा था कि कहीं कोई रोककर सितारा की बात न छेड़ दे। मगर कोई छेड़ेगा क्यों? उसका राज़ तो किसी को पता ही नहीं है। वह आश्वस्त हुआ।

आगे, एक दुकान के सामने भीड़ लगी हुई थी। काफ़ी शोर हो रहा था। उसे जिज्ञासा हुई। वह तेज़ी से उस दुकान की तरफ़ बढ़ा। तभी भीड़ में से निकलकर एक आदमी बाहर आया। नईम ने उससे पूछा, "वहाँ क्या हो रहा है?"

आदमी ने चौंककर पहले उसे सलाम किया, फिर बोला, "अरे मियाँ, हमारी समझ में तो कुछ नहीं आया। वहाँ एक औरत खड़ी है। कोई कहता है, हिंजड़ा है और कोई कहता है रंडी है। अब ऊपर वाला ही जानता होगा कि वह कौन है?"

इतना बोलकर आदमी तो चला गया, मगर नईम की धड़कनें बढ़ गईं। कहीं वह सितारा तो नहीं है?

वह और तेज़ी से आगे बढ़ा। फिर भीड़ में जा घुसा। जिसने उसे देखा, उसने सलाम किया। उसने किसी पर कोई ध्यान नहीं दिया। वह भीड़ को चीरता हुआ आगे बढ़ गया। आगे उसने देखा कि वहाँ वाक़ई एक औरत खड़ी हुई थी। बदहवास और लज्जित। लोग तरह-तरह के फ़िक़रे कस रहे थे। हिंजड़ा। रंडी। बेसा। कँजरिन। डोमिन...और न जाने क्या-क्या।

नईम ने सबको एक फटकार लगाई और भीड़ तितर-बितर होने लगी।

दरअसल यह असर नईम का नहीं, बल्कि उसके अब्बा हुज़ूर अली हुसैन ख़ाँ का था। मगर नईम ने स्वयं को सम्मानित महसूस किया और आगे बढ़कर उस आकृति के सामने खड़ा हो गया, जिसके बारे में लोगों को अब तक यह भी नहीं मालूम हो सका था कि वह कोई स्त्री है या उभयलिंगी।

नईम ने उस आकृति से पूछा, "तुम कौन हो? कहाँ से आई हो? और यहाँ आने का तुम्हारा मक़सद क्या है?"

और वहाँ उपस्थित लोग हँस पड़े।

मगर आकृति की रोनी सूरत ने सबको ख़ामोश कर दिया।

उसने कहा, "हमें तो दीच्छित जी ने बुलाया था। कहा था कि जंगल में आना। हुआँ हमारा बँगला है..."

"कौन दीच्छित?" नईम ने पूछा।

तो उसने तपाक से कहा, "अरे वही आप के अंजनी जी।"

"देखा मियाँ, है न एकदम चालू चीज़।"

पास की एक दुकान से आवाज़ आई तो नईम ने उस तरफ़ अपनी भृकुटी तानी। और धीरे-धीरे सब कुछ शान्त हो गया।

जब सब कुछ शान्त हो गया तब नईम ने उस आकृति को इशारा किया और वह उसके पीछे चल पड़ी।

नईम अब सितारा के घर की तरफ़ नहीं बल्कि बाज़ार के बाहर की तरफ़ जा रहा था। पीछे-पीछे वह आकृति भी जा रही थी। लोग सीटियाँ बजा रहे थे, फ़िक़रे कस रहे थे, मगर किसी की यह मजाल नहीं थी कि आगे बढ़कर उनका रास्ता रोक ले या कोई टंटा खड़ा कर दे।

बाज़ार से बाहर आकर नईम एक पुलिया पर बैठ गया। उसने इशारा किया तो वह आकृति भी बैठ गई। एकदम नईम से सटकर। तब उसने कहा कि दूर बैठो। और वह आकृति बगैर कोई विरोध किए दूर बैठ गई। पुलिया चौड़ी थी इसलिए नईम पालथी मारकर बैठ गया। बग़ैर कुछ कहे उस आकृति ने भी वैसा ही किया। अब दोनों आमने-सामने थे और पुलिया के नीचे से एक जंगली नदी अपनी स्वाभाविक रफ़्तार से बही चली जा रही थी।

सूरज डूबने जा रहा था।

गोपालगंज के इर्द-गिर्द जो पहाड़ियाँ थीं, उनकी चट्टानें ताँबई हो गई थीं। उन चट्टानों में कहीं ताँबई हाथी नज़र आ रहे थे तो कहीं ताँबई हिरन। झाड़-झंखाड़ भी ताँबई हो गए थे। नदी में पानी बहुत कम था, मगर वह भी ताँबई दिख रहा था। नईम ने नीचे झाँककर देखा तो जल की ताँबई धार सामने बैठी आकृति की तरह दिखाई पड़ी। उसकी आँखों में एक बार फिर सितारा की देहयष्टि कौंध गई।

सितारा गोरी नहीं थी। वह काली भी नहीं थी। वह साँवली भी नहीं थी। वह ताँबई थी। वस्त्र से ढँके हुए उसके अंग किसी और रंग के दिखते थे, मगर वस्त्र के भीतर...सब कुछ ताँबई।

नईम को लगा कि उसके सामने साक्षात् सितारा बैठी है।

मगर वह तो कोई और थी।

नईम को उस आकृति ने एक कहानी सुनाई, जिसे उसने अपनी माँ से सुना था—

गोपालगंज से सटा हुआ एक गाँव था रामपुर आशिक़ अली। गाँव का नाम बड़ा अजीब था, मगर था। नाम तो रामपुर ही था, मगर साथ में 'आशिक़ अली' इसलिए

लगा था कि उस गाँव के एक कायस्थ ज़मींदार श्रीमान गंगा सहाय जी मीरगंज, इलाहाबाद की एक तवायफ़ पर इस तरह रीझे कि वे उसकी 'नथ-उतराई' का सौदा कर बैठे। सौदा तो कर बैठे मगर उन्हें यह नहीं पता था कि इसका हश्र क्या होने वाला है?

सुबह जब गंगासहाय जी रुख़्सत होने को हुए तो क्या देखते हैं कि शब्बो यानी वो तवायफ भी साथ चलने को तैयार है और कोठे की मालकिन मुस्करा रही है। गंगासहाय जी तो हक्का-बक्का रह गए। मालकिन—जो पूरे मीरगंज में नायका बीबी के नाम से मशहूर थी—बोली :

"सोच क्या रहे हैं सरकार। इसे ले जाइए अपने साथ।"

"मगर सौदे में यह शर्त तो नहीं थी।" जब गंगासहाय जी ने यह कहकर अपना पिंड छुड़ाना चाहा तो नायका बीबी अड़ गई। बोली, "शर्त तो सरकार यह भी नहीं थी कि आप इसके साथ एक रात मज़ा लूटकर अगली सुबह इसे बाज़ार के हवाले करके चल देंगे और यह अपनी पूरी जवानी इस-उसके पहलू में नुचती हुई काट देगी। अगर कल की रात नथ-उतराई की रात न होकर आपकी सुहागरात होती तो? तो क्या आप अपनी बीवी को भी इसी तरह बाज़ार के हवाले कर देते?"

गंगासहाय जी को यह बात चुभ गई और वे अपनी शब्बो को गाँव ले आए। मगर ऐसे नहीं, सुनते हैं कि उन्होंने बाक़ायदा शादी का जोड़ा बनवाया। अपनी शब्बो रानी को ज़ेवरों से सजाया। फिर रेलगाड़ी में फ़र्स्ट क्लास का एक कूपा रिज़र्व कराया और मिर्ज़ापुर पहुँचकर डोली का इन्तज़ाम किया। तब वे रामपुर में इस तरह दाख़िल हुए मानो दूसरी शादी करके आ रहे हों।

"यानी..." नईम ने कुछ बोलने की कोशिश की तो उसने रोक दिया, मगर उसका बोलना जारी रहा :

"यानी वो शादीशुदा थे? घर में बीवी थी?"

"क्या बच्चे भी थे...?"

"हाँ, दो बेटे थे।"

"तब क्या हुआ?"

"तब दरवाज़े पर भीड़ लगी। तरह-तरह की चेमेमोइयाँ होने लगीं। मगर अचानक क्या हुआ कि गंगासहाय जी की बीवी एक थाली में अच्छत वग़ैरह लेकर बाहर निकलीं और नई बहू को डोली से उतारकर हिन्दुआने ढंग से उसका स्वागत करती हुई भीतर ले गईं। डोली वापस चली गई। और पूरी भीड़ तितर-बितर हो गई।"

"फिर?" नईम की उत्सुकता अब और बढ़ गई थी।

"फिर तो बहुत कुछ हुआ। गंगासहाय जी ने अपनी शब्बो के लिए अलग रहने का इन्तज़ाम किया। अलग घर। अलग रसोई। अलग नौकर-चाकर। शब्बो चूँकि मुसलमान थी इसलिए सब कुछ मुसलमानी ढंग से किया।

उमर ढलते–ढलते वो बहुत मज़हबी हो गई थी। इसलिए सहाय जी ने उनके लिए क़ुरआन शरीफ़ और जानमाज़ वग़ैरह का इन्तज़ाम किया। रमज़ान और ईद पर उनका पूरा ख़याल रखते थे..."

"और पहली बीवी? उनके बच्चे...!"

पहली बीवी तो रही नहीं। यानी वो मर गईं। मगर उनके दोनों बेटे उनका सम्मान करते थे। उन्हें अम्माँ ही कहते थे। मगर अपने पुश्तैनी मकान में न उन्होंने कभी उन्हें लाने की बात की और न गंगासहाय जी ने। हाँ, अपने आख़िरी दिनों में उन्होंने हज पर जाने की इच्छा ज़रूर प्रकट की, जिसे गंगासहाय जी ने पूरा किया।

"कैसे? महरम कौन था?"

"मैं नहीं जानती। महरम?"

"हाँ, हाँ, महरम। यानी औरत जब हज के लिए जाती है तो अकेली नहीं जाती, साथ में एक मर्द जाता है।"

"तो कोई गया होगा।"

"कोई नहीं, वह तय है?"

"क्या तय है?"

"महरम सिर्फ़ चार लोग ही हो सकते हैं।"

"कौन–कौन?"

"शौहर, सगा बेटा, सगा भाई और सगा बाप।"

"क्या आप बता सकते हैं कि शौहर के साथ 'सगा' क्यों नहीं लगा है?"

"क्योंकि शौहर तो हर हाल में सगा ही होता है।"

"कैसे?"

"वो ऐसे कि उस मर्द से उस औरत का निकाह हुआ रहता है।"

"और अगर निकाह न हुआ हो तो?"

"तो वह नाजायज़ तअल्लुक़ात हुआ।"

"क्यों? जब बेटा सौतेला हो सकता है, भाई सौतेला हो सकता है और बाप भी सौतेला हो सकता है तो क्या शौहर सौतेला नहीं हो सकता? बाक़ी सब रिश्तों के साथ तो आप सौतेला लफ़्ज़ लगा रहे हैं, मगर शौहर के साथ क्यों नहीं? क्या किसी औरत का कोई सौतेला शौहर नहीं हो सकता?"

"नहीं। क्योंकि...।"

"क्योंकि सौत तो सिर्फ़ औरत होती है न। मर्द के लिए आज़ादी है।"

नईम चुप।

वह भी चुप।

अब रात घिर आई थी। सड़क पर आवाजाही भी कम हो गई थी। ख़ासकर गोपालगंज के वही लोग दिखाई पड़ रहे थे जिनके पास साइकिलें थीं और उनमें

रौशनी देने वाला टार्च जैसा टूल लगा होता था।

नईम का सिर चकरा रहा था। वह वहाँ से उठकर चला जाना चाहता था, मगर उस आकृति का रहस्य अभी खुला नहीं था। इसलिए उसने बात आगे बढ़ाई। बोला, ''फिर ?''

''फिर वो हज पर गई। महरम या मरहम या मलहम जो आपने पूछा, वो कौन था, मुझे नहीं पता। हाँ, हज से लौटने के बाद ही वह इस दुनिया से चली गईं। गंगासहाय जी ने उन्हें रामपुर आशिक़ अली के क़ब्रिस्तान में बाक़ायदा दफ़्न करवाया। लोग अब भी इस कहानी को याद करते हैं, मगर...मगर कोई यह जानने की कोशिश नहीं करता कि बेचारी शब्बो की भी कोई औलाद थी या नहीं ?''

''तुम जानती हो ?''

''हाँ।''

''वह लड़का था या लड़की ?''

''लड़की।''

''वह कौन है ? कहाँ है ?''

''वह मैं हूँ। मैं यहाँ हूँ।''

और तभी आसमान पर चमकते हुए चाँद की रेखा बुझ गई। तारों ने बहुत कोशिश की कि धरती को रौशनी दें मगर वे सफल नहीं हो सके। पुलिया के नीचे नदी में बहता हुआ पानी भी अदृश्य हो गया। वातावरण में सिर्फ़ उसकी आवाज़ें भर रह गईं।

''अब चलें ?'' नईम ने उठते हुए कहा, तो उसने सवाल किया, ''मैं कहाँ जाऊँ ?''

''मेरे साथ चलो।''

और वह नईम के साथ चल पड़ी।

चारों तरफ़ अँधेरा था।

सामने सिर्फ़ सड़क थी। एक काली पट्टी की तरह। कभी-कभी वह साँप की पीठ की तरह दिखाई पड़ती थी।

नईम सितारा के घर के सामने पहुँचकर खड़ा हो गया। वह भी खड़ी हो गई।

बाहर पुरानी साइकिलों के कल-पुर्ज़े धुँधले-धुँधले से दिखाई पड़ रहे थे। पेड़ की डालियों पर टायर और ट्यूब लटके हुए थे। भीतर हल्का-सा प्रकाश नज़र आ रहा था।

''तुम अन्दर चली जाओ। मेरा नाम बता देना। कहना नईम मियाँ ने भेजा है, रात गुज़ारने के लिए। सुबह होते ही चली जाऊँगी। अन्दर सितारा नाम की लड़की तुम्हें मिलेगी। वह सब सँभाल लेगी।''

''आप नहीं चलेंगे ?''

"नहीं। मेरे चलने से मामला बिगड़ सकता है। तुम जाओ।"

"और वो लोग अगर मना कर दें तो?"

"तो तुम्हारी क़िस्मत।"

इतना कहकर नईम वहाँ से चल पड़ा।

उस आकृति ने पलटकर कहा—

"माटी की हाँडी गई सो गई, कुत्ते की जात तो पहचानी गई।"

नईम ने पता नहीं, उन शब्दों को सुना या नहीं।

और यह भी पता नहीं कि वह आकृति उस घर के अन्दर गई या नहीं? मगर वह आकृति जब सितारा के घर पहुँची और उसने बताया कि उसे नईम मियाँ ने यहाँ भेजा है तो सितारा को थोड़ा अजीब-सा लगा, मगर यह फ़ख़्र भी हुआ कि नईम मियाँ उसे कितना चाहते हैं।

सितारा और उसकी माँ ने उसकी भली-भाँति ख़ातिरदारी की। सितारा ने अपने साथ बैठाकर उसे खाना खिलाया। फिर दोनों ऊपर के बिस्तर पर एक साथ लेट गईं। दोनों में से किसी को भी नींद नहीं आ रही थी, इसलिए देर रात तक दोनों बातें करती रहीं। उसी क्रम में उस आकृति ने सितारा को वह कहानी सुना दी, जिसे उसने नईम मियाँ को सुनाया था। उस कहानी को सुनकर सितारा एकदम स्तब्ध रह गई।

यानी एक लड़की, जो एक मर्द के अलावा दूसरे मर्द को भी अपना जिस्म समर्पित कर देती है वह क्या रंडी हो जाती है? अगर ऐसा है तो क्या वह भी रंडी हो गई है? पहले नईम मियाँ, फिर ठाकुर गजेन्दर सिंह। और उसका चेहरा कुम्हला गया। उसकी बोलती भी बन्द हो गई।

तब उस आकृति ने सवाल किया, "तुम्हें क्या हो गया बहन? तुम्हारी तो शक्ल ही बदल गई।"

"कुछ नहीं। यूँ ही कुछ सोच में पड़ गई थी।"

"दाई से पेट मत छुपाओ, लगता है किसी मर्द ने तुम्हारे साथ भी कुछ ग़लत किया है। मेरा मशवरा है कि उसे भूल जाओ। औरत ज़ात की यही तो कमज़ोरी है।"

और सितारा फूट-फूटकर रोने लगी।

8

अगले दिन शाम को नईम जब सितारा के घर की ओर जा रहा था तो रात वाली आकृति बार-बार उसके सामने कौंध जा रही थी।

नईम ने उस आकृति से यह भी पूछा था, कि तुम तो स्वर्गीय गंगासहाय जी की

बेटी हो, भले ही तुम्हारी माँ तवायफ़ों के मुहल्ले से आई थी, वह तो एक इज़्ज़तदार मुसलमान औरत की तरह ज़िन्दगी भर अपनी लाज निभाती रही। मगर तुमने यह रास्ता क्यों चुना? तब उसने काली नागिन की तरह पलटकर उसे इस समाज का वह उजला हिस्सा दिखाया था, जिसे उजागर करने से लोग हिचकते हैं। उसने अत्यन्त कड़वाहट के साथ कहा था :

"अरे मियाँ, मर्दों की बात और है, वो जिसको चाहें इज़्ज़त बख़्श दें। मगर हम औरतें? हम मर्दों को अपना सब कुछ दे सकती हैं, मगर हमें कुछ भी नहीं मिलता। मेरे बाप—यानी स्वर्गीय गंगासहाय जी के दो बेटे पहले से ही थे। अपनी माँ के पेट से मैं पैदा हुई—एक बेटी पैदा होते ही मेरी माँ ने मुझे मारना चाहा, मगर मेरे बाप ने मुझे बचा लिया। मैं धीरे-धीरे बड़ी होने लगी। और जैसे-जैसे मैं बड़ी हो रही थी, समझदार भी हो रही थी। मुझे देखकर गाँव के लोग यही कहते कि देखो रंडी की बेटी जा रही है। सिर्फ़ मर्द नहीं, औरतें भी यही कहती थीं कि आगे चलकर यह भी रंडी हो जाएगी। और देखो मियाँ, मैं हो गई। मैं आज रंडी हूँ कि नहीं?"

इतना बोलकर वह हँस पड़ी। एक मरियल-सी हँसी, जिसने चाँद की रौशनी को फ़ीका कर दिया।

नईम चुप रहा। वह बोलती रही—

"मैं जब बारह बरस की हुई तो मेरे जोबन निकल आए। जोबन जानते हो?"

"मैं तो तुम्हारा नाम भी नहीं जानता?"

नईम ने उसके सवाल को टालने के लिए यह बात कही तो वह मुस्कराई। बोली—

"मेरा नाम है उर्वशी।"

"उर्वशी! यह कैसा नाम है? तुम्हारी माँ तो मुसलमान थीं।"

"पता नहीं। मुझे मालूम नहीं कि वो मुसलमान थीं या क्या? वैसे सुना है कि सारी रंडियों को मुसलमानी नाम दे दिए जाते थे, चाहे वो जिस भी क़ौम या ख़ानदान से आई हों। हमारी फ़िल्मों में भी तो कई मुसलमानों को हिन्दुआने नाम दिए गए हैं। जैसे दिलीप कुमार, मीना कुमारी...।"

"फ़िल्मों को छोड़ो, तुम अपने बारे में बताओ।"

"अपने बारे में क्या बताऊँ; जब मेरे जोबन आए तो सबसे पहले उन पर नज़र पड़ी मेरे भाईजान की...।"

"क्या मतलब?"

"मतलब साफ़ है मियाँ। मेरे दो-दो भाईजान थे। मृत्युंजय सहाय और रत्नाकर सहाय। मृत्युंजय सहाय की शादी हो चुकी थी, मगर रत्नाकर सहाय कुँवारे थे। एक रोज़ क्या हुआ कि वे मुझे अपने कमरे में ले गए। बोले—उर्वशी, मैं तुम्हें एक नई चीज़ दिखाना चाहता हूँ। देखोगी? मैंने कहा, दिखाइए। उन्होंने अपनी पैंट खोल

दी। बोले, देखो। मैंने देखा। और फिर तो देखती ही रह गई। मेरे भाईजान ने मुझे पूरी कायनात दिखा दी। ऐसी कायनात, जिसमें मेरी औक़ात एक रंडी से ज़्यादा कुछ हो ही नहीं सकती थी। मेरे अपने ही भाईजान ने मुझे रंडी बना दिया। फिर यह प्रचार कर दिया कि मैं एक रंडी की बेटी हूँ इसलिए मैं भी रंडी बन गई हूँ। मैं किसी के भी साथ सो सकती हूँ। और वह प्रचार यहाँ तक पहुँचा कि आज मैं दीच्छित जी के बुलावे पर यहाँ तक आ पहुँची मगर...।''

और नईम की आँखें बन्द हो गईं। सामने अँधेरा छा गया।

दीच्छित जी गोपालगंज में नहीं थे। वे तो मिर्ज़ापुर की एक तवायफ़ के कोठे पर थे।

यह बात भी बाद में मालूम हुई, जब गोपालगंज के एक आदमी ने बताया कि उसने दीच्छित जी को 'टिप-टॉप' वाली सड़क पर देखा था। 'टिप-टॉप' एक लांड्री थी जो उसी सड़क पर थी, जिस पर तवायफ़ों के कोठे थे। चूँकि उस सड़क के किनारे ठठेरों की दुकानें भी थीं, इसलिए उस इलाक़े को लोग ठठेरी बाज़ार के नाम से जानते थे।

नईम ने जब आँखें खोलीं तो वह आकृति ग़ायब थी।

नईम जब सितारा के घर पहुँचा तो उस वक़्त हमीद एक साइकिल की चेन ठीक कर रहा था।

''अन्दर कोई है?''

नईम ने पूछा तो हमीद ने घूमकर उसे देखा, फिर सलाम किया।

''वालेकुम सलाम!'' नईम ने सलाम का जवाब देते हुए अपने सवाल को दुहराया, ''घर में कौन-कौन हैं?''

''सभी हैं।'' हमीद ने चेन पर ग्रीज़ लगाते हुए कहा।

''सभी याने?''

''आप ख़ुद जाकर देख लीजिए न।'' हमीद ने बेपरवाही से जवाब दिया और अपने काम में लगा रहा।

नईम थोड़ा-सा आगे बढ़ा, फिर रुक गया। पूछा—''कल रात कोई लड़की यहाँ आई थी?''

''हाँ, आई थी।'' हमीद की आवाज़ में वही लापरवाही थी।

''फिर क्या हुआ?''

''होना क्या था, रात भर रही और सवेरे चली गई।''

''कहाँ चली गई?''

''मुझे क्या पता? जहाँ से आई होगी, वहीं चली गई होगी।''

इतना बोलकर हमीद उठा और पास में पड़ी दूसरी साइकिल की तरफ़ बढ़ गया। नईम अधखुले दरवाज़े की फाँक से घर के अन्दर दाख़िल हो गया।

"सलामवालेकुम अम्माँ।"

अन्दर पहुँचते ही उसे सितारा की अम्माँ दिखाई पड़ीं, जो बिस्तर पर पड़े कपड़ों को तहा रही थीं। उन्होंने सिर उठाकर नईम को देखा और उसके सलाम का जवाब दिया। मगर उनकी आवाज़ में पहले वाली मिठास महसूस नहीं हुई।

"सितारा कहाँ है?" नईम के मुँह से जिस क्षण यह सवाल निकला उसी क्षण ऊपर से कई लड़कियों के हँसने की आवाज़ आई। सितारा की अम्माँ ने कोई जवाब नहीं दिया। वे चुपचाप कपड़े तहाती रहीं।

"ऊपर कौन-कौन हैं?" नईम ने पूछा तो सितारा की अम्माँ एक पल तक चुप रहीं, फिर बोलीं, "आप बैठिए। ऊपर सितारा की सहेलियाँ आई हुई हैं।"

नईम ने इधर-उधर देखकर बैठने की कोई उपयुक्त जगह तलाशने की कोशिश की मगर जब उसे कुछ नज़र नहीं आया तो वह कपड़ों से भरी चारपाई पर ही बैठ गया। ऊपर से लगातार आवाज़ें आ रही थीं। बीच-बीच में सरिता, लीला और सलमा आदि कई नामों के सम्बोधन भी सुनाई पड़ रहे थे। उनमें क्या बातें हो रही थीं, यह साफ़-साफ़ समझ में नहीं आ रहा था। मगर यह बात लगभग तय-सी लग रही थी कि सितारा से नईम की मुलाक़ात अकेले में नहीं हो सकती। सितारा की अम्माँ का बर्ताव भी उसे अटपटा लग रहा था।

'हूँ! तो सिर्फ़ सितारा पर ही नहीं बल्कि इस पूरे घर पर ठाकुर गजेन्दर सिंह का क़ब्ज़ा हो गया है।' नईम ने महसूस किया और उसके भीतर से एक आह-सी निकली। वह अलसाया हुआ-सा खड़ा हो गया। सितारा की अम्माँ चुपचाप अपना काम करती रहीं।

कुछ देर तक कमरे का यही दृश्य रहा। फिर सितारा की अम्माँ जब कपड़े तहाना छोड़कर पीछे आँगन की तरफ़ जाने लगीं तो नईम के भीतर एक ज़बर्दस्त खीझ-सी उत्पन्न हुई और उसका पूरा बदन तन गया।

"अच्छा अम्माँ, अभी चलता हूँ। बाद में आऊँगा। सलामवालेकुम।"

नईम ने दरवाज़े की तरफ़ बढ़ते हुए कहा तो पीछे से उसे सिर्फ़ सलाम का जवाब ही सुनाई पड़ा—वालेकुम सलाम। इसके अलावा और कुछ नहीं।

नईम सितारा के घर से निकला और गोपालगंज की सड़क पर उस दिशा की ओर चल पड़ा, जिधर आगे चलकर सिवा जंगल के और कुछ नहीं था।

नईम का मन उद्विग्न था। यह क्या हो गया? इतनी जल्दी सब कुछ ख़त्म। सितारा अब उसकी नहीं रह गई। ग़ैर की हो गई। नहीं, नहीं, ऐसा नहीं हो सकता। अभी उससे भेंट कहाँ हुई? मिलते ही सब ठीक हो जाएगा।

नईम यही सब सोच रहा था और आगे बढ़ता जा रहा था। रास्ते में जो कोई भी मिलता, उससे सलाम करता। वह उनका जवाब भी देता। मगर मन उसका कहीं और था। इसलिए वह ऐसी जगह चला जाना चाहता था, जहाँ एकान्त हो। जहाँ वह

सिर्फ़ सितारा के बारे में सोच सके। इसलिए वह एक पुलिया के पास पहुँचकर सड़क से नीचे उतर गया और आगे बढ़कर एक झाड़ी के पास खड़ा हो गया। लेकिन शाम की सियाही अब घनी होती जा रही थी। आसपास से अजीब-अजीब सी आवाज़ें आ रही थीं। दूर कहीं जंगल में आग की लपट-सी दिखाई पड़ रही थी। दावानल। उसे स्कूली दिनों में हिन्दी-अध्यापक द्वारा बताई गई इस विशेष प्रकार की आग का आभास हुआ और वह उसकी आँच को बड़ी शिद्दत के साथ महसूस करने लगा। नईम उसी आग में झुलसता हुआ जंगल से निकलकर सड़क पर आया और फिर अपने घर की ओर चल पड़ा।

रास्ते में उसे फिर वही आकृति दिखाई पड़ी। खिलखिलाती हुई।

"कहिए मियाँ, सितारा से आपकी मुलाक़ात कैसी रही? बोलिए, सितारा भली या उर्वशी। वैसे कोठे पर मेरा नाम चाँदनी है..."

"चाँदनी!" नईम लगभग चीख़ पड़ा।

और उसकी चीख़ किसी ने नहीं सुनी।

वह अपने कमरे में पहुँचकर पलंग पर लुढ़क गया।

"**कोई** आया था क्या अम्माँ?"

सितारा ने खाना खाने के बाद पूछा तो अम्माँ ने सहज भाव से कहा, "हाँ।"

"कौन था?"

"नईम मियाँ आए थे।"

"क्या कह रहे थे?"

"तुम्हें पूछ रहे थे।"

"क्यों?"

"यह तुम जानो।"

सितारा चुप रही। उसने प्लेटें उठाईं और आँगन की तरफ़ चली गई। लौटकर कमरे में पहुँची तो उसकी अम्माँ बिस्तर झाड़ रही थीं।

"और क्या कह रहे थे?"

सितारा का यह सवाल करना था कि कमरे में हमीद दाख़िल हो गया और लगा चीख़ने।

"कहेंगे क्या? वही, जो सब लोग कह रहे हैं। सरम हो तो डूब मरो जाकर कहीं। ठाकुर गजेन्दर सिंह के साथ तुम क्या गुल खिला रही हो, यह किसी से छिपा हुआ नहीं है। क्या वो ब्याहकर ले जाएँगे तुम्हें? और वो मकबूल। वो हरामजादा तो यह कहता घूमता है कि सितारा मेरी रखैल है। इस गोपालगंज की सड़क पर मुझे क्या-क्या सुनने को मिलता है, यह मैं ही जानता हूँ। मगर तुम और तुम्हारी ये अम्माजान; तुम लोगों को तो कोई फरक पड़ता नहीं। इसलिए कि तुम लोगों के

ख्वाब बहुत ऊँचे हैं क्योंकि तुम लोग अपनी असलियत भूल गई हो। तुम लोगों को याद भी नहीं है कि तुम लोग क्या हो? चली हो खाँ साहबों और ठाकुर साहबों से रिस्तेदारी जोड़ने। अरे, अपनी औकात तो समझ लेते। मगर नहीं, चली हैं 'हरकुलिस' बनने। 'ए-वन' बनने का तो दम है नहीं... अरे कम-से-कम यही सोचते कि हम मुसलमान हैं। मालूम है कि पूरे गोपालगंज में क्या हवा उड़ी हुई है। हम तो किसी को मुँह दिखाने के काबिल नहीं रहे। सब यही कहते हैं कि हमीद सैकिल वाले की बहिनिया एक काफिर से फँसी हुई है। फँसी हुई है का मतलब जानती हो कि नहीं?''

हमीद ने आख़िरी जुम्ला अपनी अम्माँ के मुँह से मुँह लगाकर बोला, मगर अम्माँ का मुँह झुका नहीं। चेहरा जैसे पहले तना था, वैसे ही तना रहा। हाँ, सितारा की हालत ज़रूर ख़राब हो गई और वह फफक-फफक कर रोती हुई ऊपर चली गई।

ऊपर से देर रात तक सितारा की सिसकियों की आवाज़ सुनाई पड़ती रही, मगर किसी ने उसे सांत्वना देने की ज़रूरत महसूस नहीं की।

हमीद ने अम्माँ का परोसा हुआ खाना ठुकरा दिया और एक तरफ़ जाकर पड़ रहा। अम्माँ ऊपर जाकर सितारा के साथ लेट गईं।

गोपालगंज के पास वाले गाँव में उस रात 'नाच' हो रहा था। नाच यानी नौटंकी। नगाड़े की आवाज़ जंगल को चीरती हुई पूरे जवार में गूँज रही थी। 'नाच' में 'खेला' यानी नाटक हो रहा था 'सुल्ताना डाकू' का। नगाड़े की आवाज़ थमते ही एक स्वर सुनाई पड़ा—

जिला एक बिजनौर है, यूपी के दरम्यान।
शहर नजीराबाद को, लो उसमें ही जान॥

अब नगाड़े की कड़कड़ाहट गूँजी। फिर...

पैदा हुआ उसी के अन्दर इक डाकू सुल्ताना...

और आगे की पंक्ति नगाड़े की आवाज़ में खो गई।

''ये डाकू सुल्ताना कौन था अम्माँ?''

सितारा ने उठकर पूछा तो उसकी अम्माँ भी उठकर बैठ गईं। बोलीं—

''ये डाकू सुल्ताना एक सरीफ आदमी था। मगर डाकू इसलिए बन गया था कि गरीबों के लिए उसके मन में हमदर्दी थी। वो जानता था कि ये जो अमीर-उमरे हैं, ये सब गरीबों का हक मारकर इस मुकाम पर पहुँचे हैं। इसलिए वो अमीर-उमरा लोगों को लूटता था और उस धन को गरीबों में बाँट देता था।''

इतना कहकर सितारा की अम्माँ चुप हो गईं, मगर सितारा का मन शान्त नहीं हुआ। नगाड़े की आवाज़ अब सिर्फ़ बाहर से ही नहीं, भीतर से भी आ रही थी।

उस आवाज़ को सिर्फ़ सितारा सुन रही थी। उस आवाज़ से पैदा हुई पीड़ा को सिर्फ़ सितारा महसूस कर रही थी। सितारा का दिमाग़ भन्ना रहा था। उसकी आँखें खुली हुई थीं, जिनमें कई दृश्य झलक रहे थे। नईम मियाँ, ठाकुर गजेन्दर सिंह, मक़बूल... सुल्ताना डाकू। इनमें से असली सुल्ताना डाकू कौन था? शायद नईम मियाँ? पहले-पहल तो उन्होंने ही उसे लूटा था। उन्होंने ही उसे लुट जाने का मज़ा चखाया था। फिर? फिर तो सबने उसे लूटा। और उन लुटेरों ने किस ग़रीब की मदद की? उर्वशी? हाँ, शायद वही एक स्त्री थी, जिसकी थोड़ी-बहुत मदद हो सकी। मगर वह भी तो एक लुटी हुई स्त्री है!

"अरी बखतमारी, तूने अपना सब कुछ लुटा दिया।"

सितारा को अपनी अम्माँ की बात याद आई। मगर वह ख़ामोश रही। उसके मुँह से यह क्यों नहीं निकला कि अम्माँ, मैं तो नादान थी, हवा में उड़ रही थी; तुमने रोका क्यों नहीं? मगर कैसे कहती? उसे तो उस उड़ान में मज़ा आ रहा था। अम्माँ को भी आ रहा था। उनका ख़्वाब तो हिन्दुस्तान की पॉलिटिक्स ने तोड़ा। तब उन्होंने सितारा पर अपनी कमान कसी। उसे समझाया, "सितारा, ये मरदमारे सब एक जैसे हैं। चाहे ठाकुर गजेन्दर सिंह हो या नईम मियाँ। ये हमारे हितू नहीं हो सकते। तू इनसे किनारा कस ले। ये मर्दुवे सब हरामी हैं। इनकी सात पुस्तें हरामी हैं। इनकी तो छाया से भी बचना चाहिए। अब तुम जवान हो गई हो। जवानी में क्या-क्या नहीं होता। मगर उसकी एक हद होती है। उस हद के बाद एक परिवारी ज़िन्दगी होती है। उस जिन्दगी को जीने के वास्ते जवानी की सुरुआती गलतियों को भूलना होता है। हालाँकि सच्ची बात तो ये है कि उन्हें सुधारना होता है, मगर कुछ गलतियाँ कभी सुधारी नहीं जा सकतीं। लड़की की काया माटी की होती है। जैसे मटकी। मटकी अगर नापाक हो जाए तो धोने से वह पाक नहीं होती। लोग उसे तोड़ देते हैं। मगर मैं तुझे टूटने नहीं दूँगी। हाँ, आज तू मुझसे अहद कर कि अब तू किसी मर्द से कोई ताल्लुक नहीं रखेगी। तू बस ये समझ कि तेरा जिस्म एक किताब है—बड़ी चीज़। यानी कुरान सरीफ। अब इसे कोई हाथ न लगाए।"

"क्यों?" सितारा ने सोचा कि प्रश्न करे, मगर नहीं किया। वह चुप रही।

सितारा की आँखें खुली हुई थीं। वह सोच रही थी और सिर्फ़ सोचे जा रही थी।

उधर नईम अपने पलंग पर लुढ़का हुआ करवटें बदल रहा था। उसकी पुतलियों में वे सारे दृश्य तैर रहे थे जो उसके संज्ञान में थे। पहला दृश्य तो सितारा का ही था। फिर हुमा। उसके बाद ज़ुबैदा, उर्वशी...और न जाने कौन-कौन-सी लड़कियाँ। मगर, ख़ास बात यह थी कि उस दृश्य में कोई पुरुष नहीं था। यानी सिर्फ़ लड़कियाँ ही हैं, जिनके बारे में सोचा जा सकता है। सपने देखे जा सकते हैं। कल्पनाएँ की जा सकती हैं...

फिर अचानक सारी लड़कियाँ गड्ड-मड्ड हो जाती हैं। सब मिलकर एक हो जाती हैं। सितारा, ज़ुबैदा, हुमा और उर्वशी—सब एक ही आकृति में घुल जाती हैं। तो क्या सारे पुरुष भी ऐसे ही होते हैं? नईम के मन में यह सवाल उठा और वह काँपने लगा। मानो उसे कोई झंझोड़ रहा है। वह उठ बैठा।

सामने कुछ नहीं था। सिवाय अँधेरे के। बाहर से नगाड़ों की आवाज़ आ रही थी। वह फिर लेट गया और आँखें बन्द करके सोने की कोशिश करने लगा।

और सितारा की माँ?

उसके लिए तो वह रात मानो क़त्ल की रात थी। नगाड़ा किसी नौटंकी में नहीं, बल्कि उसके भीतर बज रहा था।

उसकी आँखें अँधेरे में खुली हुई थीं और वह कुछ बड़बड़ा रही थी...

'क्या वाक़ई मुहर्रम आने वाला है? उसके भीतर के इमाम हुसैन क़त्ल हो जाएँगे? ज़ैनब की आँखों से ऐसी जलधार फूटेगी कि उस सैलाब में उसका पूरा वजूद डूब जाएगा? क्या सकीना पर अन्तहीन विपदा टूटेगी? क्या अली असग़र...और वह फूट-फूटकर रोने लगी।'

सितारा अपने बिस्तर पर लेटी-लेटी अपनी माँ की बड़बड़ाहट को सुनती रही, मगर बोली कुछ नहीं। बोलती भी तो क्या? सब कुछ तो उसी का किया-धरा था। मगर माँ ने रोका क्यों नहीं? क्यों? क्यों? क्यों नहीं? बस यही सवाल था जो उसके मुँह से फूटना चाहता था, मगर गले में फंदे लग रहे थे। आवाज़ उन फंदों में फँसकर बेजान हो गई थी।

रोते-रोते सितारा की अम्माँ को कुबरा याद आ गई। कुबरा। इमाम हुसैन की बेटी। कहा जाता है कि उनका विवाह इमाम हसन के बेटे क़ासिम से कर्बला की जंग के दौरान हुआ था...तभी तो मुहर्रम में मेंहदी का जुलूस निकलता है। मगर क्या वह विवाह वाक़ई में हुआ था? पता नहीं। मगर उसकी सितारा? सितारा का ब्याह? 'नउजोबिल्लाह—! तौबा-तौबा!' सितारा की अम्माँ अपना सीना पीटने लगती हैं। 'कहाँ रसूलल्लाह के नाती की बेटी और कहाँ उसकी। या अल्लाह, तौबा! मेरी सितारा को जहन्नुम के अजाब से बचा। या अल्लाह, इसके सारे गुनाहों का बदला मुझसे ले ले।' सोचती-सोचती सितारा की माँ फिर रोने लगीं।

अब सितारा से न रहा गया और अपने बिस्तर से उठकर वह माँ के बिस्तर पर चली गई। सितारा अपनी माँ के सिरहाने बैठ गई और उनका सिर सहलाने लगी।

बेटी के हाथों के स्पर्श से माँ का रुदन तो बन्द हुआ, मगर सिसकियाँ जारी रहीं। सितारा का मन हुआ कि रोने की वजह पूछे, मगर वह चुप ही रही।

तब सितारा की अम्माँ ख़ुद बोलीं—

"सितारा!"

''ऊँ!''

''जाने क्यूँ आज मुहर्रम की याद आ गई।''

''ऊँ!''

''हाँ!''

''क्या हम लोग शिया हैं अम्मा?''

''नहीं तो।''

''फिर?''

''मुहर्रम क्या सियों की जागीर है?''

यह कहती हुई वो उठ बैठीं। सितारा का हाथ अपने आप उनके सिर से हट गया। वे लम्बी-लम्बी साँसें ले रही थीं।

''मगर आज आपको मुहर्रम की याद क्यों आ रही है? यह कोई मुहर्रम का महीना है?'' सितारा ने माँ की भावनाओं को शान्त करने की कोशिश की।

''पता नहीं कौन-सा महीना है बिटिया। मगर हमारे लिए तो लगता है कि अब कर्बला ही कर्बला है।''

''मतलब?''

''कुछ नहीं। तू जाकर सो जा।''

इतना कहकर सितारा की अम्माँ फिर बिस्तर पर लेट गईं और सितारा फिर उनका सिर सहलाने लगी।

''छोड़, तू जाकर सो जा।''

अम्माँ ने थोड़ा झिड़ककर सितारा से कहा, तो उसने मरी हुई आवाज़ में प्रश्न किया—

''हमारे लिए अब कर्बला ही कर्बला क्यों है अम्माँ?''

''कर्बला का मतलब जानती है?''

सितारा चुप।

''कर्बला इस पूरी कायनात का सबसे बड़ा दुःख है। बेटे का दुःख। बेटी का दुःख। माँ का दुःख। बाप का दुःख। सारे-के-सारे रिस्तों का दुःख। यहाँ तक कि मासूम बच्चों का दुःख। बीबी फातिमा का दुःख, जिसके लाडले इमाम हुसैन के कटे हुए सिर को नेजे की नोक पर धँसाकर सरेआम घुमाया गया था और फिर एक तस्त में रखकर नासपीटे यजीद के सामने पेस किया गया था। इस धरती पर बेटी, औरत जात के लिए सिर्फ़ दुःख-ही-दुःख है, और कुछ नहीं। दुनिया में क्या इससे भी बड़ा कोई दुःख हो सकता है?''

''तुम तो अम्माँ एकदम से सठिया गई हो। पता नहीं क्या-क्या सोच रही हो। अब कर्बला की याद छोड़ो और सो जाओ।''

इतना कहकर सितारा उठने लगी तो माँ ने उसकी कलाई पकड़ ली। पूछा—

"सितारा, तू क्या वाकई अब सो जाएगी?"

"हाँ।" सितारा का जवाब ठोस था।

"क्या तुझे अपने किए पर कोई सर्मिन्दगी नहीं है?"

यह सवाल भयानक था। सितारा इसके लिए तैयार नहीं थी। इसलिए उसका पूरा वजूद बर्फ़ हो गया।

"अच्छा अम्माँ, अब सो जाओ।"

और वह अपनी माँ के बिस्तर से उठकर अपने बिस्तर पर लेट गई।

मगर सितारा की अम्माँ सोई नहीं। उनकी आँखें खुली रहीं। उनकी आँखों में नींद कहाँ से आ सकती थी, जबकि उनकी बेटी का भविष्य अधर में लटका हो। वैसे, उनकी कोई महत्त्वाकांक्षा नहीं थी। उन्हें अपनी औक़ात मालूम थी। मगर नईम मियाँ और ठाकुर गजेन्दर सिंह ने उनकी महत्त्वाकांक्षाएँ जगा दी थीं। उन्हें गड़बड़ा का मेला अच्छी तरह याद था। वहाँ नईम मियाँ के तम्बू से बाहर निकलने के बाद सितारा की सलवार पर दिखे कुछ धब्बों ने आश्वस्त कर दिया था कि वो सितारा को ख़ाँ साहबों की बहू बना देगी। मगर जब नईम मियाँ अपनी पढ़ाई के लिए शहर चले गए और एक लम्बे अरसे तक वापस नहीं आए तो वह चिन्तित हो उठी थीं। मगर तभी मक़बूल के माध्यम से ठाकुर गजेन्दर सिंह का रुझान सितारा की तरफ़ हुआ और तब उन्होंने अपनी दूसरी महत्त्वाकांक्षा पाली, कि न सही ख़ाँ साहबों की बहू; ठाकुर साहब तो इसे अपना ही लेंगे।

सितारा की अम्माँ ने इसीलिए सब कुछ जानते-समझते हुए भी किसी क़िस्म की रोक-टोक नहीं की। सितारा की हक़ीकत तो गड़बड़ा के मेले में ही स्पष्ट हो चुकी थी, मगर उसकी माँ न सिर्फ़ ख़ामोश रही बल्कि नईम मियाँ को पूरा मौक़ा दिया कि वो उसकी बिटिया के प्रेमजाल में फँस जाएँ। सितारा की माँ तो यह भी चाहती थीं कि सितारा गर्भवती हो जाए ताकि सारा मामला आसान हो जाए। मगर ऐसा हो नहीं पाया। तब उन्होंने उसे ठाकुर गजेन्दर सिंह के लिए छोड़ दिया। जवान बछिया की तरह। ठाकुर गजेन्दर सिंह विवाहित थे मगर जवान बछिया के लिए तरस रहे थे। कारण यह कि उनकी पत्नी गाय हो चुकी थी। मगर बात वहाँ भी नहीं बनी। बल्कि धीरे-धीरे उन्हें यह समझ में आने लगा कि वे ठगी जा रही हैं।

तब सितारा की अम्माँ के भीतर की औरत जाग उठी। उसके दिल में नईम मियाँ और ठाकुर गजेन्दर सिंह—दोनों के लिए नफ़रत उभर आई। ऐसी नफ़रत जिसका कोई ओर-छोर नहीं था। उस नफ़रत ने उन्हें कठोर बना दिया। मगर...

मगर उन्होंने यह क्या किया? नईम मियाँ के साथ ऐसी बेरुख़ी क्यों दिखाई? ठाकुर गजेन्दर सिंह भले ही उनका कुछ न बिगाड़ सकें, मगर नईम मियाँ के बाप? और फिर गोपालगंज के सारे मुसलमान भी तो उन्हीं के इशारे पर चलते हैं और वे अच्छी तरह जानते हैं कि सितारा की अम्माँ बाहर से आकर यहाँ बसी हैं।

इतना सोचना था कि सितारा की अम्माँ थरथर काँपने लगीं। उन्हें मानो जूड़ी चढ़ आई हो।

कल। कल ही उन्हें ख़ाँ साहब के घर जाना चाहिए। अकेले नहीं, सितारा को साथ लेकर। अब भी कुछ नहीं बिगड़ा है। वो ख़ुद सितारा को नईम मियाँ के पास भेजेगी।

कल।

'या अल्ला! जल्दी से ये कतल की रात बीते और कल आए।' मन-ही-मन यह सोचती हुई उन्होंने सितारा के बिस्तर की तरफ़ आँखें उठाईं, मगर अँधेरे में उन्हें कुछ भी दिखाई नहीं पड़ा। उन्होंने अपनी आँखें बन्द कर लीं और चादर से मुँह ढाँपकर फ़ातिहा पढ़ने लगीं।

9

अली हुसैन ख़ाँ का मकान गोपालगंज के दूसरे छोर पर था। सामने ख़ूब बड़ा-सा सहन। फिर बरामदा। बरामदे के दोनों ओर कमरे। पीछे एक कोने पर दरवाज़ा और दरवाज़े के पार मुख्य मकान। बीच में आँगन। मकान में कई-कई कमरे थे, जिनमें उनका और उनके भाई नक़ी हुसैन ख़ाँ का परिवार रहता था। गोपालगंज में कोई भंगी परिवार नहीं रहता था इसलिए अली हुसैन ख़ाँ ने अपने मकान के बाहर एक ज़मींदोज़ पाख़ाने का निर्माण कराया था जिसे साफ़ करने की ज़रूरत नहीं पड़ती थी।

बरामदे में एक तख़्त बिछा था। सहन में अगल-बगल दो माचे बिछे हुए थे। उनमें से एक माचा काफ़ी बड़ा था। अली हुसैन ख़ाँ उसी पर बैठकर सुबह-शाम हुक़्क़ा पिया करते थे और आने-जाने वाले लोगों से मिलते थे। सामने जो छोटा वाला माचा था, उस पर या तो घर का कोई सदस्य बैठता था या फिर आने-जाने वालों में से वे लोग बैठते थे जो गाँव-जवार में मानिन्द माने जाते थे। स्त्रियाँ प्रायः भीतर के हिस्से में ही रहती थीं। सिर्फ़ अली हुसैन ख़ाँ की बीवी ख़ुर्शीदजहाँ कभी-कभी बरामदे में आकर तख़्त पर बैठतीं और पानदान मँगवाकर सुपारी काटतीं, पान लगातीं, ख़ुद खातीं और अपने शौहर को देतीं। बरामदे के दोनों ओर जो कमरे थे, उनमें सोफ़े रखे हुए थे। लकड़ी की कुछ कुर्सियाँ और बेंचें भी थीं। एक कमरा तो इतना बड़ा था कि उसमें दो चारपाइयाँ भी बिछी हुई थीं। इनका इस्तेमाल मेहमानों के लिए होता था। बारिश के मौसम में सहन के माचे हटा दिए जाते थे और रोज़ आने-जाने वाले लोग भी इन्हीं कमरों में बैठते थे। कभी-कभी एक कमरा स्त्रियों के लिए और दूसरा कमरा पुरुषों के लिए इस्तेमाल होता था।

सहन से कुछ दूरी पर गोपालगंज की सड़क थी, जिस पर हनुमना से आने वाली बसें भी चलती थीं और ट्रक वग़ैरह भी। मगर ज़्यादातर तो साइकिलें ही नज़र आती थीं। कभी-कभी कोई कार भी दिख जाती थी। सन्ध्या समय सिर पर लकड़ियों का बोझ लादे स्त्रियाँ नज़र आती थीं जिनके बदन पर सिर्फ़ एक धोती भर होती थी और उसका ऊपरी सिरा उनकी छातियों को ठीक से ढँक नहीं पाता था। स्त्रियाँ एक हाथ से बोझ पकड़े होती थीं और दूसरे हाथ से धोती के सिरे को छातियों पर टिकाए रखने के प्रयास में लगी रहती थीं। मगर छातियाँ थीं, कि इधर-उधर से बाहर निकल ही आती थीं। मानो उन्हें किसी प्रकार का बन्धन बर्दाश्त नहीं था।

जो लोग अली हुसैन ख़ाँ के सहन में बैठते थे वे रह-रहकर सड़क की तरफ़ देखने लगते थे। ख़ाँ साहब ऐसे लोगों से बड़ी रुखाई के साथ पेश आते थे और दो-एक बात करके उन्हें चलता कर देते थे। मगर उनके सहन से बाहर निकलते ही वे पास के बस स्टाप पर पहुँच जाते थे। वहाँ सड़क के किनारे पान की चार गुमटियाँ थीं, जिनके इर्द-गिर्द बेंचें बिछी होती थीं। लोग उन बेंचों पर बैठ जाते थे और एक कुल्हड़ चाय पीते हुए या एक बीड़ा पान घुलघुलाते हुए सड़क पर दृश्यमान समूचे चलचित्र को रस ले-लेकर देखते रहते थे। हमेशा तो नहीं पर कभी-कभी उस तरफ़ स्कूली लड़कियाँ भी आ जाती थीं। उन दिनों गोपालगंज थाने के दरोगा की लड़की के बड़े चर्चे थे। रेखा नाम की वह लड़की पढ़ती तो दर्जा आठ में थी, मगर उसकी उभरती हुई जवानी और चेहरे पर निखरती हुई आभा ने पूरे गोपालगंज को पागल कर रक्खा था। और यही कारण था कि स्कूल की सारी लड़कियाँ रेखा से जलती थीं। वे रेखा के समानान्तर सितारा को रखने की कोशिश कर रही थीं, जिसमें उन्हें कामयाबी भी मिली थी। रेखा की तुलना आशा पारेख से की जाती थी तो सितारा की साधना से। मगर यह तय करना मुश्किल हो रहा था कि इनमें से कौन ज़्यादा सुन्दर है ? इस जटिल सवाल का जवाब भंडारी पानवाले को मिल गया था। उसकी दुकान में एक ऐसा फोटो लटक रहा था, जिसमें फ़िल्म की दो हीरोइनें आमने-सामने सटी हुई-सी खड़ी थीं। भंडारी पानवाले का कहना था—इनमें से जिसके वक्ष ऊपर उठे हों, वही श्रेष्ठ है। भंडारी ब्राह्मण था, तिलक लगाता था और लोगों को संस्कृत के श्लोक सुनाता था। दिन भर दुकान में रखी मूर्तियों के आगे सिर झुकाता था और रात में ठेके पर जाकर दारू पीता था। अधिक हो जाने पर उल्टियाँ करता हुआ घर आता था और अपनी विधवा भाभी के कमरे में घुस जाता था। लोगों को यह रहस्य पता था इसलिए कभी उससे कोई पूछता था : भाभी तो बहुत पुरानी है, नई बहू क्यों नहीं ले आते। तो भंडारी कहता था—पुरानी है तो क्या हुआ वह नई को टक्कर देने वाली है। एक मशहूर कहावत है कि पुरानी बीवी और ठंडी चाय हानिकारक नहीं होती।

ठाकुर गजेन्दर सिंह जब उसकी दुकान पर पान खाने के लिए आते तो वह

सितारा की तारीफ़ करने के लिए उनका ध्यान अपनी दुकान में चिपकी हेमामालिनी की तरफ़ आकृष्ट करता। वह एक ऐसी तसवीर थी, जिसमें हेमामालिनी ने स्विम-सूट पहन रक्खा था। जब ठाकुर गजेन्दर सिंह उस तसवीर पर ध्यान न देते तो वह मीना कुमारी की तसवीर उन्हें दिखाता। मगर...

मगर ठाकुर गजेन्दर सिंह को किसी भी तसवीर में सितारा नज़र न आती। सितारा तो बस सितारा है। वे सोचते, कभी-कभी बुदबुदाते भी और अपनी मोटरसाइकिल स्टार्ट करके चल देते। तब वह दरोगा साहब की बिटिया रेखा के प्रति लोगों का ध्यान आकर्षित करता। इसके लिए वह वैजयन्ती माला वाले फ़ोटो का इस्तेमाल करता। मगर लोगों को वह फ़ोटो जमता नहीं था। तब वह मुमताज़ की ओर इशारा करता। रेखा का चेहरा मुमताज़ के चेहरे से काफ़ी कुछ मिलता था। इसलिए उसकी दुकान की बिक्री बढ़ जाती। लेकिन गोपालगंज में एक ऐसी घटना घटी, कि यह सारा खेल ख़त्म हो गया। दरोगा की बेटी को उसी की क्लास में पढ़ने वाले एक ऐसे लड़के ने छेड़ दिया—छेड़ा तो नहीं, सिर्फ़ उससे अपने प्यार का इज़हार किया—जो मुसलमान जुलाहा था। और बस। सारा खेल ख़त्म हो गया। उस जुलाहे की जमकर पिटाई हुई। फिर उसे हवालात में बन्द कर दिया गया। ख़ैर...

दिवाली का अवसर था। पूरे गोपालगंज में साफ़-सफ़ाई का अभियान चल रहा था। अली हुसैन ख़ाँ के मकान में भी सफ़ेदी हो रही थी। दिवाली की रात उनके मकान में भी रौशनी की जाती थी। दीये तो नहीं, मगर मोमबत्तियाँ जलाई जाती थीं। बच्चे पटाखे फोड़ते थे...

अली हुसैन ख़ाँ अपने सहन में माचे पर बैठे हुक़्क़ा पी रहे थे कि सितारा की अम्माँ अपनी बेटी के साथ आईं और सीधे भीतर बरामदे में चली गईं। जहाँ ख़ाँ साहब की बीवी पानदान खोले बैठी थीं। अली हुसैन ख़ाँ की बीवी ख़ुर्शीदजहाँ ने उनका स्वागत किया और माँ-बेटी दोनों को तख़्त पर बैठा लिया।

अचानक ज़ुबैदा वहाँ हाज़िर हो गई। उसके हाथ में मर्फ़ी रेडियो था, जिस पर एक पुरलुत्फ़ गाना बज रहा था :

हम इन्तज़ार करेंगे तेरा क़यामत तक।
ख़ुदा करे कि क़यामत हो और तू आए॥

"अम्माँ, मेरी नीली वाली शर्ट कहाँ है?"

अचानक नईम मियाँ की चीख़ सुनाई दी और सितारा उठ खड़ी हुई।

"बिटिया, तुम जाकर निकाल देना।" नईम मियाँ की अम्माँ ने कहा तो सितारा एकदम से भीतर चली गई और ज़ुबैदा रेडियो का डब्बा लिये खड़ी रह गई।

नईम मियाँ आगे और सितारा पीछे। उनके भी पीछे ज़ुबैदा...मगर अपने कमरे के पास पहुँचते ही नईम मियाँ ने ज़ुबैदा से कह दिया कि जाओ। ज़ुबैदा थोड़ी देर

तक रुकी रही मगर जब नईम मियाँ ने दुबारा कहा—जाओ। तब वह चली गई। अब उस कमरे के भीतर सिर्फ़ नईम थे और सितारा। नीली शर्ट कहीं नहीं थी। नईम मियाँ धीरे-धीरे सितारा की ओर बढ़े और अपना प्रेम प्रदर्शित करने लगे। प्रेम-प्रदर्शन का अर्थ उनके लिए मात्र स्पर्श-बोध था। इसलिए वे सितारा के अंगों-उपांगों का स्पर्श करने लगे। मगर सितारा ने उनका हाथ झटक दिया और उचककर दूर खड़ी हो गई। नईम मियाँ को यह बुरा तो लगा ही आश्चर्यजनक भी प्रतीत हुआ। उन्होंने एक बार फिर प्रयत्न किया। मगर अब सितारा की बरौनियाँ तन गईं और वह बाहर जाने के लिए दरवाज़े की तरफ़ भागी। नईम मियाँ ने आगे बढ़कर उसकी बाँह पकड़ ली। सितारा ख़ुद को उनकी गिरफ़्त से छुड़ाने की कोशिश करने लगी, पर उनकी पकड़ बहुत मज़बूत थी। वह खड़ी हो गई।

"छोड़िए हमें।" सितारा ने कहा तो नईम ने उसे छोड़ दिया। मगर सितारा जब बाहर जाने लगी तो उन्होंने उसे फिर पकड़ लिया। बोले—

"पहले मेरे सवालों का जवाब दो, फिर चली जाना।"

सितारा फिर रुक गई।

"मुझसे नाराज़ हो क्या?" नईम ने किसी कुशल प्रेमी की तरह बड़े ही मीठे अन्दाज़ से यह सवाल किया तो सितारा ने सिर्फ़ इतना कहा—

"नहीं।"

"फिर ऐसी बेरुख़ी क्यों?"

"हमें ये सब अच्छा नहीं लगता।"

"मैंने ऐसा क्या किया?"

सितारा ख़ामोश रही। नईम मियाँ ही बोले—

"बताओ?"

"कह दिया न, हमें ये सब पसन्द नहीं।"

सितारा की आवाज़ में उपेक्षा ही नहीं, क्रोध भी था।

"इसमें नया क्या है?"

सितारा चुप।

"मेरे और तुम्हारे तअल्लुक़ात ऐसे रहे हैं, कि...हम तो मियाँ-बीवी जैसे रह चुके हैं न।"

"वे सब पुरानी बातें हैं। तब मेरा बचपना था। मैं कुछ नहीं जानती थी।"

"और अब? अब तुम जवान हो गई हो और सब कुछ जानती हो, क्यों?"

सितारा चुप।

"बोलो।" नईम ने उसका कंधा पकड़कर उसे झिंझोड़ा। सितारा ने जवाब दिया—

"हाँ।"

"तो क्या इससे पुराना सब ख़त्म हो गया? जो कुछ हो गया है वह तो बदलने से रहा।"

सितारा चुप।

"बोलो। मैं पूछता हूँ, क्या तुम फिर से पहले जैसी हो जाओगी? नहीं न। फिर?"

सितारा चुप।

"अच्छा ये बताओ," अब नईम मियाँ ने अपने सवाल का रुख़ बदला, "मैंने सुना है कि इस बीच ठाकुर गजेन्दर सिंह तुम्हारे बहुत नज़दीक आ गए थे। साथ में उनका लँगोटिया यार मक़बूल भी। वो नज़दीकी किस तरह की थी?"

सितारा चुप।

"मुझे यक़ीन तो नहीं है, मगर लोग कहते हैं कि ठाकुर गजेन्दर सिंह से तुम्हारे ऐसे-वैसे तअल्लुक़ात बन गए हैं और मक़बूल ने तो यहाँ तक उड़ा रक्खा है कि सितारा मेरी रखैल है। इस अफ़वाह में कितनी सच्चाई है?"

सितारा चुप।

नईम मियाँ परेशान हो गए। उन्हें यह ख़बर सच प्रतीत होने लगी और उसकी समस्त इन्द्रियाँ बर्फ़ की मानिन्द जमने लगीं। उन्होंने उस बर्फ़ को पिघलाने के लिए सितारा के जिस्म की गर्मी लेनी चाही और अपना एक हाथ उसकी बग़ल में डाल दिया, जिसे सितारा ने हटाया नहीं, क्योंकि उसके वक्ष से नईम के हाथ की सिर्फ़ एक उँगली का स्पर्श हो रहा था।

"सितारा!" नईम ने सितारा के दिमाग़ को झकझोरने की कोशिश की। मगर सितारा चुप रही।

"तुम बोलती क्यों नहीं?"

सितारा चुप।

"सितारा, तुम कुछ तो बोलो।"

नईम ने उसे दुबारा झकझोरा तो वह उनका हाथ झटककर अलग खड़ी हो गई। बोली कुछ नहीं।

"सितारा, मुझे तुम साफ़-साफ़ बताओ कि ठाकुर गजेन्दर सिंह और मक़बूल से तुम्हारे किस तरह का और कैसा तअल्लुक़ रहा है?"

सितारा चुप।

अब नईम मियाँ ने मसलहत से काम लेते हुए सीधा सवाल किया—

"सितारा, तुम मुझे सिर्फ़ यह बता दो कि ठाकुर गजेन्दर सिंह या मक़बूल से तुम्हारे वैसे तअल्लुक़ात तो नहीं रहे, जैसे मुझसे थे?"

सितारा चुप।

नईम मियाँ की बेचैनी और बढ़ गई। वे हाँफने लगे।

"सितारा, बोलो न प्लीज़," नईम मियाँ ने उत्तेजित स्वर में कहा, "अगर ऐसा कुछ हुआ है तो मैं उनका ख़ून कर दूँगा। मैं एक-एक को गोली मार दूँगा। सितारा सिर्फ़ मेरी है और मेरी ही रहेगी। सितारा की रूह मेरी है, उसका जिस्म मेरा है। सितारा, क्या उन्होंने तुम्हारे जिस्म पर हाथ लगाया है?"

नईम मियाँ के इस सवाल के वक़्त सितारा वहाँ नहीं थी। वह कमरे से बाहर निकल गई थी।

नईम मियाँ अपने ही सवाल की आग में जलते रहे और वो अपना बैग उठाकर पिछले दरवाज़े से बस अड्डे की तरफ़ निकल गए। मिर्ज़ापुर की बस पकड़ने के लिए।

मिर्ज़ापुर में उन दिनों अनन्त चतुर्दशी के अवसर पर होने वाले कार्यक्रमों की तैयारी चल रही थी। इस अवसर पर मिर्ज़ापुर की प्रमुख सड़कों पर कजरी और क़व्वाली के दंगल आयोजित होते थे। मुकेरी बाज़ार में इन्हीं दंगलों की रौनक़ थी। आमने-सामने दो स्टेज बने हुए थे। और दोनों स्टेजों पर क़व्वाली की पूर्व पीठिका तैयार हो रही थी। अर्थात् साज़िन्दे अपने वाद्य यंत्रों को परखने में लगे हुए थे।

श्रोतागण बीच सड़क पर।

सड़क के दोनों किनारों पर पर्दे लगे हुए थे। पर्दों के पीछे स्त्रियाँ कजरी गा रही थीं। मिर्ज़ापुर की कजरी के कई रूप रहे हैं। दंगलों की कजरी, स्त्रियों की कजरी, कवियों की कजरी और...और मिर्ज़ापुर की अपनी विशेष कजरी। अनन्त चौदस की रात हमेशा स्त्रियों की कजरी का ही आयोजन होता था। सड़क के किनारे पर्दे इसलिए लगाए जाते थे कि सड़क पर हो रही क़व्वाली पर कोई बाधा न आए। एक अन्य कारण यह भी था कि स्त्रियों की कजरी सुनने के लिए चूँकि स्त्रियाँ ही आ सकती थीं इसलिए वे पुरुषों की दृष्टि में न आएँ। जबकि क़व्वाली के श्रोता सिर्फ़ पुरुष ही होते थे। यानी एक ही सड़क पर पर्दे के अन्दर स्त्रियाँ कजरी का रस लेती थीं तो पुरुष खुल्लमखुल्ला क़व्वाली सुनते थे। स्त्रियाँ पर्दे में और पुरुष सड़क पर। भारतीय संस्कृति का यह रूप मिर्ज़ापुर में हर साल दिखता था।

मगर उस साल? उस साल तो क़व्वालों के दंगल में एक लड़की आ गई थी। अनन्त चतुर्दशी के अवसर पर होने वाले कार्यक्रम वैसे तो साथ-साथ चलते थे, मगर एक अलिखित समझौते के अनुसार क़व्वालियों का दंगल शुरू होने से पूर्व कजरियों का गायन बन्द कर दिया जाता था। हालाँकि क़व्वाली सुनने के लिए जुज़बी औरतें ही इधर-उधर छिपकर बैठती थीं।

मगर उस साल? उस साल तो क़व्वाली के दंगल का सामना करने के लिए स्टेज पर एक लड़की बैठी थी। उम्र यही कोई बारह-तेरह साल। बदन पर चमकदार कपड़े। सर नंगा। सामने हारमोनियम। अगल-बग़ल तबला, ढोलक और अन्य

वाद्ययंत्र। लड़की का एक हाथ हारमोनियम के पर्दे पर और दूसरा...लड़की के दोनों ही हाथ इस क़दर झिलमिला रहे थे कि श्रोताओं के दिल काँच की खिड़कियों की भाँति टूटने लगे।

सामने वाला क़व्वाल घाघ था। लड़की को बकरी समझ बैठा। उसने एक ऐसी क़व्वाली गाई, जिसका जवाब देना बड़े-बड़े क़व्वालों के बस में नहीं था। उस क़व्वाल ने अपनी गाई गई क़व्वाली के रचयिता का तख़ल्लुस भी बताया—'ख़ंजर'। अब उस लड़की की बारी थी।

उसने सर्वप्रथम माननीय 'ख़ंजर' जी को आदाब किया। फिर अपने साज़िन्दों को कोई इशारा किया। साज़िन्दे अपने वाद्ययंत्र आज़माने लगे। तभी अचानक एक बच्ची की आवाज़ सुनाई पड़ी—

चाहा था हाल जानना
क़ासिद को भेजकर...

साज़िन्दों ने वाद्ययंत्र बजाए। लड़की ने फिर गाया—

चाहा था हाल जानना
क़ासिद को भेजकर

इसके बाद वह चुप रही। फिर बोली—

मगर...
क़ासिद तो चला आया
दुखड़ा ही उठाकर

साज़िन्दे फिर सक्रिय हो उठे। लड़की ने बीच में उन्हें रोका। फिर गाया—
क़ासिद ने कहा :

उनके पाँवों में मेंहदी लगी है
आने-जाने के क़ाबिल नहीं हैं

इस पर साज़िन्दों ने जो कमाल दिखाया वो तो एक तरफ़, मगर दूसरी तरफ़? सड़क पर बैठे लोगों में से किसी ने कहा—

"चलोगी मेरे साथ?"

ज़ाहिर है, कि यह आवाज़ गायिका तक नहीं पहुँची। मगर श्रोताओं में से ही किसी ने जवाब दिया—

"अगर ये मेरे साथ चलने को तैयार हो तो मैं दस बीघा इसके नाम कर दूँगा और रहने के लिए वहीं एक बँगला भी बनवा दूँगा।"

ज़ाहिर है, कि यह आवाज़ भी गायिका तक नहीं पहुँची, मगर वह इस तरह मुस्कुराई मानो वह उस प्रस्ताव को स्वीकार कर रही हो। उसने अपने 'हाव' और 'भाव' से 'विभाव' और 'अनुभाव' से ऐसा 'संचारी' भाव व्यक्त किया जिसने सारी रस-निष्पत्ति को चूर्ण कर दिया और साधारणीकरण ऐसे चरम पर पहुँचा कि वातावरण में एक रहस्यमयता-सी छा गई। उसने अपने प्रतिद्वन्द्वी को मुख़ातिब करके गाया—

सलामे-हसरत क़बूल कर लो
मेरी मुहब्बत क़बूल कर लो
उदास नज़रें तड़प-तड़पकर तुम्हारे जलवों को ढूँढ़ती हैं
जो ख़्वाब की तरह खो गए उन हसीन लम्हों को ढूँढ़ती हैं।
अगर न हो नागवार तुमको
अगर न हो नागवार तुमको
तो ये शिकायत क़बूल कर लो
मेरी मुहब्बत क़बूल कर लो
तो ये शिकायत...

"तो ये शिकायत क़बूल कर लो" यह गाते ही साज़िन्दों ने उसे इस तरह अपनी गिरफ़्त में लिया कि बहुत देर तक गायिका को अपनी देहयष्टि पर ध्यान देने का अवसर मिल गया। वह रह-रहकर अपना दुपट्टा ठीक करती रही और अपने छोटे-छोटे वक्षों को दुपट्टे के पिंजरे में बन्द करने का प्रयत्न करती रही।

सहसा साज़िन्दों ने विराम लिया और गायिका गा उठी—

तुम्हीं निगाहों की आरज़ू हो, तुम्हीं ख़यालों का मुद्दआ हो
मेरी परस्तिश की लाज रख लो
मेरी परस्तिश की लाज रख लो
मेरी मुहब्बत क़बूल कर लो।

इन पंक्तियों पर तो साज़िन्दे मानो बौखला उठे हों। तबला धमक रहा था। ढोलक हुमक रही थी। मँजीरे खनक रहे थे। हारमोनियम 'हॉरमनी'—यानी पारस्परिक सद्भाव का वातावरण सृजत कर रहा था। और गायिका अगले पड़ाव पर पहुँच गई। उसने गाया—

तुम्हारी झुकती नज़र से जब तक न कोई पैग़ाम मिल सकेगा
न रूह तस्कीन पा सकेगी, न दिल को आराम मिल सकेगा
ग़मे-जुदाई है जानलेवा
ग़मे-जुदाई है जानलेवा

मेरी मुहब्बत क़बूल कर लो
सलामे-हसरत क़बूल कर लो
हाँ जी, सलामे हसरत क़बूल कर लो
क़बूल कर लो, क़बूल कर लो...

इस पर तो साज़िन्दों ने अपनी सारी कला उड़ेल कर रख दी।

सड़क पर बैठे श्रोताओं में से किसी ने कहा—

"भई ये कोई ऐसी-वैसी लड़की नहीं है। ये तो ख़ुदा की बेटी है। तसव्वुफ़ का रास्ता दिखा रही है। सीधे-अल्ला मियाँ से मिलन का रास्ता...।"

मगर उसकी इस बड़बड़ाहट पर किसी ने ध्यान नहीं दिया। लोग लड़की को देखते रहे। क़व्वाली सुनते रहे।

श्रोताओं की उस भीड़ में नईम भी खड़ा था और बैठने के लिए कोई उचित जगह तलाश रहा था, तभी सड़क के पार से स्त्रियों द्वारा गाई जा रही कजरी की एक धुन सुनाई पड़ी—

हरि-हरि बरसत हैं सखि मेघ
झमाझम पानी रे हरी
कारी भूरी भूरी भयावनि घेरि
घटा घहरानी रामा
हरि हरि गरजि तरजि बहु भाँति
भूमि नियरानी रे हरी

इसके उपरान्त एक और आवाज़ ने सबके कान उस ओर ही खड़े कर दिए—

भइया मोरि अइहैं अनवइया,
सवनवाँ में ना जइबो ननदी
भइया मोरि...

इसके बाद फिर क़व्वाली की आवाज़...

ज़ेहाले-मिस्कीं मकुन तग़ाफ़ुल
दुराय नैनाँ बनाय बतियाँ
हाँ, दुराय नैनाँ...

ऐसा लगा जैसे गंगा की गति एक घाट पर धीमी प्रतीत होती हो और दूसरे घाट पर तीव्र। जैसे नारघाट और सुन्दरघाट। या जैसे मुकेरी बाज़ार के बीच ठठेरी बाज़ार की ठनक गूँज उठे।

ऐसा दृश्य सिर्फ़ अपने ही देश में देखा जा सकता है, नईम ने सोचा और वह सड़क पर ही बैठ गया। मगर उसने अपने एक कान को सड़क के पार कर दिया—कजरी सुनने के लिए और दूसरे कान को सामने कर लिया—क़व्वाली के लिए। इस प्रकार वह दो प्रकार के संगीत ही नहीं, बल्कि दो प्रकार की संस्कृतियों से परिचित हो रहा था। अचानक उसे याद आया कि एक तीसरा समाज भी इस देश में है और...और उसे 'हुमा' नाम की उस लड़की की याद आई, जो उसी तीसरे समाज के हक़ के लिए लड़ रही है।

यह याद आते ही नईम वहाँ से उठा और सीधे अपने कमरे की ओर भागता चला गया। उसने सोचा था कि कमरे में चलकर वह हुमा के साथियों से उसके बारे में पूछेगा। मगर यह सम्भव नहीं था क्योंकि रात इतनी बीत चुकी थी कि लगभग सवेरा होने वाला था।

10

नईम अपने कमरे में लेटा था और सोच रहा था इस्लाम के बारे में, भारतीय मुस्लिम समाज के बारे में। मसावात के बावजूद हमारे समाज में इस क़दर ज़ात-पाँत है। इस तरफ़ तो उसका ध्यान कभी गया ही नहीं था। अगर कुछ लड़कों के साथ हुमा नाम की वह लड़की उसके पास न आती तो शायद ही कभी उसका ध्यान इस मसले पर जाता।

इतना सोचते-सोचते नईम को झपकी-सी लग गई और उसने चादर से मुँह ढककर अपनी आँखें बन्द कर लीं। फिर मानो वह नींद में चला गया। और कोई ख़्वाब देखने लगा।

ख़्वाब में एक लड़की थी। नंगी। उसके ऊपर झुकी हुई। उसका चेहरा हुमा की तरह था। मगर बदन सितारा की तरह। हाव-भाव जुबैदा की तरह। फिर उसने देखा कि लड़की ने घुँघरूदार पायलें पहन रखी हैं और वे बज रही हैं। लड़की के गले के नीचे दो गोल-गोल गुब्बारे लटक रहे हैं। नईम ने उन्हें पकड़ने की कोशिश की तो गुब्बारे फूट गए। उनके फूटने की आवाज़ से उसकी नींद टूट गई और वह हड़बड़ाकर उठ बैठा।

तभी उसने सुना, कोई उसके दरवाज़े की कुंडी खटखटा रहा था। नईम ने उठकर दरवाज़ा खोला तो सामने रफ़ीक़ और सलमान खड़े थे। दरवाज़ा खुलते ही वे कमरे के अन्दर आ गए और नईम की चारपाई पर बैठ गए। नईम अपनी आँखें मलता हुआ कुर्सी पर बैठ गया।

कुछ देर तक कमरे में सन्नाटा पसरा रहा।

सलमान और रफ़ीक़ के चेहरों पर परेशानी साफ़ झलक रही थी। कमरे का सन्नाटा घना होता जा रहा था। नईम ने उस सन्नाटे को तोड़ा—

"हुमा कहाँ है? आज वह तुम लोगों के साथ नहीं आई।"

अब सलमान और रफ़ीक़ ने नईम की तरफ़ इस तरह देखा, मानो पूछ रहे हों कि आपको हुमा की फ़िक्र क्यों है। पहले तो उसके साथ बहुत बहसबाज़ी की और अब उसकी याद आ रही है।

जब सलमान और रफ़ीक़ ने कोई जवाब नहीं दिया तब नईम ने फिर पूछा, "आख़िर तुम लोग बताते क्यों नहीं कि हुमा क्यों नहीं आई?"

"हुमा पता नहीं कहाँ ग़ायब हो गई है।" रफ़ीक़ ने भर्राए हुए स्वर से कहा।

"ग़ायब हो गई है?"

"हाँ। वह समाजशास्त्र में एम.ए. थी, मगर बेरोज़गार थी। परिवार का ख़र्च चलाने के लिए ट्यूशन करती थी। घर में बूढ़ी माँ है और छोटे-छोटे भाई-बहन। दो भाई और एक बहन। एक रोज़ वह किसी काम से बाहर गई मगर घर वापस नहीं लौटी। तब से उसके घरवाले परेशान हैं, हम लोग भी।"

"तुम लोगों के ख़याल से हुमा के ग़ायब होने की वजह क्या हो सकती है?"

"हुमा के विचारों से बड़ी ज़ात के मुसलमान बहुत नाराज़ थे। कई बार उसे और उसकी माँ को धमकियाँ भी दे चुके थे। मगर हुमा अपने मिशन पर डटी हुई थी। उसने ऐलान कर रखा था कि मैं भारतीय मुस्लिम समाज में जातिवाद की समस्या को उखाड़कर ही दम लूँगी और दबी-कुचली मुसलमान जातियों को उनका हक़ दिलाकर रहूँगी। ज़ाहिर है कि उसके इस इरादे से तथाकथित भद्र मुसलमान परेशान थे। हो सकता है उन्होंने ही उसे सबक़ सिखाने के लिए कोई चाल चली हो।"

इसके बाद कमरे का सन्नाटा और घना हो गया।

नईम उठा। वह खिड़की के पास गया। उसने खिड़की खोली। देखा, उसके कमरे की तरफ़ कई लोग चले आ रहे थे। वे पाँच लोग थे और सबके सिरों पर एक जैसी गोल टोपियाँ थीं। नईम ने रफ़ीक़ और सलमान को इशारा किया कि वे उन लोगों को देखें और बताएँ कि वे कौन हैं? मगर जब तक वे ऐसा करते कमरे की कुंडी बजी और नईम को दरवाज़ा खोलना पड़ा। वे सारे लोग दरवाज़े पर आ खड़े हुए। उनमें से दो सज्जन सामने आए। एक तो परिचित थे, मगर दूसरे अपरिचित। परिचित सज्जन ने अपरिचित सज्जन के बारे में बताते हुए अपने पूरे मिशन की जानकारी दी। बोले—

"ये हैं जनाब अब्दुल जब्बार साहब। हाल ही में अफ्रीका से लौटे हैं। दीन की ख़िदमत के लिए गए थे। देखिए नईम ख़ाँ साहब! हम सब दीन के ख़िदमतगार हैं। हमारा मक़सद है दीन को घर-घर तक पहुँचाना। आप तो जानते ही हैं कि ये दुनिया

फ़ानी है। यहाँ आप और हम बस चन्द बरसों के लिए आए हैं। हमारी असल ज़िन्दगी तो दूसरी दुनिया में शुरू होगी। लोग इस दुनिया की फ़िक्र तो करते हैं, मगर उस दुनिया को भूले रहते हैं। हमारा काम उन्हें याद दिलाना है। अगर हम नेक काम करेंगे तभी हमें वो दुनिया मिलेगी। यहाँ क्या है? यहाँ तो जो कुछ है, वह सब ख़त्म हो जाएगा। मगर वहाँ? वहाँ तो कभी कुछ भी ख़त्म नहीं होगा। इसलिए हमें उस दुनिया की फ़िक्र करनी चाहिए। बस यही हम अपने मुसलमान भाइयों को समझाते हैं। आप तो माशाअल्लाह इतने पढ़े-लिखे हैं। आपको क्या समझाना! फिर भी हमारी गुज़ारिश है कि मग़रिब की नमाज़ के लिए मस्जिद में आइए। बाद नमाज़ वहाँ दीन की बातें होती हैं। इसी बहाने एक-दूसरे के दुःख-दर्द में भी हम शरीक़ होते हैं...''

''माफ़ कीजिएगा,'' नईम ख़ाँ ने उन्हें टोका, ''क्या आप बता सकते हैं कि पिछले दिनों इस शहर में हुमा नाम की एक मुसलमान लड़की के साथ क्या हुआ? और जो हुआ, वो क्यों हुआ?''

नईम का यह सवाल सुनते ही सभी आगन्तुक एक-दूसरे का मुँह देखने लगे।

थोड़ी देर तक ख़ामोशी छाई रही।

फिर वही सज्जन बोले—

''देखिए नईम साहब, हम किसी हुमा नाम की लड़की को नहीं जानते। मगर हाँ, ऐसी तमाम मुसलमान लड़कियों को जानते हैं जो दीन की राह से भटकी हुई हैं। उन पर दुनियावी रंग चढ़ा हुआ है। वो मग़रबी तहज़ीब को अपनाकर दीने-इस्लाम को बदनाम कर रही हैं। बुर्क़ा या नक़ाब तो छोड़िए वो नए-नए फ़ैशनों वाले कपड़े पहनती हैं और अजनबी लड़कों के साथ घूमती हैं...।''

''अजनबी लड़के,'' नईम ने फिर उन्हें टोंका, ''तो क्या जान-पहचान के लड़कों के साथ ही उन्हें घूमना-फिरना चाहिए?''

''हमने तो यह नहीं कहा।'' उन सज्जन ने जवाब दिया, जिनका नाम साबिर अली था।

''मगर, मतलब तो यही निकलता है। ख़ैर यह तो जायज़ है न, कि मुसलमान लड़कियाँ अपने चचाज़ाद, मामूज़ाद या फूफाज़ाद भाईजानों के साथ घूम-फिर सकती हैं?''

नईम ख़ाँ के इस सवाल पर साबिर अली साहब तो चुप रहे, मगर दूसरे सज्जन जनाब मख़्दूम साहब ने कहा कि ''हाँ, इसमें कोई बुराई नहीं है।''

''क्यों?'' नईम ने तमतमाते हुए पूछा, ''इसलिए कि इस्लाम ने चचाज़ाद, मामूज़ाद और फूफाज़ाद भाइयों से लड़कियों की शादी को जायज़ ठहराया है? मगर... मगर इसकी आड़ में क्या होता है, आप लोगों को पता भी है? हमारे यहाँ, यानी हमारी सोसाइटी में, मुस्लिम सोसाइटी में—चूँकि सभी लोग जानते हैं कि

चचाज़ाद, मामूज़ाद, फूफाज़ाद वग़ैरह लड़कों से लड़कियों की शादी हो सकती है, इसलिए ऐसे तमाम 'भाईजान' लोग अपने चचा, मामा या फूफा की लड़कियों को बहला-फुसलाकर या प्यार-मुहब्बत का वास्ता देकर उनसे जिस्मानी तअल्लुक़ात बना लेते हैं। ये तअल्लुक़ात कुछ तो जवानी के दौर में बनते हैं, मगर ज़्यादातर बचपन में ही—ग्यारह-बारह साल में ही बन जाते हैं। लेकिन ख़ानदानी झगड़ों—प्रॉपर्टी को लेकर या फिर किन्हीं और तरह के विवादों को लेकर—भाई-भाई में, साले-बहनोई में...इतनी कटुता आ जाती है कि उन लड़के-लड़कियों की शादियाँ नहीं हो पातीं। ज़ाहिर है, कि लड़कों को इससे तो कोई फ़र्क़ नहीं पड़ता। मगर लड़कियाँ? उन लड़कियों की शादियाँ जब दूसरे लड़कों से होती हैं तो पहली रात में ही पता चल जाता है कि लड़की कुँआरी है या नहीं है। और...।"

नईम के इस वक्तव्य को मख़्दूम इलाही साहब ने बीच में ही रोक दिया—

"यह सब बकवास है।"

"बकवास है?" नईम झल्ला उठा।

"अरे नईम साहब, आपने तो बेकार की बातें छेड़ दीं, ये सब दुनियावी बातें हैं, हम तो आख़िरत की बात कर रहे हैं।"

साबिर अली साहब ने टोका तो नईम ख़ामोश हो गया।

"शादी-ब्याह छोड़िए," जनाब साबिर अली साहब ने बोलना शुरू किया, "अब देखिए तो कि मुसलमान लड़कियाँ खुलेआम गाने गा रही हैं और डांस कर रही हैं। क्या ये मुनासिब है?"

इस सवाल पर नईम थोड़ी देर तक चुप रहा, फिर उसने कहना शुरू किया—

"हाँ, मैं जानता हूँ कि मुसलमान लड़कियाँ फ़िल्मी गानों को न सिर्फ़ सुन रही हैं, बल्कि उन गानों पर डांस भी कर रही हैं। मगर क्या आप बता सकते हैं कि यह सब ग़लत क्यों है?"

"क्योंकि रसूलल्लाह ने इसे मना किया है।" यह बात मख़्दूम साहब ने कही।

नईम ने उसका जवाब इस तरह दिया—

"अच्छा! तो फिर जब रसूलल्लाह ने मक्का से मदीना की ओर हिजरत की तो वहाँ उनके स्वागत में मदीना की लड़कियाँ और औरतें डफ़ बजाती हुई और गाने गाती हुई सामने आईं तो रसूलल्लाह ने उन्हें रोका क्यों नहीं? उन्हें मना क्यों नहीं किया? सुना है, एक बार तो ईद के मौक़े पर लड़के-लड़कियाँ नाच-गा रही थीं और हज़रत अली ने उन्हें रोकना चाहा था तो रसूलल्लाह ने हज़रत अली को टोंक दिया था और कहा था कि इन्हें अपने ढंग से अपनी ख़ुशी मनाने दो।"

"लेकिन अब वक़्त बदल गया है," जनाब साबिर अली ने कहा, "अब तो हर शख़्स को चाहिए कि वह इस्लाम का रास्ता अपनाए और दुनिया में इस्लामी राज क़ायम करने में मदद करे।"

"कैसे?" नईम ने सवाल किया, "इस्लाम ने लड़की की हिफ़ाज़त के लिए कौन-से क़ानून बनाए हैं?"

नईम के इस सवाल पर वे लोग भड़क गए और बग़ैर कोई जवाब दिए चले गए। उसके बाद रफ़ीक़ और सलमान भी ख़ुदा हाफ़िज़ कहते हुए बाहर निकल गए। नईम ने अपने कमरे का दरवाज़ा बन्द कर लिया और बिस्तर पर लेट गया, फिर सोचते-सोचते उसे नींद आ गई।

सुबह नईम देर से उठा। उठते ही वह पास के चायख़ाने में जाकर चाय पीता था। चायख़ाने से सटा हुआ एक निहायत गंदा-सा होटल था, जो अपनी 'नहारी' के लिए मशहूर था। उस इलाक़े के ज़्यादातर लोग सुबह का नाश्ता वहीं करते थे। नहारी-रोटी खाते थे और बीड़ियों का धुआँ उड़ाते थे। जो बातें चायख़ाने में होती थीं, वे 'मिर्ज़ापुरी नहारी होटल' तक पहुँचती थीं और होटल से निकला हुआ बीड़ियों का धुआँ चायख़ाने के धुएँ में घुलकर सांस्कृतिक समन्वय जैसा माहौल बना देता था। चायख़ाने में एक हिन्दी का और एक उर्दू का अख़बार होता था। हिन्दी का अख़बार बनारस से आता था और उर्दू का अख़बार स्थानीय था। बनारस के 'आज' नामक अख़बार में जो समाचार नहीं छपते थे वे स्थानीय अख़बार 'आवाज़' के पहले ही पृष्ठ पर छपे होते थे।

उस रोज़ नईम जब चायख़ाने पहुँचा तो वहाँ का दृश्य यह था कि 'आवाज़' के सारे पन्ने अलग-अलग हो चुके थे और हर शख़्स के हाथ में एक पन्ना था। बेचारा 'आज' टेबल पर लावारिस-सा पड़ा था। नईम ने चाय का ऑर्डर दिया और 'आज' उठाकर पढ़ने लगा। थोड़ी देर में चाय आ गई तो वह अख़बार पढ़ते-पढ़ते चाय की चुस्कियाँ भी लेने लगा। तभी उसके कानों से एक आवाज़ टकराई : "देखो आज हाफ़िज्जी अपने ख़ुतबे में क्या बोलते हैं?"

नईम ने अख़बार बन्द करके टेबल पर रख दिया और चायख़ाने में बैठे लोगों की ओर देखने लगा। लोगों के चेहरे तने हुए थे। उनकी आँखें हिंसक हो रही थीं और होंठ फड़क रहे थे, बिलकुल 'रदपुट फरकत नयन रिसौंहे' वाला दृश्य था।

"कोई ख़ास बात है क्या?"

नईम ने जानने की कोशिश की तो एक साहब भड़क गए। बोले—

"ख़ास बात! ख़ास बात नहीं, ख़तरनाक बात। इस बात पर तो ख़ून-ख़राबा हो जाएगा।"

"मगर बात क्या है?"

"आप उर्दू नहीं जानते?"

"जानता हूँ। क्यों?"

"लो पढ़ो।" यह कहते हुए एक सज्जन ने उसे 'आवाज़' का एक पन्ना पकड़ा दिया। मगर नईम ने उसे पढ़ा नहीं। तब उससे एक साहब ने पूछा—

"आख़िर बात क्या है?"

"बात कोई भी हो, मैं नहीं पढ़ना चाहता तो इसमें हर्ज क्या है।"

"हर्ज तो नहीं है, मगर न पढ़ने की कोई तो वजह होगी।"

"यह किसका लिखा हुआ है? किसी मर्द का या औरत का?"

"मियाँ, यह एक ज़नख़े का लिखा हुआ है।"

हँसी के साथ आवाज़ आई और फिर पूरा माहौल ही क़हकहाहट में डूब गया।

"इस मज़मून में रसूल्ललाह और उनकी पाक बीवियों के बारे में निहायत गंदी-संदी बातें लिखी गई हैं।"

इसके बाद चायख़ाने में खामोशी छा गई।

नईम ने चाय का प्याला टेबल पर रख दिया और 'ज़न्खा' लफ़्ज़ के बारे में सोचता हुआ चायख़ाने से बाहर आ गया। थोड़ी देर तक उसने सोचा कि बग़ल के होटल में जाकर नहारी-रोटी का नाश्ता भी कर ले, मगर 'ज़न्खा' लफ़्ज़ ने उसके इरादे को बदल दिया और मानो किसी 'छाया' से उसका सवाल-जवाब होने लगा।

"ज़न्खा किसे कहते हैं?"

"हिंजड़े को?"

"हिंजड़ा किसे कहते हैं?"

"हिंजड़ा नहीं, सही उच्चारण है : हींजड़ा।"

"मगर हींजड़ा है कौन?"

"यह एक समुदाय है।"

"कौन-सा समुदाय?"

"समुदाय भी नहीं इसे एक जाति समझिए।"

"कौन-सी जाति?"

"वह जाति जो न तो मर्द है और न औरत। उन्हें आजकल 'किन्नर' कहा जाता है।"

"किन्नर! यानी?"

"अब अपने 'यानी' का अर्थ आप ख़ुद तलाश कीजिए। हाँ, यह न भूलिएगा कि वे लोग भी आप ही की तरह इनसान ही हैं।"

यह कहती हुई वह छाया ग़ायब हो गई जो नईम के साथ-साथ चल रही थी। नईम ने तब इतिहास की उन किताबों को याद करना शुरू किया जिनमें यह लिखा हुआ है कि भारतीय इतिहास के मध्यकाल में दिल्ली के लालक़िला में और ऐसी ही तमाम जगहों पर 'हरम' अर्थात् अन्त:पुरी में जिन लोगों की ड्यूटी लगती थी, वे 'ख़्वाजा सरा' कहलाते थे। दरअसल 'ख़्वाजा सरा' वही होते थे, जो न तो मर्द होते थे और न ही औरत। अर्थात हमारे सभ्य समाज में उनकी हैसियत 'ज़नख़ों' या 'हिंजड़ों' जैसी ही होती थी।

"इसका मतलब यह," नईम ख़ाँ ने सोचना शुरू किया, "कि भारतीय मुस्लिम समाज में भी ज़बर्दस्त जाति-प्रथा है। अस्पृश्यता भी है। ज़नखे भी हैं। और भी न जाने क्या-क्या हैं। मगर इसके बारे में न कोई कुछ जानता और न ही जानने की कोशिश करता है।" बस! वह अपने कमरे में लौट आया और बिस्तर पर लेट गया। उस वक़्त वह उन लोगों के प्रति ग़ुस्से से भरा हुआ था जो चायख़ाने में क़हक़हा लगा रहे थे। फिर धीरे-धीरे उसे नींद आने लगी और वह करवट बदलकर सो गया। नईम की जब नींद टूटी तो उसे याद आया कि आज जुमा है और वह मस्जिद की ओर चल पड़ा। मस्जिद में बहुत भीड़ थी, इसलिए कि जुमा के रोज़ वे लोग भी नमाज़ पढ़ने आ जाते हैं जो दूसरी कोई नमाज़ नहीं पढ़ते। ख़ैर...

नमाज़ से पहले पेश इमाम का ख़ुत्बा शुरू हुआ—

"हज़रात दुआ कीजिए...।"

यह सुनते ही नईम का ध्यान कहीं और चला गया मगर वह ख़ुत्बे को ग़ौर से सुनने लगा।

"हज़रात! आज हमारे ऊपर, हम मुसलमानों के ऊपर, पूरे इस्लाम के ऊपर—एक मुसीबत है। पूरी दुनिया हमें बर्बाद कर देना चाहती है। मगर हम बर्बाद नहीं होंगे। हम अपने दीन, इस्लाम को ज़िन्दा रखेंगे। और इंशा इल्लाह पूरी दुनिया में इसका झंडा फहराकर ही दम लेंगे। क्योंकि दुनिया का सिर्फ़ एक ही सही मज़हब है और वह है इस्लाम। और इस्लाम को पूरी दुनिया पर क़ाबिज़ करने के लिए एक ही रास्ता है—जिहाद का रास्ता। इसलिए ऐ हिन्द के मुसलमानो! उठो और ख़िदमते-इस्लाम के लिए तैयार हो जाओ..."

"मगर हिन्दुस्तान के मुसलमान तो जातिवाद के शिकार हैं। क्या वो एक हो पाएँगे?"

नमाज़ियों में से एक आवाज़ उठी तो पेश इमाम ने गम्भीरता के साथ उस सवाल का जवाब दिया—

"उनसे कहो कि इस्लाम किसी भी तरह के ज़ात-पाँत को नहीं मानता। इस्लाम का उसूल है मसावात। इस्लाम अल्लामा इक़बाल के इस शे'र पर यक़ीन रखता है कि—

एक ही सफ़ में खड़े हो गए महमूदो-अयाज़
न कोई बन्दः रहा न कोई बन्दः नवाज़

"मगर इस मस्जिद में तो नाई और जुलाहे एकदम पीछे की सफ़ पर खड़े हैं...।"

नईम का इतना कहना था कि लोग उन पर टूट पड़े। उन पर लातों-घूँसों और जूतों की बौछार हुई। फिर उन्हें छुड़ाते हुए किसी ने यह टिप्पणी की—

"जाने दो साले को, मुनाफ़िक़ है।"

11

अब जबकि मस्जिद में भी नमाज़ियों के दरमियान जाति के आधार पर भेदभाव की बात चल ही पड़ी है तो मस्जिद से जुड़े हुए एक ऐतिहासिक क़िस्से को भी जान लेना चाहिए। यह क़िस्सा औरंगज़ेब के ज़माने का है, जो कितना सच है, पता नहीं। मगर क़िस्सा कुछ यूँ है कि सरमद नाम का एक सूफ़ी फ़क़ीर दिल्ली की जामा मस्जिद की सीढ़ियों के नीचे नंगा बैठा रहता था। हालाँकि उसके पास एक कम्बल था, जिससे वह अपनी उरियानियत को ढँक सकता था। मगर वह तो कम्बल को अपने शरीर पर लपेटने की बजाय सामने गुड़ी-मुड़ी करके रखे रहता था और ज़बान से 'अल्लाहू-अल्लाहू' की आवाज़ निकालता रहता था। औरंगज़ेब जब लालक़िले से जुमा की नमाज़ पढ़ने के लिए जामा मस्जिद की ओर रवाना होता तो सरमद को नग्नावस्था में देखकर बौखला जाता था। एक रोज़ हुआ क्या कि औरंगज़ेब सरमद के पास रुका। उसने आशा की होगी कि सरमद उसे सलाम करेगा, मगर सरमद अपनी ही धुन में था। उसने देखा ही नहीं कि सामने कौन खड़ा है। मगर औरंगज़ेब तो बादशाह था और बुढ़ापे के बावजूद उसकी आवाज़ में ज़बर्दस्त कड़क थी। उसने सरमद से पूछा—

"तुम कौन हो?"

"सरमद।"

"यानी?"

"यह मेरा नाम है।"

"तुमने उरियानियत का बाना क्यों बनाया है?"

"क्योंकि मैं उरियाँ ही पैदा हुआ था।"

"दुनिया में हर बच्चा उरियाँ ही पैदा होता है, मगर वह ज़िन्दगी भर उरियाँ तो नहीं रहता।"

"मगर मैं रहता हूँ।"

"क्यों?"

"इसलिए कि मैं अपना कुछ भी नहीं ढाँपना चाहता।"

"क्यों?"

"इसलिए कि ढाँपने वाले झूठे होते हैं।"

"मगर तहज़ीब भी तो कोई चीज़ है।"

"हाँ है, मगर वह मुहज़्ज़ब लोगों के लिए है। मैं मुहज़्ज़ब नहीं हूँ।"

"क्यों?"

"क्योंकि मैं जानता हूँ कि अपने को मुहज़्ज़ब कहने वाले लोग ऐसे-ऐसे गुनाह करते हैं, जिन्हें करते वक़्त जरायमपेशा लोग भी कम-से-कम तीन बार सोचते हैं कि ऐसा करें या नहीं।"

"क्या तुम जानते हो, कि मैं कौन हूँ?"

"नहीं।"

"मैं औरंगज़ेब हूँ।"

"आपका बहुत-बहुत शुक्रिया कि आपने अपना नाम मुझे बताया।"

"अच्छा अब ज़रा सोचकर यह बताओ कि असल में मैं कौन हूँ?"

"आप औरंगज़ेब नाम के एक शख़्स हैं।"

"क्या तुम यह नहीं जानते कि मैं तुम्हारा बादशाह हूँ?"

"मेरा बादशाह तो ख़ुदा है।"

"ख़ुदा या अल्लाह?"

"मेरा बादशाह तो ख़ुदा ही है। अल्लाह को मैं नहीं जानता।"

"क्या मतलब?"

"मियाँ औरंगज़ेब, आप जाइए और जुमा की नमाज़ अदा कीजिए। ख़ुदा और अल्लाह के चक्कर में पड़िएगा तो बड़ी दिक़्क़त हो जाएगी।"

तभी जामा मस्जिद में अज़ान होने लगी—

अल्लाहो अकबर...

"ठीक है, मैं जा रहा हूँ। मगर यह तो बताओ कि तुम्हारे सामने कम्बल पड़ा है और तुम नंगे बैठे हो। क्या इस कम्बल से तुम अपना बदन नहीं ढाँक सकते?"

"अपना नंगा बदन ढाँक लूँ?"

"हाँ, ढाँक लो।"

औरंगज़ेब का इतना कहना था कि सरमद ने सामने पड़ा कम्बल उठा लिया।

मगर...

उस कम्बल के उठा लिए जाने पर वहाँ औरंगज़ेब के भाइयों के कटे हुए सिर नज़र आए। उसके भाइयों के सिर उसी के आदेश से काटे गए थे। औरंगज़ेब के उन भाइयों में दारा शिकोह भी था, जिसने संस्कृत के अनेक ग्रन्थों का अनुवाद फ़ारसी में किया था। बहरहाल औरंगज़ेब उस दृश्य को देखकर विचलित हो गया। तब सरमद ने पूछा—

"अब आप ही बताइए कि मैं क्या करूँ? आपकी लाज को बचाकर रखूँ या अपनी?"

औरंगज़ेब को ग़ुस्सा आ गया और उन्होंने सरमद को जामा मस्जिद में नमाज़ अदा करने के लिए मजबूर किया। तब सरमद चले गए नमाज़ पढ़ने के लिए। मगर उन्होंने नमाज़ की नीयत अपनी शैली में बाँधी।

आमतौर पर नमाज़ पढ़ाने वाले पेशइमाम साहब नमाज़ की नीयत करके जब अल्लाहो-अकबर कहते हुए अपने हाथों को कानों तक ले जाते हैं, तभी मुक़्तदी यानी उनके पीछे खड़े तमाम नमाज़ी—ख़ासकर कम पढ़े-लिखे लोग—यही अपने

मन में कहते हैं कि 'जो नीयत पेश इमाम की वही मेरी' और कानों तक हाथ ले जाकर अपने दोनों हाथ नाभि के नीचे बाँध लेते हैं। सरमद ने भी यही किया, मगर वह मन में नहीं बल्कि जोर से बोला—

"जो नीयत पेश इमाम की वो मेरे क़दमों के नीचे।"

ज़ाहिर है कि यह सरासर बदतमीज़ी थी। इसलिए नमाज़ ख़त्म होने के बाद बादशाह के हुक्म से मस्जिद के सहन में ही सरमद का सर तलवार से काट दिया गया। किंवदन्ती यह है कि सरमद के कटे हुए सर के होंठ फड़क रहे थे और उन होंठों से लगातार यही आवाज़ आ रही थी कि 'जो नीयत पेश इमाम की वो मेरे क़दमों के नीचे।'

और जामा मस्जिद डोल रही थी। वह ज़मीन में धँसी जा रही थी। नमाज़ियों में भगदड़ मच गई थी। मगर मस्जिद इस क़दर हिल रही थी कि लोगों का चलना मुश्किल था। लोग एक-दूसरे पर गिरे पड़ रहे थे। हादसा ऐसा था जैसा कि कभी मक्के के हज के दौरान हुआ था या फिर अक्सर प्रयाग के कुम्भ में होता है। किसी को सूझ नहीं रहा था कि क्या करें? मदद के लिए अल्लाह के अलावा और किसे पुकारें? कि अचानक लोगों ने देखा—सरमद के गुरु 'हरे-भरे शाह' दौड़े हुए चले आ रहे हैं। मस्जिद के सहन में पहुँचते ही पहले तो उन्होंने हाथ उठाकर मस्जिद को आदेश दिया—ठहर जा-ठहर जा। और मस्जिद जिस अवस्था में थी उसी अवस्था में ठहर गई। मस्जिद में प्रवेश के लिए तीन द्वार हैं और हर द्वार पर सीढ़ियाँ बनी हुई हैं। मस्जिद चूँकि हिल रही थी और ज़मीन में धँसी जा रही थी इसलिए मस्जिद जब ठहरी तो तीनों द्वारों की सीढ़ियों की संख्या समान नहीं रह गई।

फिर उन्होंने पूछा—"सरमद को क्यों क़त्ल किया गया?"

जवाब मिला—"इसने पेश इमाम की शान में गुस्ताख़ी की थी।"

"क्या गुस्ताख़ी की थी?" यह पूछने पर उन्हें नमाज़ की नीयत वाली बात बताई गई। तब उन्होंने पेश इमाम को बुलाया और पूछा—

"आप नीयत का मतलब समझते हैं?"

"आप हरे-भरे शाह हैं न?" पेश इमाम ने पूछा।

"हाँ, मैं हरा भी हूँ और भरा भी।"

"आप नमाज़ पढ़ते हैं?"

"नहीं। मैं लौ लगाता हूँ।"

"फिर आप नमाज़ की नीयत को कैसे समझेंगे?"

"कहा न कि मैं लौ लगाता हूँ। और इसीलिए जानता हूँ कि लौ लगाना ही नमाज़ की नीयत है।"

"मतलब?"

"मतलब साफ़ है। अगर आपकी लौ अल्लाह में लगी हुई है तो बग़ल में हो

रही क़व्वाली भी आपको सुनाई नहीं देगी। इसीलिए मुझे अज़ान सुनाई नहीं पड़ती।''

''तो फिर आप नीयत को लेकर बहस क्यों कर रहे हैं?''

''क्योंकि मैं जानना चाहता हूँ कि उस वक़्त आपकी नीयत क्या थी?''

''मतलब?''

''मतलब ये कि,'' यह बात आगे आकर ख़ुद औरंगज़ेब ने कही, ''जिस वक़्त आप नमाज़ की नीयत बाँध रहे थे उस वक़्त आपके दिमाग़ में क्या चल रहा था? आप सोच क्या रहे थे?''

''मैं यही सोच रहा था कि...'' इतना कहकर पेश इमाम साहब ख़ामोश हो गए और आसमान की तरफ़ देखने लगे।

''आप क्या सोच रहे थे?'' औरंगज़ेब ने कड़ककर पूछा।

''शाहे-आलम! मैं ये सोच रहा था कि आज मैं ऐसी क़िरअत करूँ कि आप ख़ुश होकर मुझे इनामो-इकराम से नवाज़ें। इसीलिए मैंने आज सूर:रहमान को हिन्दोस्तानी मौसीक़ी के अन्दाज़ में अदा करने की कोशिश...''

''यानी आप की नीयत इनामो-इकराम पर थी,'' हरे-भरे शाह ने टोका, ''इनाम में मिलता क्या है? धन-दौलत! या और कुछ?''

इस पर कोई कुछ नहीं बोला।

हरे-भरे शाह ने औरंगज़ेब से निवेदन किया कि सरमद जहाँ खड़ा था वहाँ की ज़मीन ख़ुदवाई जाए। औरंगज़ेब ने हुक्म दिया और जामा मस्जिद के सहन में ख़ुदाई शुरू हो गई। ज़मीन को खोदते-खोदते अचानक एक सन्दूक़ नज़र आया और उसे जब बाहर निकालकर खोला गया तो उसके अन्दर क़ीमती ख़जाना भरा हुआ था।

हरे-भरे शाह ने कहा—

''इनामो-इकराम में यही तो दिया जाता है। फिर मेरे शागिर्द ने क्या ग़लत कहा? पेश इमाम साहब आपकी नीयत नमाज़ में तो थी नहीं। नीयत थी इनामो-इकराम में। सरमद ने इसीलिए कहा कि जो नीयत पेश इमाम की वो मेरे क़दमों के नीचे। ये सन्दूक तो वहीं गड़ा हुआ मिला है, जहाँ वो खड़ा था।''

अब सब चुप थे। पेश इमाम साहब मस्जिद से खिसक लेना चाहते थे। मगर औरंगज़ेब ने उनकी बाँह पकड़ ली। और हरे-भरे शाह से बोले—

''ग़लती हो गई। मेरे हुक्म से आपके शागिर्द का सर क़लम कर दिया गया। मुझे माफ़ कर दीजिए।''

हरे-भरे शाह ने कहा—

''आप किस-किस के लिए माफ़ी माँगिएगा? आपने जब अपने भाइयों को नहीं बख़्शा, अपने बाप तक को क़ैद में रक्खा और हिन्दोस्तान के मन्दिरों को...।''

''मन्दिरों की बात मत कीजिए शाह साहब! मन्दिर मेरे हुक्म से नहीं तोड़े गए हैं। मन्दिरों को तुड़वाने की इल्तिजा उन हिन्दुओं ने की थी, जिनके घर की औरतों

के साथ मन्दिरों में बदसलूकी हुई और जिन्हें जान से मार दिया गया।''

''आप झूठ बोलते हैं।''

हरे-भरे शाह ने जब यह बात कही तो औरंगज़ेब उदास हो गए। क्रुद्ध नहीं हुए। बोले—

''हो सकता है, यह आधा सच हो। मगर मुझे इस क़दर हिक़ारत की नज़र से देखना कहाँ की इनसानियत है ?''

''यह हिन्दुस्तान की इनसानियत है, जहाँ ऐसे पेश इमाम हैं जो किसी को भी क़त्ल करवा सकते हैं।''

यह कहते हुए हरे-भरे शाह जामा मस्जिद से निकल गए और औरंगज़ेब लालक़िला की ओर। बाक़ी जनता सूईवालान, चूड़ीवालान, बल्लीमारान... आदि इलाक़ों की ओर रवाना हो गई।

मस्जिद के सहन से सूफ़ी सरमद शाह का सर भी उठा लिया गया और धड़ भी। उन्हें जामा मस्जिद के सामने ही दफ़ना दिया गया। मगर मस्जिद के सहन में जो ख़ून फैला था, वह तब तक चमकता रहा जब तक कि उसे मशक के पानी से साफ़ नहीं कर दिया गया।

सवाल यह उठता है कि अब तक चल रही कहानी के बीच में यह क़िस्सा क्यों आ घुसा ? तो इसका जवाब समझने के लिए आगे की कहानी पर ध्यान देना ज़रूरी है।

गोपालगंज में एक जलसा है। ग्यारहवीं शरीफ़ का : जलसा तो क्या है बस शोर-शराबा है। ख़ासकर अली हुसैन के घर पर। यहाँ एक और सवाल उठता है कि ग्यारहवीं शरीफ़ का त्योहार क्यों मनाया जाता है ? कहा जाता है कि एक कोई हज़रत ग़ौसपाक थे जिनका असली नाम अब्दुल क़ादिर जीलानी था। वो जब बच्चे थे तो अपने दादाजान के बहुत चहेते थे। मगर जब एक रोज़ उन्होंने अपने दादाजान की दी हुई नसीहत पर अमल नहीं किया तो उन्होंने ग़ुस्से में आकर उन्हें पीटने के लिए अपनी छड़ी उठाई और हज़रत ग़ौसपाक डर के मारे भाग खड़े हुए। रास्ते में उन्हें एक क़ब्रिस्तान मिला तो उन्होंने आवाज़ दी—उठो मुर्दो, भागो वर्ना मेरे दादाजान तुम लोगों को बहुत पीटेंगे। उनका इतना कहना था कि क़ब्रों में दफ़्न सारे मुर्दे बाहर निकल आए और हज़रत ग़ौसपाक के साथ भागने लगे।

तब उनके दादाजान को महसूस हुआ कि उनका पोता कोई साधारण इनसान नहीं है। इस प्रकार यह पर्व उन्हीं के सम्मान में मनाया जाता है। हर साल अली हुसैन ख़ाँ के यहाँ इस जलसे पर ख़ास रौनक़ रहती है।

उनके घर के बग़ल में एक खंडहर है। कभी वहाँ किसी शाह साहब का घर था। शाह साहब यानी जाति का भिखारी। चूँकि उसने काफ़ी पैसा कमा लिया था इसलिए लोग उसकी इज़्ज़त करने लगे थे। फिर भी गाँव के ख़ाँ साहब लोग उसे

किसी-न-किसी बहाने बेइज़्ज़त करते रहते थे। इसलिए तंग आकर वह गाँव छोड़कर कहीं और चला गया था। और कालान्तर में उसका घर खंडहर हो गया था। उसी खंडहर में देगें चढ़ी हुई हैं। उनमें बिरियानी पक रही है। जलसे में मुफ़्त बाँटी जाएगी। किसी ख़ास धार्मिक अवसर पर खाने को मुफ़्त बाँटे जाने की प्रथा कब से चली होगी, यह तो मालूम नहीं मगर इसे 'लंगर' ही कहा जाता है। लंगर सिक्खों के गुरुद्वारे में बँटता है और मुसलमानों के यहाँ लंगर का प्रचलन मुहर्रम के अवसर पर भी है। ताज़िए जब 'कर्बला' में पहुँचते हैं तो वहाँ ख़ूब लंगर बँटता है। किसी छकड़े पर 'नान' होते हैं तो किसी बैलगाड़ी पर 'खिचड़ा', जिसे शरीफ़ों की भाषा में 'हलीम' कहा जाता है। लंगर में सिर्फ़ खाद्य सामग्रियाँ ही नहीं होतीं, पेय पदार्थ भी होते हैं जिन्हें 'छबील' या 'सबील' कहा जाता है।

तो अली हुसैन ख़ाँ साहब के घर पर लंगर का पूरा बन्दोबस्त था।

मगर नईम वहाँ नहीं था। वह क्यों नहीं आया, यह चिन्ता घर के सभी लोगों को थी। ज़ुबैदा भी परेशान थी। मगर उनसे सम्पर्क करने का कोई उपाय भी नहीं था।

नईम तो नहीं आया मगर एक अन्य युवक वहाँ आ पहुँचा था, जिसके आने की कोई ख़ास उम्मीद नहीं थी। वह युवक अली हुसैन ख़ाँ की बहन का बेटा था और उसका नाम था यासीन ख़ाँ। गोपालगंज पहुँचने पर जब यासीन ख़ाँ ने देखा कि अली हुसैन के घर पर बहुत भीड़-भड़क्का है तो वह उनके भाई साहब, यानी नईम के चचा और ज़ुबैदा के वालिद साहब के यहाँ चला गया। और वहीं एक कमरे में उसने अपना बैग रख दिया। इस प्रकार उस कमरे में उसने अपना डेरा जमा लिया।

अली हुसैन ख़ाँ के यहाँ काफी भीड़ थी। मेहमानों का मजमा लगा हुआ था। घर के अन्दर जोशो-ख़रोश बरपा था। सितारा और उसकी माँ को भी बुलाया गया था। मगर वो अब तक नहीं पहुँची थीं। उनका इन्तज़ार था। क्योंकि वो इस ख़ानदान के सदस्य-जैसी थीं। इस बाबत अली हुसैन ख़ाँ ने जब दर्याफ़्त किया तो एक युवक ने बताया कि उन्हें ख़बर भेजी जा चुकी है और वो आने ही वाली हैं।

उधर ज़ुबैदा के घर पर एक अजीब-सा वाक़ेया हुआ कि यासीन ख़ाँ अचानक ज़ुबैदा से टकरा गए। वह टकराहट इस अर्थ में ऐतिहासिक हो गई कि दोनों के अंग एक-दूसरे से छू गए और ज़ुबैदा हँस पड़ी। फिर यासीन ख़ाँ 'ज़ुहर' की नमाज़ पढ़ने के लिए मस्जिद चले गए। मस्जिद में नमाज़ पढ़ते वक़्त पता नहीं क्यों यासीन ख़ाँ को सूफ़ी फ़क़ीर 'सरमद' को क़त्ल किए जाने का वाक़ेया याद आने लगा और वे काँप उठे। वे दरअसल थोड़ी ही देर पहले ज़ुबैदा से टकरा जाने से पता नहीं क्यों डर गए थे। उनके मन में आया कि क्या उन्हें भी कोई क़त्ल कर देगा?

यासीन ख़ाँ जब नमाज़ पढ़कर लौटे तो सीधे उस कमरे में पहुँचे जहाँ उनका बैग रखा हुआ था। और आराम करने की ग़रज़ से उन्होंने दरवाज़े की सिटख़िनी

लगा ली। मगर जब पीछे मुड़े तो देखते क्या हैं कि वहाँ ज़ुबैदा एक तख़्त पर चित्त होकर लेटी हुई थी और उसे नींद आ गई थी। उसके घुटने मुड़े हुए थे इसलिए उसका ग़रारा ऊपर सरक गया था। उसके उभार लो-कट वाली शमीज़ के भीतर से झाँक रहे थे। ज़ुबैदा जब साँस लेती तो वे मानो बाहर निकलकर उसके चेहरे का दीदार करने को आतुर हो उठते थे। ज़ुबैदा का एक हाथ पेट पर था और दूसरा सिर के नीचे।

यह दृश्य देखकर यासीन मियाँ अपना आपा खो बैठे और ज़ुबैदा के पूरे वजूद पर टूट पड़े। ज़ुबैदा जाग गई। मगर बजाय विरोध करने के उसने यासीन को अपने दोनों हाथों में थाम लिया।

इस तरह एक मामूली-सी लड़की ने वाक़ई उन्हें क़त्ल कर दिया। मगर उस क़त्ल में जो आनन्द था, पता नहीं 'सरमद' को ऐसा कोई एहसास हुआ भी होगा या नहीं।

ख़ैर यासीन ख़ाँ ने पलभर में वह कारनामा कर दिखाया, जो नईम मियाँ चाहते तो कब का कर चुके होते। मगर नईम मियाँ तो चाहते थे कि उनकी पोशाक के बटन पर जो सितारा टँका है, वही टँका रहे। जबकि वह सितारा तो टूट चुका था। फिर भी नईम मियाँ उस उल्का को अपने दामन में रोक लेने के लिए व्याकुल थे।

मगर इन सब बातों से हटकर एक और प्रश्न है कि क्या वाक़ई इस्लाम में जातिवाद है? इस्लाम क्या किसी समुदाय को अस्पृश्य अर्थात् अछूत मानता है? ज़ाहिर है कि हर मौलवी कहेगा, 'नहीं।' ख़ैर...ग्यारहवीं शरीफ़ के दिन अली हुसैन ख़ाँ के यहाँ जो ख़ास जलसा था, उसमें शिरकत करने के लिए उनके तमाम रिश्तेदार आए हुए थे। जलसा तो रात में था, मगर रिश्तेदारों का जमावड़ा सुबह से ही शुरू हो गया था। अली हुसैन ख़ाँ की बीवी के लिए यह ख़ास दिन होता था इसलिए वे उसकी ख़ास तैयारियाँ किया करती थीं। इसीलिए हर साल की तरह इस बार भी उन्होंने सितारा और उसकी अम्माँ को सुबह ही बुलवा लिया था। हालाँकि सितारा के बारे में बहुत सारी उलटी-सुलटी बातें उन्होंने सुन रक्खी थीं, मगर सितारा की माँ पर उन्हें बड़ा भरोसा था। वे यह भी जानती थीं कि ग़रीब-गुरबा लोगों के बारे में अक्सर तरह-तरह की अफ़वाहें उड़ाई जाती हैं। यही कारण था कि उन्होंने सारी बातों को नज़रअन्दाज़ करते हुए माँ-बेटी को न सिर्फ़ बुलाया बल्कि उन्हें ख़ास ज़िम्मेदारियाँ भी दीं। सितारा की ज़िम्मेदारी थी : मेहमानों को शरबत आदि देना और सितारा की माँ को पान लगाने का काम सौंप दिया।

अली हुसैन ख़ाँ के यहाँ उनके मेहमानों का ताँता लग गया। गोपालगंज के लोग तो शाम को पहुँचते, मगर दूरदराज़ के रिश्तेदार सुबह से ही आने लगे। जब भी कोई मेहमान आता, सितारा प्लास्टिक की एक ख़ूबसूरत-सी ट्रे में शरबत का गिलास ले जाकर उसे पेश करती और फिर सितारा की माँ अपने हाथों से बनाया गया पान उसे

पेश करतीं। सुबह से यही क्रम चल रहा था और सभी लोग प्रसन्न थे। अली हुसैन ख़ाँ ने उनके ठहरने का बढ़िया इन्तज़ाम कर रक्खा था। लोग नाश्ता-पानी करके अपने नियत स्थान पर जाते और आराम करते।

मगर, दोपहर बाद एक अजीब-सी घटना घटी।

अली हुसैन ख़ाँ साहब के यहाँ एक ऐसे सज्जन आए जो इलाहाबाद में रहते थे। जिनका नाम तो असलम ख़ाँ था मगर लोग उन्हें फुन्नन मियाँ के नाम से जानते थे। फुन्नन मियाँ पान खाने के बड़े शौकीन थे। अत: आते ही उन्होंने पान की फ़रमाइश की। अली हुसैन ख़ाँ ने कहा—

''पहले शरबत तो पी लीजिए, फिर पान खाइएगा।''

मगर फुन्नन मियाँ फुनफुनाए—

''हम पहले पान खाएँगे।''

''और शरबत?''

''शरबत उसके बाद पिएँगे।''

''मगर...।''

''परेशान मत होइए हम शरबत पीने के बाद भी पान खाएँगे।''

बहरहाल अली हुसैन ख़ाँ ज़नानख़ाने में गए और पान भेजने के लिए कहकर वापस सहन में आ गए। सहन में एक चारपाई पर अली हुसैन ख़ाँ बैठे थे और दूसरी पर फुन्नन मियाँ। ज़ाहिर है कि पान खिलाने की ज़िम्मेदारी सितारा की अम्माँ पर थी। इसलिए पान की ट्रे लेकर वही आईं। मगर न जाने क्या बात थी कि बरामदे में आते ही वह ठिठक गईं।

''आओ, शरमाना क्या! फुन्नन मियाँ हमारे छोटे भाई की तरह हैं।''

अली हुसैन ने कहा तो सितारा की अम्माँ के हाथों की ट्रे काँपने लगी। मानो सुनामी आ गया हो।

''आओ। इनसे क्या पर्दा।''

अली हुसैन ने आदेशीय ढंग से कहा तो सितारा की अम्माँ ने पहले तो आँचल से अपना मुँह ढँका, फिर हौले से आकर पान की ट्रे पलंग पर रखी और फिर—

सटपटाति-सी ससिमुखी मुख घूँघट पट ढाँकि।
पावक झरि-सी झमकि कै गई झरोखा झाँकि॥

''लीजिए।'' अली हुसैन ने कहा तो फुन्नन मियाँ बोले—

''अब मेरा मन बदल गया है। सोचता हूँ, पहले शरबत पी लूँ, फिर पान खाऊँगा।''

''बेहतर, बेहतर...'' अली हुसैन ख़ाँ के मुँह से निकला और उन्होंने आवाज़ लगाई—''शरबत भेजो।''

शरबत लेकर सितारा आई। एक ऐसी ट्रे में जिस पर खजुराहो के चित्र बने हुए थे।

सितारा शरबत रखकर चली गई। फुन्नन मियाँ लगे ट्रे को देखने। बोले—

''ख़ाँ साहब, यह ट्रे आपने कहाँ से ख़रीदा?''

''दिल्ली से।''

''दिल्ली से? मगर इसमें तो खजुराहो की तसवीरें हैं।''

''तो? इससे क्या हुआ?''

''और ये शरबत देने वाली? इसे आपने कहाँ से ख़रीदा?''

''फुन्नन मियाँ, ये आप कैसी बातें कर रहे हैं? यह हमारे गाँव की एक ग़रीब मगर शरीफ़ घर की लड़की है। एक तरह से यह हमारे ख़ानदान का हिस्सा है।''

''और वो औरत जो पान लेकर आई थी?''

''वो इसकी माँ है और इसका नाम सितारा है।''

''कौन-सा सितारा?''

''फुन्नन मियाँ, वो कोई चाँद, तारा या नेपच्यून नहीं है। वह उस औरत की बेटी है जो आपके लिए पान लेकर आई थी।''

फुन्नन मियाँ ख़ामोश हो गए। मगर न तो उन्होंने शरबत पिया और न ही पान खाया। अली हुसैन ख़ाँ साहब को तअज्जुब हुआ। वे परेशान भी हुए। बोले—

''आप शरबत और पान का ज़ायक़ा तो लीजिए। सितारा बहुत बढ़िया शरबत बनाती है और उसकी अम्माँ जो पान लगाती हैं उसका तो कोई जवाब ही नहीं।''

मगर फुन्नन मियाँ ने न तो शरबत वाली ट्रे को हाथ लगाया और न ही पान को। बोले—

''बराए-मेहरबानी, इन्हें वापस भेज दीजिए। मैं न तो शरबत पीऊँगा और न ही पान खाऊँगा।''

''क्यों?''

''जिस गंदी औरत के हाथों से आपने मुझे पान खिलाना चाहा वह हेलिन है और जो शरबत लेकर आई वह हेलिन की बेटी है। आप खाइए-पीजिए इन भंगिनों-हेलिनों का छुआ हुआ। मुझे बख़्श दीजिए।''

''आपको कैसे पता कि ये हेलिन हैं?''

''यह औरत पहले हमारे गाँव में थी और हमारे घर की खुड्डी साफ़ करने आया करती थी। इस औरत का नाम इद्दन है।''

असलम ख़ाँ उर्फ़ फुन्नन मियाँ ने बस इतना ही कहा और उठ खड़े हुए। फिर वे अली हुसैन ख़ाँ के सहन से निकलकर बाहर चले गए।

उस वक़्त अली हुसैन ख़ाँ का समूचा परिवार वहाँ उपस्थित हो गया था, मगर

उनमें से एक व्यक्ति भी यह नहीं समझ पा रहा था कि इस पूरे घटनाक्रम में सितारा और उसकी अम्माँ का क्या रोल है? हाँ, सबके कानों में यह गूँज रहा था कि ये हेलिन हैं। हेलिन यानी मल-मूत्र साफ़ करने वाली जाति। संसार में इससे नीची कोई जाति शायद होगी ही नहीं।

इस घटना के बाद सितारा और उसकी अम्माँ वहाँ से चल दीं। जिस वक़्त वे दोनों अली हुसैन ख़ाँ के घर से निकल रही थीं, नईम सहन में दाख़िल हो रहा था। उसने उन पर एक नज़र डाली, मगर बोला कुछ नहीं।

घर पहुँचकर सितारा ने अपनी अम्माँ से पूछा—"ख़ाँ साहब के मेहमान ने न तो शरबत पिया और न ही पान खाया। क्यों?"

बेटी के इस सवाल का जवाब माँ ने भरे दिल से दिया—

"क्योंकि हम हेलिन हैं।"

"हेलिन क्या होता है अम्माँ?"

"चुप रहो और ऊपर जाकर सो जाओ।"

सितारा वाक़ई चुप हो गई और ऊपर चली गई। उसने महसूस किया कि उसके 'क्या' का जवाब उसकी माँ के पास या तो नहीं था या वे जवाब देना चाहती ही नहीं थीं। सितारा के मन में 'हेलिन' शब्द बार-बार घुमड़ता रहा और फिर उसे नींद आ गई।

12

अब देखिए एक गाँव।

उस गाँव का एक घर।

उस घर में एक ख़ुड्डी।

ख़ुड्डी के कई अर्थ हैं। पहले उसे पैख़ाना कहा जाता था, मगर अब बाथरूम कहते हैं। यूरोप में वह टॉयलेट कहलाता है। 'बाथरूम' का अर्थ है : स्नानगृह, यानी ग़ुसलख़ाना। 'टॉयलेट' का अर्थ है : प्रसाधन कक्ष। अर्थात् जहाँ लोग सज-सँवर लें। सजने-सँवरने वाली सामग्रियों को टॉयलेट-सोप आदि शब्दों से जाना जाता है। शायद इसीलिए हमारे मुल्क में इसे एक नया शब्द दिया गया : 'संडास।'

मगर, नाम चाहे जितने हों; उनका प्रयोजन सिर्फ़ एक था। मल-मूत्र त्याग करने का स्थान। ख़ासकर स्त्रियों के लिए। उन स्त्रियों के लिए जो पर्दे में रहती थीं। उनमें हिन्दू-मुसलमान का कोई भेद नहीं था। यह व्यवस्था एकदम सेक्युलर थी।

घर के उस भाग से—अर्थात् ख़ुड्डी से मनुष्यों के मल को जो लोग साफ़ करते थे, उनकी जाति का पहले सिर्फ़ एक नाम था : भंगी। मगर बाद में जबकि मध्यकालीन समाज में धर्मान्तरण की प्रक्रिया आरम्भ हुई और धर्मान्तरित जातियों के नामकरण की समस्या सामने आई तो विशेषत: भंगी समाज के लिए अत्यन्त आकर्षक नाम दिए गए। मसलन : मेहतर। उस ज़माने के लोग कहते थे कि ये जो 'मेहतर' हैं न, वे महत्तर काम करते हैं। मगर अफ़सोफ कि ये मेहतर कहलाते हैं। ज़ाहिर है कि भंगी जाति के लोग ही इस तरह का पेशा करते थे, अत: जो धर्मान्तरण नहीं करते थे वे तो 'भंगी' ही कहलाते थे; मगर धर्मान्तरण करते ही वे 'मेहतर' कहलाने लगते थे।

इस धर्मपरिवर्तन के पीछे एक बड़ा कारण यह था कि भारतीय समाज अथवा हिन्दू समाज में यह जाति अस्पृश्यों में भी अस्पृश्य थी। चूँकि इस्लाम में एक प्रकार का साम्यवाद था। यानी मसावात, इसलिए भारत की इन तथाकथित निम्न जातियों ने इस्लाम धर्म को अपनाया। और जब धर्मान्तरण के बीच भी इन्हें समाज में वह स्थान नहीं मिला तो इन धर्मान्तरित जातियों का नया नामकरण किया जाने लगा। इस प्रकार धर्मान्तरित मुस्लिम समुदाय में जो सवर्ण थे उन्होंने इस जाति को 'हलालख़ोर' कहा। बाद में यह शब्द सिमटकर 'हेला' हो गया। जब उन तथाकथित मुसलमानों से पूछा गया कि उन्हें हलालख़ोर क्यों कहते हैं तो उन्होंने जवाब दिया कि असल में यही वो लोग हैं जो हलाल की कमाई खाते हैं। हलाल अर्थात् वैध। ईमानदारी की कमाई। ईमानदारी की कमाई खाने वालों में दूसरी जाति मानी गई रंडी। रंडी को भी 'तवायफ़' कहकर उसे इज़्ज़त बख़्शने की कोशिश की गई। 'मेहतर' की तरह 'तवायफ़' भी अरबी भाषा का शब्द है जो 'तवाफ़' शब्द से बना है जिसका अर्थ है घूमना या परिक्रमा करना। चूँकि रंडियाँ वृत्ताकार अन्दाज़ में घूम-घूमकर नृत्य करती थीं इसलिए उनका यह नामकरण सार्थक लगा। जो रंडियाँ कई-कई क्षेत्रों में घूम-घूमकर नाचती थीं वे 'पतुरिया' कही जाती थीं। गणिकाएँ, रूपाजीवाएँ और वेश्याएँ भी इसी प्रकार भिन्न-भिन्न गुण-धर्म की स्त्रियाँ थीं। वेश्याएँ तो वे थीं, जिनकी बाक़ायदा ख़रीद-फ़रोख़्त होती थी।

ख़ैर... बात चल रही थी 'हेला' जाति की और पहुँच गई रंडी तक। लेकिन एक रंडी और एक हेलिन में फ़र्क़ है। सामान्य आदमी के लिए रंडी ही बड़ी है क्योंकि वह सहज उपलब्ध है। उस ज़माने में दो से लेकर पाँच रुपये तक की क़ीमत में रंडियाँ मिल जाया करती थीं। कुछ की क़ीमत दस रुपये भी होती थी। ये रेट उनकी उम्र और देहयष्टि पर निर्भर करते थे।

भंगियों की तरह रंडियों को भी मुसलमान बना दिया गया। हिन्दू रंडियों को भी मुस्लिम स्त्रियों के नाम दे दिए गए। भंगियों ने तो ख़ैर स्वयं धर्मान्तरण किया—मसावात के चक्कर में, मगर रंडियाँ? उनके धर्मान्तरण का तो एक भी उदाहरण ढूँढ़े

नहीं मिलेगा। मगर यदि ध्यान से देखें तो अधिकांश रंडियों के ऐसे नाम ही मिलेंगे जो मुसलमानों के नाम होते हैं। हसीना, महजबीं, दिलरुबा, गुलाबजान, परी रुख़, उमराव जान, सितारा...। नामकरण की इस प्रक्रिया में यह पूरा ध्यान दिया गया है कि इन नामों में कोई धार्मिक नाम न आ पाए।

मगर हेलों या हेलिनों के नामकरण पर कोई पाबन्दी नहीं थी। मसावात जो था। सितारा की अम्माँ का नाम इद्दन था। इद्दन इसलिए कि वे ईद के दिन पैदा हुई थीं। बाप का नाम सुबराती था क्योंकि वे शबे-बरात के महीने में पैदा हुए थे।

इद्दन यानी सितारा की अम्माँ का जब ब्याह हुआ तो उनकी उम्र तेरह साल की थी। शादी के चन्द बरसों बाद ही हमीद मियाँ पैदा हो गए थे। सितारा बाद में हुई। हमीद तो अपने बाप सुबराती पर गया था। मगर सितारा किस पर गई थी, यह कहना कठिन था। सितारा की माँ गाँव की थीं और दूर के ही एक दूसरे गाँव में उनका ब्याह हुआ था। इद्दन के माँ-बाप मजूरी करते थे। गाँव के किसी घर में ख़ुड्डी नहीं थी इसलिए उन्हें पाख़ाना-पेशाब नहीं साफ़ करना पड़ता था। मगर क़िस्मत के लिखे को कौन रोकता? इद्दन की ससुराल वाले गाँव में तो ख़ुड्डी थी। इद्दन की सास ही वह काम किया करती थी। उनके घर में राख से सना लोहे का एक तसला था, जिसमें खुरपी जैसी कोई चीज़ रखी रहती थी। उस तसले से कभी-कभी अजीब-सी गन्ध निकलती थी। इद्दन की सास प्रतिदिन—बिलानागा—उस तसले को काँख में दबाकर निकलतीं और लौटकर उसे घर के बाहर, एक कोने में दीवार से सटाकर रख देतीं। ससुर कुछ करते नहीं थे। वे अक्सर चूल्हे के पास बैठे रहते और एक पतीली से गाढ़ी चाय जैसी कोई चीज़ निकालकर पीते रहते। फिर वे पास में ही ज़मीन पर लुढ़क जाते। एक बार उसने अपनी सास से पूछा, कि ये क्या पीते हैं; तो पता चला कि मदक पीते हैं। इद्दन की कुछ समझ में नहीं आया। बाद में धीरे-धीरे सब समझ में आ गया। उसके पति सुबराती ने ही उसे बताया। बोला—

"मदक एक नशा होता है।"

"ये बनता कैसे है?" इद्दन ने सवाल किया तो सुबराती पहले तो चुप रहा, फिर बोला—

"अफ़ीम से।"

"अफ़ीम?" इद्दन चौंकी; क्योंकि अफ़ीम उसने देखी थी। गाँव की स्त्रियाँ छोटे बच्चों को अक्सर बीमारी के दिनों में चम्मच-भर दूध में कोई काली-सी चीज़ मिलाकर देती थीं, जिसे वे अफ़ीम कहती थीं।

"अफ़ीम तो काली-काली गोली होती है," इद्दन ने तर्क किया, "ये तो गाढ़ा-गाढ़ा लासा है।"

"अरे पगली, अफ़ीम इनके नसीब में कहाँ?"

"फिर?"

"जिस फूल के दूध से अफ़ीम बनता है न, उसी फूल के छिलकों को ये उबालकर पिया करते हैं।"

"अच्छा! तो अब्बा मियाँ अफ़ीम का फूल पीते हैं!"

"धत् पगली," सुबराती ने बीवी को कसकर दबोचते हुए स्पष्ट किया, "ये फूल नहीं है, सिर्फ़ सूखे हुए छिलके हैं। इन्हें पोस्ता कहा जाता है, हमारे अब्बा इसी पोस्ते का काढ़ा पीते हैं।"

"मगर उसमें भला क्या मज़ा आता होगा?"

इद्दन ने कसमसाते हुए पूछा तो सुबराती ने उसका ब्लाउज़ खोल दिया और इद्दन अफ़ीम के नशे में डूब गई।

लेकिन, सुबह जब वह बिस्तर से उठी तो उसके दिमाग़ में बस एक ही बात घुमड़ रही थी कि मर्द ज़ात को बस मज़ा चाहिए। मज़ा चाहे पोस्तों से मिले, या फिर औरत के उभारों से! और उसे अपने 'उभारों' से घिन-सी आने लगी। अगर ये 'उभार' होते ही नहीं तो फिर क्या होता?

इस विषय पर अभी सुबराती की बीवी विचार ही कर रही थी कि उसके ससुर बीमार पड़ गए। और अन्ततः अनेक गँवई उपचारों के बावजूद एक रोज़ शाम को उनका इन्तक़ाल हो गया। ख़बर पाकर इद्दन के माँ-बाप भी आ पहुँचे। और फिर क्या देखते हैं कि आधी रात के बाद 'लहद'—यानी इद्दन के ससुर के मृत शरीर के चारों तरफ़ एक विशेष प्रकार के कीड़े रेंगने लगे। वे कीड़े देखने में बिच्छुओं की तरह थे। हालाँकि उनकी आकृतियाँ चींटों की तरह थीं। लाल-लाल बिच्छूनुमा चींटे। लाश के पास जो स्त्रियाँ बैठी थीं वे चीख़ती हुई बाहर आ गईं। तब इद्दन के अब्बा अन्दर गए। उन्होंने देखा—

लहद यानी लाश।

लहद के इर्द-गिर्द जलती अगरबत्तियाँ।

सिर के पास सुलगता हुआ लोबान।

और फिर—पूरी कोठरी में एक विशेष प्रकार के चींटों की फ़ौज।

वे बाहर आ गए।

उन्होंने घोषणा की—ये नमरूदी कीड़े हैं।

"नमरूदी कीड़े?"

भीड़ में से प्रश्न उठा तो उन्होंने भीड़ को शान्त किया। बोले—

"नमरूद एक बादशाह था। उसने अल्लाहताला पर यक़ीन नहीं किया और ख़ुदाई का दावा कर दिया : कि मैं ही ख़ुदा हूँ। तब उसको सबक़ सिखाने के लिए अल्लाहताला ने ऐसे कीड़ों को भेजा था और कहा था कि पहले तुम इनसे अपनी हिफ़ाज़त कर लो, फिर ख़ुदाई का दावा करना।"

इद्दन के बाप ने शायद यह क़िस्सा कहीं से सुन रक्खा होगा; मगर गाँवों में कहावत है कि जहाँ पेड़ न रूख, वहाँ रेड़ै महापुरुख। अतः सबने इस क़िस्से पर यक़ीन कर लिया। मगर एक सवाल उठा—

"यहाँ, अल्ला ताला को नमरूदी कीड़े भेजने की क्या ज़रूरत थी?"

जवाब आसान था—

"क्योंकि यह आदमी मदक पीता था। यानी हराम कर्म करता था और एक भी मज़हबी फ़रीज़ा अदा नहीं करता था।"

बात आई और चली गई।

इद्दन के ससुर को अगले दिन सुपर्दे-ख़ाक कर दिया गया।

मगर इससे जो आफ़त बरपा हुई वो यह कि इद्दन की सास भी चारपाई से लग गईं। वो पता नहीं भारतीय नारी थीं या कि एक मुसलमान शौहर की मुसलमान बीवी, मगर वे भी बिस्तर से उठ नहीं पाईं।

जिन दिनों वो बिस्तर पर थीं उन्हीं दिनों इद्दन के शौहर ने अपनी धर्मपत्नी को यह आदेश दिया कि "अब से तुम अपनी सास के कर्तव्य निभाओगी।"

"मतलब?"

इद्दन ने सवाल किया तो सुबराती ने निहायत संजीदगी से उसे समझाया—

"मतलब यह कि अब तुम्हें 'कमाई' पर जाना होगा।"

"कमाई?" इद्दन अपने शौहर को हिक़ारत की नज़र से देखते हुए बोली, "क्या हमें अब खाँ साहब की खुड्डी में जाकर उनका गू-मूत साफ करना होगा?"

"हाँ। और आज से ही। ख़ाँ साहब बहुत नाराज हैं क्योंकि कई दिनों से उनकी खुड्डी साफ़ नहीं की गई है इसलिए खुड्डी की बदबू पूरे घर में बस गई है।"

"तो इसमें हमारी क्या गलती है? साफ करवा लें किसी से।" यह कहते वक़्त भी इद्दन के तेवर चढ़े हुए थे। इस पर सुबराती को ग़ुस्सा आ गया। बोला—

"किसी और से क्यों? कौन करेगा यह काम? यह काम तो हम मेहतरों का ही है। और हम..."

अभी सुबराती की बात पूरी नहीं हुई थी कि इद्दन चीख़ उठी—

"हम मेहतर हैं तो क्या हम इतने बेग़ैरत हैं? हमने तो अपने मैके में यह काम कभी नहीं किया। हमारे अब्बा तो हमें बड़ी चीज पढ़ाते थे और कभी-कभी मजहबी कहानियाँ भी सुनाते थे।"

"मगर अब तुम अपने मैके में नहीं हो, ससुराल में हो। इसलिए तुम्हें यह काम करना ही होगा।"

"अगर न करूँ तो? जादा से जादा यही तो होगा कि तुम हमें तिलाक दे दोगे।"

"तिलाक नहीं मैं तो तुम्हारी वो गत बनाऊँगा जो किसी मेहरिया की नहीं बनी होगी।"

"तुम हमारी क्या गत बनाओगे, जरा सुनूँ तो सही।"

इद्दन के इतना कहते ही सुबराती ने एक डंडा उठाया और उसे बेतहाशा पीटने लगा। चारपाई से लगी सास अपने बेटे को मना करती रही मगर सुबराती पर उसका कोई असर नहीं पड़ा।

अन्ततः इद्दन ने अपने शौहर के आदेश को मान लिया। इसलिए मान लिया कि तलाक़ लेने के बाद भी क्या उसकी स्थिति बेहतर हो पाएगी?

और इस तरह इद्दन जब पहली बार लोहे के तसले को अपनी बग़ल में दबाकर 'कमाने' निकली तो मोहम्मद अफ़ज़ल ख़ाँ के घर के भीतर बनी खुड्डी में जाकर वह क्या देखती है कि वहाँ पीले-पीले गू के दलदल में कुछ कीड़े कुलबुला रहे हैं। नमरूदी कीड़े! इद्दन को पहली नज़र में वे नमरूदी कीड़े ही लगे, जिनके बारे में वह पहले सुन चुकी थी। और वह इस सोच में डूब गई कि यह सब उस घर के किस मानुस के कुकर्म का नतीजा है!

लायनपुर।

हाँ, उस गाँव का यही नाम था। लायनपुर। बोल-चाल में वह 'लयने' या 'लैने' कहलाता था। उस गाँव में अनेक जातियाँ निवास करती थीं। सवर्ण भी। अवर्ण भी। सवर्ण-अवर्ण का यह विभाजन मुसलमानों में भी था। गाँव में मुसलमानों के कुल आठ घर थे। उनमें पाँच सवर्णों के थे और तीन अवर्णों के। सवर्णों में मोहम्मद अफ़ज़ल ख़ाँ का मकान सबसे बड़ा था। दो मंज़िला। घर के अन्दर दो-दो आँगन। एक बड़ा, दूसरा छोटा। छोटे आँगन को आँगन न कहकर अँगनाई कहते थे। उसी अँगनाई में एक तरफ़ खुड्डी बनी हुई थी, जिसके दरवाज़े पर टाट का पर्दा लटका रहता था। भीतर दो ईंटें चूल्हे की तरह रखी हुई थीं। बग़ल में दाहिनी तरफ़ अलमुनियम का एक बधना और पानी से भरा एक पुराना-सा घड़ा, जिसका ऊपरी हिस्सा टूट गया था या फिर तोड़ दिया गया था। एक कोने में राख की ढेरी। शौच के समय जो पानी गिरता था वह एक पतली-सी नाली से होता हुआ उस नाबदान में चला जाता था जो खुड्डी के ठीक पीछे बना हुआ था। ख़ाँ साहब के अलावा जो अन्य चार घर थे, उनमें से दो घर खाली पड़े हुए थे और लगभग खंडहर हो चले थे। उनकी दीवारों पर सब्ज़ा उगा हुआ था। यानी हरी-हरी घास। उन घरों के निवासी देश-विभाजन के बाद पाकिस्तान चले गए थे। जो दो अन्य घर थे, उनकी हालत पतली थी। एक घर के पास थोड़ी-सी खेती-बाड़ी थी और दूसरा घर मौलवी साहब का था। मौलवी साहब की आय का स्रोत बस यही था कि जो बच्चे उनके पास क़ुरान शरीफ़ पढ़ने आते थे उनकी माँएँ उनको कुछ अनाज वग़ैरह दे जाती थीं। उनके यहाँ उर्दू पढ़ने के लिए कुछ हिन्दू बच्चे भी पहले कभी आया करते थे, मगर अब नहीं। क्योंकि अब उर्दू मुसलमानों की भाषा बन गई थी। इसलिए पहले की तुलना में अब उनकी हालत और बदतर हो गई थी। उनकी गिरहस्ती का सहारा सिर्फ़ उनका एक बेटा

था, जिसने बग़ैर किसी डिग्री के ही डाक्टर के रूप में अपनी पहचान बना ली थी। वह आठ आने का इंजेक्शन दो रुपये में लगाया करता था और रद्द हो गई तिथि के बाद वाली दवाओं की भी अच्छी-ख़ासी कीमत वसूल लेता था।

इन तीनों घरों के मुसलमान अपने को 'तुरुक' कहते थे जबकि वास्तविकता तो यह है कि उन्हें यह भी पता नहीं कि तुरुक कौन हैं और तुरकी ज़बान किस मुल्क की है। इस मुल्क में तुर्कों ने तो शासन नहीं किया, मगर जिन मुग़लों ने शासन किया वे तुर्की बोलने में अपनी शान समझते थे। जैसे आज अंग्रेज़ी बोलने में हम अपनी शान समझते हैं। दरअसल पूरे मध्य एशिया में आभिजात्य वर्ग की भाषा तुर्की थी और रूस में फ़्रेंच। हमने उन्हीं की नक़ल की है—अंग्रेज़ी पर गर्व करके—और कुछ नहीं।

बहरहाल, लैने नामक उस गाँव में तीन घर अवर्ण मुसलमानों के भी थे। एक घर धोबी का था, एक घर धुनिया का और एक घर 'हेला' का। ये तीनों ही घर चमरौटी औौर पसियाने के बीच में बसे हुए थे। एक तरफ़ जानवरों के चमड़े सूखते थे और दूसरी तरफ़ पासियों की बारह-बारह भरी-भरी गुदाज़ थनों वाली सुअरियाँ लेटी रहती थीं, कि कोई आए और उनका समूचा रस निःशुल्क ले जाए। मगर गाँव के लोग थे कि उन पर किसी का ध्यान ही नहीं जाता था। वे तो चमरौटी और पसियाने की दो थनों वाली मादाओं की ताक में रहा करते थे।

मुसलमान धोबी और मुसलमान धुनिया के घर तो अगल-बग़ल ही थे, मगर सुबराती हेला! उसका घर एकदम अलग था। लगभग गाँव से बाहर।

इद्दन को इस बात का एहसास तब हुआ जब उसे गाँव में बेरोकटोक घूमने की इजाज़त मिल गई। इसका श्रेय उसकी बीमार सास को था। न वह मृत्युशय्या पर पड़ती और न ही वह लोहे का तसला उसकी बग़ल में आता। लोहे के उस तसले ने उसे समझा दिया कि वह तो पारसमणि है। लोहा क्या, अगर वह पत्थर को भी छू ले तो वह सोना बन जाएगा।

बस क्या था। इद्दन अपनी 'कमाई' में जुट गई। मगर अफ़सोस कि उस गाँव में खुड्डी सिर्फ़ एक ही घर में थी। अर्थात् मोहम्मद अफ़ज़ल ख़ाँ के यहाँ। बाक़ी पूरा गाँव शौचकर्म के लिए खेतों में, बाग़-बगीचों में, आस-पास के नालों में या फिर किसी भी गोपनीय स्थान में जाया करते थे। वह ख़ुद भी एक सूखे नाले में जाती थी। भोर होते ही वह लोटा भर पानी उठाती और नाले की ओर चल देती। उस नाले में वही अकेली थोड़े न होती, अन्य स्त्रियाँ भी होती थीं। दस-बारह साल की लड़कियों से लेकर उम्रदराज़ औरतें तक। नाले के ठीक पास से एक कच्ची सड़क जाती थी जिस पर लोग आते-जाते रहते थे। क़रीब आते लोगों को देखकर स्त्रियाँ प्रायः अपनी साड़ियाँ सँभालती हुई उठ खड़ी होती थीं और इन्तज़ार करती थीं कि कब वे लोग वहाँ से आगे बढ़ें और वे बैठकर अपने भीतर उमड़ रहे अधूरे हिस्से को बाहर निकालें। सड़क पर चलने वाले लोग प्रायः एक बात का लिहाज़ करते

थे कि वे नाले की ओर न देखें। मगर कभी-कभी कुछ मनचले लोग जानबूझकर उधर देखने लगते थे और आपस में कुछ बोल-बतियाकर ठट्ठा भी लगाते थे।

एक सुबह इद्दन ने देखा कि जब वह नाले में बैठी शौच कर रही थी तभी दो आदमी सड़क पर रुके और उसकी ओर देखने लगे। इद्दन को क़ब्ज़ था इसलिए वह काँखने में लगी रही और उन लोगों को नहीं देख पाई! तभी उसने एक आवाज़ सुनी—

"अबे असलम, ऊ देख। हेलिन। सुबराती की बीवी।"

इतना सुनते ही वह खड़ी होने लगी मगर उसकी साड़ी उलझ गई। वह फिर गुड़ीमुड़ी होकर बैठ गई।

उसने दूसरी आवाज़ सुनी—

"हाँ, मैं उसे जानता हूँ। वो हमारे यहाँ कमाने आती है।"

"तुमने क्या उसका वो देखा है?"

"वो क्या?"

"वो नहीं जानते?"

"चल हट।"

"तू भाड़ में जा। ज़िन्दगी भर इस्तमरारी बन्दोबस्त में डूबा रह।"

"इस्तमरारी बन्दोबस्त?"

इसके बाद और कोई आवाज़ सुनाई नहीं पड़ी। वे चले गए। इद्दन झुककर नीचे देखने लगी। वहाँ तो कुछ नहीं था बस एक झरना-सा बह रहा था जो धीरे-धीरे थम गया।

असलम दरअसल मुहम्मद अफ़ज़ल ख़ाँ का बेटा था। इंटर में पढ़ता था मगर गबरू जवान लगता था। चेहरे पर शौक़िया रेज़र फेरते-फेरते दाढ़ी-मूँछ के बाल उग आए थे और अब वह बाक़ायदा शेव किया करता था। साइंस का विद्यार्थी था, मगर दिलचस्पी शे'रो-शायरी में थी। इसलिए शे'रो-शाइरी की तमाम पुस्तिकाएँ उसके पास एकत्र हो गई थीं। पुस्तिकाएँ सब देवनागरी में थीं। उर्दू नहीं जानता था मगर हर जगह अपनी मातृभाषा 'उर्दू' ही लिखा करता था। शे'रो-शाइरी के अलावा वह 'नूरनामा' और 'शहादतनामा' जैसी धार्मिक किताबें भी पढ़ा करता था। जिस प्रकार गाँव के सवर्ण हिन्दू चमार-पासियों को अछूत समझते थे, उसी प्रकार वह भी समझता था। मगर मुसलमानों के बारे में उसको ऐसा लगता था कि सभी मुसलमान आपस में 'बिरादर' हैं, इसलिए उनमें कोई भेदभाव नहीं है। अछूत होने का तो सवाल ही नहीं उठता।

असलम की इसी भावना के कारण वह अप्रिय प्रसंग घटित हुआ था जिसका ज़िक्र बाद में आएगा।

शबे-बरात का त्योहार था। हर मुसलमान के घर में तरह-तरह के हलुवे बन रहे थे। ख़ाँ साहब के यहाँ कुछ ज़्यादा ही रौनक़ थी। उनके दुमंज़िले मकान पर मोमबत्तियाँ जगमगा रही थीं। शाम होते ही ख़ाँ साहब ने बेटे को आवाज़ दी। असलम मियाँ हाज़िर हो गए। तब वे दर्जा नौ में पढ़ते थे और हाफ़ पैंट पहनते थे। ख़ाँ साहब ने आदेश दिया—

"पैजामा-कुर्ता पहनो और टोपी लगा लो। क़ब्रिस्तान चलना है।"

असलम ने मानो बाप की आवाज़ सुनी ही नहीं। वह उसी तख़्त पर बैठ गए जिस पर मोहम्मद अफ़ज़ल ख़ाँ बैठे थे।

"क्यों, क्या हुआ?" ख़ाँ साहब ने हैरत के साथ पूछा तो असलम ने उनसे एक सवाल पूछा—

"अच्छा अब्बू, यह बताइए कि शबे-बरात का मतलब क्या होता है?"

तभी वहाँ असलम की माँ आ गईं और बेटे के सवाल का जवाब उन्होंने दिया—

"देखो बेटा, शब कहते हैं रात को और बरात तो तुम जानते ही हो। आज की रात हर मुसलमान के घर पर फ़रिश्ते बारात लेकर आते हैं।"

"क्या अंट-शंट बक रही हो", ख़ाँ साहब ने अपनी बीवी को डाँटते हुए कहा, "जाओ और अपना बावर्चीख़ाना देखो। ख़याल रहे कि इस साल चने की दाल का हलवा बढ़िया बनना चाहिए। पिछले साल सख़्त हो गया था।" और जब असलम की अम्माँ भीतर चली गईं तो ख़ाँ साहब ने बेटे को समझाना शुरू किया—

"देखो असलम, इस त्योहार का सही नाम है शबे-बरअत और इसका मतलब होता है..." अभी वे इतना ही कह पाए थे कि असलम ने एक और सवाल दाग दिया।

"मगर ज़्यादातर लोग तो इसे सुबरात कहते हैं।"

"धुनिया-जुलाहे कहते हैं। वो क्या जानें इसका मतलब?"

"तो क्या वो असली मुसलमान नहीं हैं?"

"ये कौन कहता है? मुसलमान तो मुसलमान। मगर वे नीची ज़ात के लोग हैं। उन्हें भला क़ुरान-हदीस की क्या समझ होगी?"

"नीची ज़ात," असलम का लहज़ा थोड़ा-सा सख़्त था, "क्या मुसलमानों में भी ऊँच-नीच..."

"हाँ होता है", बाप ने बेटे की बात बीच में ही काट दी। "क्या धुनिये-जुलाहे हमारे बराबर हो सकते हैं?"

"मगर इस्लाम में तो..." असलम ने अभी बस इतना ही कहा था कि ख़ाँ साहब बोल पड़े—

"ख़ुद रसूलल्लाह क़ुरैश क़बीले से थे, जो कि अरब का मुअज़्ज़िज़ क़बीला था जबकि यहाँ क़साई लोग अपने नाम के साथ 'क़ुरैशी' जोड़ते हैं।"

असलम चुप हो गया।

ख़ाँ साहब ने कहा, ''चलो।''

''कहाँ?''

''क़ब्रिस्तान।''

''क्यों?''

''फ़ातिहा पढ़ना है। अपने ख़ानदान वालों की क़ब्रों पर मोमबत्तियाँ जलानी हैं।''

''मगर क्यों?'' असलम अब बहस पर उतारू हो गया था।

''जो कहता हूँ, करो।'' ख़ाँ साहब ने फ़रमान जारी किया, मगर असलम अपनी जगह अडिग रहा।

''आप पहले यह बताइए कि यह 'शबे-बरात' क्या है? और इसका इस्लाम से क्या लेना-देना है?''

ख़ाँ साहब तख़्त पर से उठकर खड़े हो गए थे, मगर अब वे बैठ गए। बोले—

''मैंने अभी कहा था न कि अस्ल लफ़्ज़ है शबे-बरअत। बरअत का मतलब है छुटकारा। अरबी ज़बान में 'बरअत' इस तरह लिखा जाता है कि उसे 'बरात' भी पढ़ सकते हैं। यही वजह है कि इसे लोग 'शबे-बरात' कहते हैं और नीची ज़ात के मुसलमान सुबरात बोलते हैं।''

''अब समझ में आया।''

असलम ने जब यह कहा तो ख़ाँ साहब की भौंहें सिकुड़ गईं। उन्होंने पूछा—

''क्या?''

''यही कि शबे-बरात या शबे-बरअत का मतलब है मोक्ष की रात।''

''क्या कहा?'' ख़ाँ साहब की आवाज़ सख़्त हो गई थी।

''मोक्ष की रात।'' असलम ने सहज भाव से उत्तर दिया।

''ये लफ़्ज़ 'मोकछ' कहाँ से तुम्हें मिला?'' ख़ाँ साहब की आवाज़ में अब तलख़ी भी थी और आश्चर्य भी।

''किताबों से।''

''अच्छा, हिन्दुओं की किताबों से।''

''जी हाँ,'' असलम ने दृढ़ता के साथ जवाब दिया, ''मोक्ष का तसव्वुर सिर्फ़ हिन्दोस्तानी फ़िलासफ़ी में है। अपने ख़ानदान के मरे हुए लोगों की आत्माओं की मुक्ति के लिए हिन्दू लोग पितृ-तर्पण करते हैं। ये शबे-बरात या शबे-बरअत, आप जो भी कहें, पितृ-तर्पण के बराबर ही है। मगर एक बात समझ में नहीं आती कि इसका इस्लाम से क्या तअल्लुक़ है? और इस रोज़ हलवा क्यों बनाया जाता है?''

ख़ाँ साहब ने अब कोई आदेश नहीं दिया। उन्होंने अपने पुत्र को इसके बारे में एक दास्तान सुनाई।

''शबे-बरअत की फ़ज़ीलत इस्लाम में इसलिए है कि यह हमारे प्यारे नबी

हज़रत मुहम्मद सल्लाहुअलैहि वसल्लम की ज़िन्दगी के एक वाक़ए से जुड़ा है। हुआ यह कि एक जंग में हमारे नबी का एक दाँत शहीद हो गया।''

''मतलब?'' असलम ने टोक दिया।

''मतलब यह कि उनका एक दाँत टूट गया। तब उनसे बहुत लगाव रखने वाले हज़रत उवैशक़रनी रज़िअल्लाहु तआ़ला अ़नहु ने यह ख़बर सुनकर अपना भी एक दाँत तोड़ लिया। फिर उन्होंने सोचा कि पता नहीं रसूलल्लाह का कौन-सा दाँत शहीद हुआ है? उन्होंने इसी फ़िक्र में कि शायद यह दाँत हो—यह दाँत हो...अपने सारे दाँत उखाड़ डाले। ज़ाहिर है कि अब वे कोई सख़्त चीज़ खा नहीं सकते थे। इसलिए अल्लाह तआ़ला ने बहुत मुलायम-सा हलवा बनवाकर अपने प्यारे फ़रिश्ते जिब्रईल के ज़रिए हज़रत उवैशक़रनी के पास भिजवाया। इसीलिए बेटा, इस त्योहार पर हलवा बनाकर उस पर फ़ातेहा कराया जाता है। अब चलो, क़ब्रिस्तान चलें।''

असलम ने अपने बाप द्वारा सुनाई गई पूरी कहानी सुनी, मगर वह तख़्त पर से उठा नहीं। उसने हठधर्मी की और पूछा—

''क्या इस वाक़ेआ का कोई तारीख़ी सबूत है? मेरा मतलब, हिस्टोरिकल एविडेंस। और इस त्योहार पर तो ऐसे हलवे बनते हैं कि हथौड़े से तोड़ना पड़े। फिर मुलायम हलवे का क्या हुआ?''

बाप ने कहा, ''इस्लाम बहस की इजाज़त नहीं देता, जो कहा गया है उस पर अक़ीद : करो।'' इतना कहकर वो उठ पड़े। असलम मियाँ भी उठे। और दोनों क़ब्रिस्तान के लिए चल पड़े। रास्ते में ख़ाँ साहब बोले—

''अच्छा असलम, यह बताओ कि तुम्हें अचानक हिन्दू फ़लसफ़े में इतनी दिलचस्पी क्यों हो गई है?''

मुहम्मद अफ़ज़ल ख़ाँ ने यह सवाल तअज्जुब से नहीं बल्कि नाराज़गी से पूछा, ''तब तो तुम उनके देवी-देवताओं की कहानियों में भी दिलचस्पी लेते होगे! और क्या पता उनसे जुड़े क़िस्सों-कहानियों पर भी यक़ीन करते होगे?''

''जी नहीं, मैं मज़हब से जुड़े हुए क़िस्सों पर यक़ीन नहीं करता, मगर क़िस्सों-कहानियों को पढ़ने में मेरी दिलचस्पी ज़रूर है। और आप इस्लाम से जोड़कर जो क़िस्से सुनाते हैं, मैं साफ़-साफ़ कह रहा हूँ कि उन क़िस्सों का मज़हब से कोई लेना-देना नहीं है।''

''क्यों?''

''अच्छा यह बताइए, इस रात में लोग आतिशबाज़ी और पटाख़े वग़ैरह क्यों छोड़ते हैं?'' बेटे ने हठधर्मी की, ''क्या यह दीवाली की नक़ल तो नहीं है?''

''नहीं। यह अपने अ़क़ीदे को दूर-दूर तक पहुँचाने का तरीक़ा है।''

बाप की इस बात पर बेटे ने चुटकी लेते हुए अगला सवाल किया—

"क्या यह दास्तान क़ुरआन शरीफ़ में भी है?" असलम ने पूछा तो मुहम्मद अफ़ज़ल ख़ाँ परेशान हो गए। बोले—

"पता नहीं।"

इस पर असलम उत्तेजित हो गया। बोला—

"जिस वाक़ेआ के बारे में आपको कुछ पता नहीं है उसे आप सनद क्यों मानते हैं?"

"इसलिए कि सभी लोग मानते हैं।"

ख़ाँ साहब ने साधारण-सा जवाब दिया और ख़ामोश हो गए।

तब असलम ने कहा, "अब्बू, ये सारे क़िस्से हैं। इन क़िस्सों का मज़हब से कोई लेना-देना नहीं है। ये उसी तरह के क़िस्से हैं जो 'अलिफ़-लैला' में भी हैं और 'कथा सरित्सागर' में भी। ये सारे क़िस्से हमारे बनाए हुए हैं। इसलिए मैं दावे के साथ कह सकता हूँ कि हमारे यहाँ अफ़साना और नावेल की रवायत बाहर से नहीं आई। इन सबके बीज हमारे मुल्क यानी भारत की धरती में ही गड़े हुए हैं।"

"अच्छा, अब बहुत फ़लसफ़ा झाड़ लिया," मुहम्मद अफ़ज़ल ख़ाँ ने अपने बेटे से कहा, "क़ब्रिस्तान में फ़ातेहा पढ़ना ज़रूरी है। वहाँ हमारे बुज़ुर्गों की रूहें हमारा इन्तज़ार कर रही होंगी।"

और तब तक वे लोग क़ब्रिस्तान तक पहुँच चुके थे। उस वक़्त क़ब्रिस्तान में अँधेरा छाया हुआ था। किसी क़ब्र पर एक भी मोमबत्ती नहीं जल रही थी।

असलम ने अपने बाप से पूछा—

"यहाँ तो किसी भी क़ब्र पर कोई मोमबत्ती नहीं जल रही है। क्यों?"

"ये क़ब्रें धुनियों-जुलाहों-धोबियों वग़ैरह की हैं। इन्हें इसकी अहमीयत का पता ही नहीं है।"

असलम चुप हो गया। चुप इस तरह मानो उसकी वाणी ही बन्द हो गई हो। वह अपने बाप के साथ घर लौट आया और बड़े की—यानी भैंस के गोश्त की बिरयानी खाकर सो गया।

अगला दिन। सुबह हुई। आम के पेड़ों के बीच से सूरज निकला। पूरे जगत में उसकी किरणें चमकीं। लैने नाम का गाँव सुनहरी आभा से सिक्त हो गया। तभी अचानक इद्दन की बीमार सास पधारीं। उस रोज़ उसके हाथ में लोहे का तसला नहीं था। सिर्फ़ उसकी सूती साड़ी का आँचल था, जिसमें गाँव के मुस्लिम घरों से प्राप्त तरह-तरह के हलुवे थे।

ख़ाँ साहब के घर पर उसका आना था कि असलम की माँ तरह-तरह के हलुवों का भंडार उसके आँचल में डालने के लिए भीतर चली गईं। मगर असलम मियाँ आगे बढ़ गए। उन्होंने कहा—

"आँचल फैलाओ।"

इद्दन की सास ने अपना आँचल फैला दिया।

असलम ने उसके आँचल से हलुवे का एक टुकड़ा उठाया और अपने मुँह में डाल लिया।

इद्दन की सास को एक झटका-सा लगा। मगर वह ख़ामोश रही। मगर असलम की माँ तो ख़ामोश रहने वाली नहीं थीं। वे सीढ़ियाँ उतरकर नीचे पहुँचीं।

उस वक़्त असलम इद्दन की सास के दामन से निकाला हुआ हलवा खा रहे थे। उनकी माँ ने तो पहले अपने बेटे के हाथ से हलुवे के टुकड़े को खींचा और उसे नाबदान में डाल दिया।

फिर वे चीखीं। अपने बेटे पर नहीं बल्कि इद्दन की सास पर—

"तुम्हें इतनी भी तमीज़ नहीं कि किसी ख़ाँ साहब के बेटे को अपना छुआ हलुवा खिला रही हो।"

"आज तो हमने कोई 'कमाई' भी नहीं की है बीबी, बचवा ने हमरे आँचल से लेकर खा लिया तो हम का करें।"

इद्दन की सास ने इस तरह बहुत सफ़ाई देने की कोशिश की मगर उसका कोई असर ख़ाँ साहब की बीवी पर नहीं हुआ।

चीख़ते हुए कहा—

"अब खड़ी-खड़ी मुँह क्या देख रही है कलमुँही। जा और जाकर अपने भतार को खिला। कम पड़े तो खुड्डी से ले जाना कल। आज सब हलवा खा रहे हैं, कल हलवा हगेंगे। समझी—"

और झमककर वे भीतर चली गईं। इद्दन की सास को काटो तो ख़ून नहीं। बदन का सारा ख़ून पानी बनकर उसकी आँखों से फूट पड़ा। वह धीरे-धीरे अपने घर की तरफ़ चल पड़ी मगर आँखों का दरिया नहीं थमा। आँसू की बूँदें उसके आँचल में रखे हलुवे के टुकड़ों पर टपकने लगीं। उसे लगा ये उसके आँसू नहीं बल्कि किसी के पेशाब की बूँदें हैं और उसने सारा हलुआ बगल की गड़ही में फेंक दिया।

13

फगुनहट बह रही थी। होली नज़दीक आ रही थी। गाँव में मस्ती का आलम था। बाज़ार की दुकानों में रंग-गुलाल की बहार थी। तरह-तरह के रंग और तरह-तरह के गुलाल। एक ज़माना था जबकि बर्तन में रंग घोला जाता था और लोटे से निकालकर लोगों पर छिड़का जाता था। मगर अब पिचकारियाँ आ गई थीं। पहले रंग भी प्राकृतिक होते थे, वे फूलों से बनाए जाते थे। सरपंच के दरवाज़े पर ख़ूब

बड़ा-सा गड्ढा बनाया जाता था। उसमें पानी भरकर पलाश के ढेर सारे फूल रात में डाल दिए जाते थे। सुबह तक उस पानी का रंग टेसुआ यानी लाल हो जाता था। गाँव के लोगों पर वही रंग डाला जाता था। कुछ लोग फुलचुही के फूलों से भी रंग बनाते थे। मगर अब बने-बनाए रंग आते थे। लाल, पीले, हरे...हर तरह के रंग। पहले तो गुलाल भी प्राकृतिक होता था। लोग सिन्दूर का पेड़ लगाते थे और उसके बीजों को पीसकर रंग निकालते थे, यही माँग में सिन्दूर बनकर कन्या को सौभाग्यवती बनाता था, मगर अब ज़माना बदल गया था। सिन्दूर भी नक़ली और गुलाल भी। मगर उत्साह नक़ली नहीं था।

होली से कई रोज़ पहले ही से गाँव के लौंडे-लपाड़े तरह-तरह की हरकतें करने लगे थे और हवा में यह नारा उछलने लगा था : बुरा न मानो होली है।

'बुरा न मानो होली है'—इस भावना के तहत कई प्रकार की शरारतें होती थीं। किसी ने किसी पर गोबर फेंक दिया और कहा, बुरा न मानो होली है। किसी ने किसी पर गन्दी नाली का पानी डाल दिया और कहा, बुरा न मानो होली है। किसी मनचले ने किसी लड़की पर फ़ब्ती कस दी और कहा, बुरा न मानो होली है। स्कूल के किसी लड़के ने किसी लड़की से शरारत कर दी और कहा, बुरा न मानो होली है।

लेकिन तभी एक अजीब-सी घटना घटी।

पसियाने की एक लड़की चहकती हुई बाहर निकली और इद्दन के पास आकर बैठ गई। उस वक़्त इद्दन की सास बीमार थीं और अपने बिस्तर पर पड़ी कराह रही थीं। इद्दन ने उस लड़की से पूछा—

"क्या बात है ? ऐसे चहचहा रही हो, मानो कोई खजाना मिल गया हो।"

लड़की की चहचहाहट और बढ़ गई। उसने इशारा किया कि बाहर आओ तब अपनी चहचहाहट का कारण बताऊँगी।

इद्दन बाहर आ गई।

"बोलो, क्या बात है ?"

इद्दन ने पूछा तो लड़की लजा गई।

"बोलो।"

इद्दन ने ज़रा-सा डाँटते हुए कहा तो लड़की मुखर हो उठी। बोली—

"आज मैं खाँ साहब के दरवाजे से गुजरी तो असलम भाई ने मुझे आवाज देकर अन्दर बुलाया। फिर उन्होंने मेरे सीने पर हाथ रखा और बोले, बुरा न मानो होली है।"

"अच्छा, यह बताओ," इद्दन ने पूछा, "जब उन्होंने यह किया तो तुम्हें कैसा लगा ?"

"धत्।"

इतना कहकर लड़की ने अपना सिर झुका लिया।

"अच्छा, जा भाग। यह बात किसी और को न बताना, समझी।"

लड़की भाग गई।

होली आई और चली गई।

फागुन फगुवा में गया, चैत चैती में। महुओं की मादकता टिकोरों में समा गई। अब घर-घर में कच्ची अमियों की चटनी बनने लगी। अरहर की दाल में वे अठखेलियाँ करने लगीं। अचार के लिए वे बड़री अँखियों की फाँकें बन गईं।

तभी एक रोज़ सुबराती ने देखा कि इद्दन कच्ची अमियों को नमक लगा-लगाकर खा रही थी।

इद्दन गर्भवती थी।

सुबराती को इद्दन पर प्यार आया। बोला—

"अब तुम्हें आराम करना चाहिए।"

"फिर कमाने कौन जाएगा? तुम?"

इद्दन ने ऐसा सवाल किया कि सुबराती को उसका जवाब नहीं सूझा।

भंगियों-मेहतरों-हलालख़ोरों-हेलों के समुदाय में 'कमाने' के लिए प्रायः स्त्रियाँ ही जाती थीं। कारण यह कि खुड्डियाँ घरों के अन्दरूनी भाग में ही होती थीं और बड़े घरानों की स्त्रियों को देखना उनके लिए गुनाह था।

अतः इद्दन का काम बन्द नहीं हुआ। वह ख़ाँ साहब के घर जाती रही और उनकी खुड्डी का पाखाना-पेशाब साफ़ करती रही।

इस बीच उसका पेट फूलकर घड़े की तरह हो गया। तब उसे शर्म आने लगी। मगर उस शर्म की औक़ात ही क्या थी? वह किसी तरह अपने बढ़े हुए पेट को अपनी साड़ी के आँचल से ढाँपती-छिपाती ख़ाँ साहब के घर जाती और अपनी कमाई करती।

इद्दन गर्भवती थी इसलिए उसका सिर्फ़ पेट ही नहीं फूला था; अन्य भागों के रूप भी बदल गए थे। उसकी सुडौल छातियाँ ब्लाउज़ फाड़ने के लिए बेताब दिखती थीं। कूल्हे चौड़े हो गए थे। पिंडलियाँ भर आई थीं और पाँवों में पहनी हुई चाँदी की पायलें छोटी हो गई थीं। बाँहों और कलाइयों में माँसलता आ गई थी। ख़ाँ साहब का बेटा असलम उसकी इस देहयष्टि को देखकर बुरी तरह परेशान हो जाता था और अक्सर उसका पाजामा गीला हो जाता था।

लेकिन कुछ ही दिनों के बाद ख़ाँ साहब के घर में इद्दन का आना बन्द हो गया। और पता करने पर मालूम हुआ कि इद्दन ने एक बेटे को जन्म दिया है। वह सोउरी में है। कम-से-कम सवा महीने तक घर से बाहर नहीं जा सकती। इस ख़बर ने अफ़ज़ल ख़ाँ के परिवार को परेशान कर दिया। ख़ासकर उनकी बेगम तो एकदम घबरा उठीं। अब क्या होगा? क्या फ़राग़त के लिए उन्हें जुलाहिनों-फुलाहिनों की

तरह किसी खेत में या नाले में जाना होगा? तब अफ़ज़ल ख़ाँ साहब ने इद्दन के शौहर सुबराती को तलब किया और हुक्म दिया कि जब तक इद्दन 'कमाई' के लिए आने लायक़ नहीं हो जाती तब तक यह काम उसे ही करना पड़ेगा। सुबराती की क्या मजाल कि ख़ाँ साहब का हुक्म टाल सके। इसलिए बेमन से सिर झुकाकर ख़ाँ साहब की बात उसने मान ली। उसने यह काम कभी नहीं किया था। इसलिए उस रोज़ उसे एहसास हुआ कि जब उसने इद्दन को यह काम करने के लिए मजबूर किया था तो उसने हील-हुज्जत क्यों की थी।

ख़ैर...इद्दन का काम सुबराती करने लगा। और सवा महीने की जगह उसे यह काम लगभग चार-पाँच महीने तक करना पड़ा। क्योंकि इस बीच उसका बेटा कई बार बीमार पड़ा। और एक बार तो ख़ुद इद्दन भी बीमार पड़ गई। तब बच्चे को सँभालने की समस्या आ खड़ी हुई। मगर पसियाने की एक लड़की ने इस समस्या का समाधान कर दिया। वह बिलानाग़ा सुबराती के घर आती और उसके बच्चे की देखभाल करती। उसने इद्दन की भी ख़ूब सेवा की।

हालाँकि भंगियों को चमार और पासी भी अपने से निम्न और अछूतों में भी अछूत समझते हैं, मगर प्रकृति का यह नियम है कि कहीं-कहीं मानवता भी होती है। ख़ासकर स्त्रियों में यह भावना, ऐसे मौक़ों पर स्वाभाविक रूप से आ जाती है। हालाँकि यह ज़रूरी नहीं है। अतः पसियाने की उस लड़की को अपवाद ही माना जाना चाहिए।

आख़िर वह दिन आया जबकि इद्दन भी चंगी हो गई और उसका बच्चा भी। तब सुबराती ने इद्दन से कहा कि अब तो तुम 'कमाने' लायक हो गई हो। कल से ख़ाँ साहब के यहाँ जाना शुरू कर दो। तब इद्दन ने कहा, "मगर मैं बच्चे को लेकर तो नहीं जा सकती। घर में इसे कौन सँभालेगा?"

उस वक़्त बच्चा पसियाने की उसी लड़की की गोद में था। लड़की फ़ौरन बोली, "अरे भौजी, हम हैं न! तुम काहे फिकर करथिउ! हम सँभारब न।"

"तुम्हरे घरवाले नाराज तो न हो जाएँगे?"

"जब आज तलुक नाराज न भयन त अब काहे होइहैं, हमरै बाबूजी और हमरी अम्मा दूनौ का दिल बहुत बड़ा है भौजी। टोले के मनइन बहुत बुरा-भला कहिन मुलाँ ऊ साफ कहि दिहिन कि उ एक औरत जात है, ऊ पर मुसीबत पड़ी है त कौन साथ देइहै? हम मानुस नाहीं त का साथ देवै बदे जनावर अइहैं?"

बस। इद्दन फिर निकल पड़ी अपना तसला लेकर 'कमाने' के लिए। इद्दन की काँख में तसला और पसियाने की लड़की की गोद में उसका बेटा। मगर...अचानक एक रोज़ इद्दन और सुबराती में फिर बहस छिड़ गई। पता नहीं क्या बात हुई कि इद्दन एक बार फिर 'कमाई' पर जाने के लिए ना-नुकुर करने लगी। सुबराती को फिर ग़ुस्सा आया। वह उस वक़्त मदक के नशे में चूर था। अपने बाप की तरह वह

भी मदक पीने का आदी हो गया था। उसने अपनी लाल-लाल आँखें इद्दन के चेहरे पर गड़ा दीं और बोला—

"अब ये क्या नौटंकी कर रही हो?"

"नौटंकी! तुम्हारा मतलब क्या है?"

"मतलब! मतलब यह कि अभी तक तुम खाँ साहब के यहाँ 'कमाई' करने क्यों नहीं गईं?"

"तुम चले जाओ, जैसे पहले जाते रहे।"

"यह हम मर्दों का काम नहीं है। वह तो तुम्हारी खातिर हमको जाना पड़ा था।"

"तो अब भी हमारी खातिर जाओ।"

"अब क्यों? तब तो तुम सोउरी में थी और बीमार थी। बच्चा भी बीमार था। अब तो तुम हिरनी की तरह उछलने लगी हो और सारा गाँव तुम्हारी खूबसूरती पर पागल हो रहा है।"

"इस तरह बोलते हुए तुम्हें सरम नहीं आती! औरत जात की कोई इज्जत ही नहीं।"

"इज्जत-विज्जत की बात छोड़ो, साफ-साफ बताओ कि 'कमाई' करने के लिए तुम क्यों नहीं जाना चाहती?"

"साफ-साफ बोलूँ?"

"हाँ, बोल।"

"मुझे घिन आती है।"

"ऐसा ही था तो हेला के घर पैदा क्यों हुई?"

"पैदा तो हमारे बच्चे भी होंगे, मगर क्या हमारे बच्चे भी लोगों के गू-मूत साफ करेंगे? मैं तो अपने बच्चों को यह सब नहीं करने दूँगी।"

"तो फिर वो क्या करेंगे?" सुबराती ने पूछा तो इद्दन ने जवाब दिया—

"मैं उन्हें पढ़ाऊँगी और इज्जतदार इंसान बनाऊँगी।"

"तुम पागल हो गई हो। अपनी औकात भूल गई हो। हमारी किस्मत में यही सब लिखा है..."

"किस्मत में किसने क्या लिखा है, वह अच्छी तरह मैं समझ गई हूँ। अगर यही सब करना है तो तुम जाकर क्यों नहीं करते। मेहरारू को क्यों भेजते हो?"

पत्नी के इस निर्णय का कोई उत्तर, कोई तर्क सुबराती के पास नहीं था। इसलिए वह ख़ामोश हो गया। सोया या नहीं, पता नहीं। मगर इद्दन तो रातभर जागती ही रही।

'आख़िर हमने कौन-सा गुनाह किया है,' सुबराती अब इसी प्रश्न से उलझता रहा, मगर उसे कोई सटीक जवाब नहीं मिला।

इद्दन ने अपने शौहर से तो बहस कर ली थी, मगर 'कमाई' पर न जाने का फ़ैसला उसे असम्भव-सा लगा। 'कमाई' न करेगी तो घर कैसे चलेगा? 'कमाई' के एवज़ में उसे रोटियाँ मिलती थीं। चार ताज़ा रोटियाँ तो तय ही थीं—चाहे ज्वार की ही क्यों न हों—कभी-कभी गेहूँ की बासी रोटियाँ भी मिल जाती थीं। बासी रोटियाँ ही नहीं, बासी भात, दाल, तरकारी और कभी-कभी तो गोश्त का बासी सालन भी मिल जाता था। इद्दन को भी और सुबराती को भी बासी खाने में ज़्यादा स्वाद मिलता था। शायद इसलिए कि ताज़ा चीज़ें तो शायद उन लोगों के लिए अलग से बनाई जाती थीं जबकि बासी चीज़ें उनके अपने लिए होती थीं। हाँ, गर्मी के दिनों में बासी चीज़ों का स्वाद बदला हुआ-सा होता था। रोटियाँ मिरगी के रोगी की तरह ऐंठी हुई और बाक़ी चीज़ें ऐसी कि मानो उनमें अमचूर पड़ा हो। खट्टी-खट्टी। लसलसी। सुबराती टोकता तो इद्दन मुस्कराती हुई कहती, लाओ भून देती हूँ ठीक हो जाएगा। लसलसे भात में वह नमक और सूखी लाल मिर्चें पीसकर मिला देती। तरकारी और सालन को भून-भूनकर तक़रीबन जला देती। इस प्रकार वे अपने 'लंच' और 'डिनर' का शाही इंतज़ाम कर लेते और भरपेट खाकर मज़े की डकार लेते हुए सो जाते। तअज्जुब की बात तो यह कि न उन्हें कभी डायरिया होता और न ही फ़ूड प्वाइज़न।

खाने के अलावा उन्हें कपड़े भी मुफ़्त में मिल जाते थे। ख़ाँ साहब के पुराने पैजामे, कुर्ते, लुंगियाँ, छेदों वाली बनियाइनें...और उनकी बीवी की पुरानी-धुरानी शलवारें, कमीज़ें, दुपट्टे...कभी-कभी साड़ी-ब्लाउज़ भी...और एक बार तो टूटे फीतों वाली ब्रेसियर भी।

उस दिन ख़ाँ साहब की बीवी इद्दन को ब्रेसियर पहनना सिखा रही थी। तभी बाहर की कुंडी खटकी और अन्दर की हलचल बन्द हो गई।

ख़ाँ साहब अपने बेटे असलम मियाँ के साथ अन्दर आए और इद्दन बग़ैर रोटियाँ लिए ही तेज़ी से बाहर निकल गई। ख़ाँ साहब को कुछ समझ में नहीं आया। पूछा—

"आज तुमने उसे रोटियाँ नहीं दीं।"

"दे रही थी, मना कर दिया।" ख़ाँ साहब की बीवी अपनी झेंप मिटा रही थी।

"क्यों?"

"कह रही थी, उसके शौहर का पेट ख़राब है और अपने लिए उसने बाजरे की खिचड़ी बनाई हुई है।"

"खुड्डी तो साफ़ कर गई या नहीं?"

यह सवाल असलम ने पूछा तो उसकी माँ ने कहा, "बेटा, यह काम तो वह पहले ही कर देती है। आज नहा-धोकर आई थी।"

"क्यों?" असलम ने पूछा, तो माँ परेशान हो गई। झल्लाकर बोलीं—

"क्यों का क्या मतलब? क्या हमारा-तुम्हारा गू-मूत साफ़ करने के अलावा

वह और किसी काम से हमारे घर नहीं आ सकती। क्या वह इंसान नहीं है ? या कि, क्या वो मुसलमान नहीं है ?''

''अरे अम्माँ, आप तो ख़ामख़ा नाराज़ हो रही हैं,'' असलम ने अपनी आवाज़ को दबाते हुए कहा, ''मैं तो यूँ ही पूछ रहा था। क्या आपसे कोई मशवरा लेने आई थी ?''

''हाँ।'' असलम की अम्माँ ने दृढ़ता से कहा, ''वह यह पूछने आई थी कि रसूलपुर गाँव के ख़ाँ साहब के यहाँ जो मौलूद शरीफ़ होने वाला है, उसमें वो लोग जा सकते हैं या नहीं ?''

''तो आपने क्या कहा ?''

''हमने कहा, क्यों नहीं ? मगर सबसे पीछे अलग-थलग बैठना।''

''क्यों ? ऐसा क्यों कहा आपने ? अभी तो आप कह रही थीं कि क्या वो इंसान नहीं है ? क्या वो मुसलमान नहीं है...''

''यहाँ की बात अलग है बेटा, यह घर है, कोई मस्जिद नहीं। वहाँ मौलूद शरीफ़ होगा। अल्लाह-रसूल की बातें होंगी...''

''तो क्या ऐसी जगह हर मुसलमान नहीं जा सकता ?''

''तू बहस मत कर। जानता है न कि वो लोग कौन हैं ? भंगी हैं भंगी। डोम। मेहतर। हलालख़ोर। हेला...''

''तो आप लोग उन्हें इस्लाम से बाहर क्यों नहीं कर देते!'' असलम की आवाज़ तेज़ थी। इसलिए ख़ाँ साहब ने उससे भी तेज़ आवाज़ निकाली—

''ख़ामोश।''

और असलम ख़ामोश हो गया। उसकी अम्माँ अन्दर बावर्चीख़ाने में चली गईं। ख़ाँ साहब तख़्त पर लेट गए। असलम एक मोढ़े पर बैठ गया और घर के खपरैल में बने एक घोंसले को देखने लगा, जिसमें गौरैयों का एक जोड़ा रहता था और गाहे-बगाहे, बग़ैर किसी की परवाह किए अपना स्नेह-सम्बन्ध बनाया करता था।

रसूलपुर के रब्बानी साहब के यहाँ होने वाली मौलूद शरीफ़ में शामिल होने के लिए असलम भी गया। मगर उसका मक़सद सिर्फ़ धार्मिक नहीं था। वह तो ख़ासकर यह देखने गया था कि उस पाक मजलिस में शामिल होने के लिए इद्दन अपने शौहर सुबराती के साथ गई है या नहीं ?

मग़रिब का वक़्त बीत चुका था और इशा की नमाज़ भी हो चुकी थी। हवा में ख़ुनकी थी। जिसमें एक नशा जैसा था। रब्बानी साहब के घर के सामने एक चौकी बिछी हुई थी जिस पर हाथ से कढ़े हुए फूलों वाला सफ़ेद तख़्तपोश बिछा हुआ था। चौकी पर 'सदाबहार' व सफ़ेद-गुलाबी फूलों से भरे हुए दो गुलदान दो छोरों पर रखे हुए थे। बीच में गैसबत्ती रखी हुई थी और एक गुलदान के पीछे कप में भरे हुए चावल में जलती हुई अगरबत्तियाँ खुँशी हुई थीं, जिनकी ख़ुशबू ने पूरे

माहौल को अक़ीदत के धुएँ से सराबोर कर दिया था। गैसबत्ती के ठीक पीछे मेंहदी-रंगी दाढ़ी वाले एक बुजुर्ग बैठे हुए थे, जिनके सिर पर गुलाबी रंग की पगड़ी बँधी हुई थी। उनकी बाईं ओर कुर्ता-पैजामा पहने और लाल मख़मली टोपी लगाए एक कमसिन-सा लड़का बैठा था, जिसका चेहरा-मोहरा एकदम लड़कियों जैसा था। दाईं ओर रब्बानी साहब अपनी ख़ास अदा में बैठे हुए थे। उन्होंने शेरवानी पहन रक्खी थी, जिसकी जेब में शायद घड़ी रखी हुई थी और उसकी चाँदी की चेन उनकी गर्दन के इर्द-गिर्द चमक रही थी। बीच में बैठे बुजुर्ग के सामने उर्दू की एक किताब खुली हुई पड़ी थी।

चौकी के सामने दरियाँ बिछी हुई थीं, जिन पर श्रोतागण बैठे हुए थे। उनमें मुसलमान भी थे और हिन्दू भी। सबके-सब अक़ीदत और श्रद्धा के सरोवर में डूबे हुए। पीछे चादरों का एक पर्दा-सा तना था जिसके पीछे स्त्रियाँ बैठी हुई थीं। मुसलमान और हिन्दू दोनों। सबके सिर दुपट्टों या साड़ी के पल्लुओं से ढँके हुए।

रब्बानी साहब असलम ख़ाँ को जानते थे। मगर वह अपने को ज़ाहिर नहीं करना चाहता था। इसलिए श्रोताओं की भीड़ में घुसकर एक ओर चुपचाप बैठ गया। उसकी नज़रें इद्दन और सुबराती को खोज रही थीं, मगर उनका कोई अता-पता नहीं था।

इस बीच उसे दो तरह के संवाद सुनाई पड़े। एक संवाद चौकी पर हो रहा था और दूसरा श्रोताओं के बीच, चौकी पर बैठे रब्बानी साहब ने अपनी बग़ल में बैठे बुजुर्ग से एक सवाल पूछा—

"अच्छा मौलवी साहब, ई बताइए, कुछ लोग तो इसे मौलूद शरीफ़ कहते हैं और आप कहते हैं मीलाद शरीफ़। तो क्या दोनों में कोई फ़र्क़ है?"

मौलवी साहब ने अपने सुरमे लगी आँखों से उन्हें घूरकर देखा और बोले—

"जो लोग मौलूद शरीफ़ कहते हैं वो जाहिल हैं। सही लफ़्ज़ 'मीलाद' है। यह अरबी ज़बान के 'वलद' लफ़्ज़ से बना है और वलद का मतलब है 'पैदा होना'। मौलूद का मतलब है हाल ही में पैदा हुआ बच्चा जबकि 'मीलाद' का मतलब है पैदाइश'। चूँकि इसमें रसूलल्लाह की पैदाइश का ज़िक्र होता है इसलिए इसे 'मीलाद' कहना ही मुनासिब है।"

रब्बानी साहब यह सब सुन रहे थे और चकित हो रहे थे। भीतर-ही-भीतर गर्व से फूल भी रहे थे। उन्होंने इतने क़ाबिल मौलवी को इस नेक काम के लिए बुलाया है उसी गर्व की झोंक में उन्होंने दूसरा सवाल भी दाग दिया—

"ये 'जोलहा' लफ़्ज़ भी क्या जाहिल से ही बना है?"

"ख़ुदा जाने," मोलवी साहब ने अब सामने बैठे श्रोताओं की ओर देखते हुए कहा, "जुलाहे होते तो असल में जाहिल ही हैं, इसलिए क्या पता जाहिल से 'जोहला' हो गए हों और फिर 'जोहला' से 'जोलहा' फिर बोले, "...अब भाइयो

अपने-अपने सिर ढाँक लीजिए मीलाद शुरू होता है।'' इतना बोलकर वे अपने सामने रखी किताब के पन्ने पलटने लगे।

तभी दरी पर बैठे लोगों के बीच से एक दूसरा संवाद सुनाई पड़ा—

''मौलवी साहब की बग़ल में ई जो लौंडा बैठा है, किसका बेटा है, पता है ?''

''हम्में पता है,'' एक आदमी फुसफुसाया, ''ई कल्लू बेहना का बेटा है।''

''बेहना का लौंडा अउर खाँ साहब के साथ चौकी पर ?'' यह जुमला कई मुँहों से फूटा।

''अरे ई देखने में लौंडा है, मगर मौलवी साहब के लिए तो लौंडिया है।''

''मतलब ?''

''इसका मतलब बताने के लिए एक शे'र सुनाना होगा।''

''तो सुनाओ न!''

''सुनो :

अग़लाम से है रग़बत औ ज़न से अदावत।
हम मर्द हैं औरत पे सवारी नहीं करते॥''

''अब इस शे'र का मतलब भी समझा दीजिए।''

''अरे ई उनका रखैल है, कुछ लोग ऐसे होते हैं जिन्हें औरत से ज़्यादा ख़ूबसूरत लड़कों में दिलचस्पी होती है।''

''अऊज़ुबिल्लाहि मिनश्शैतानिर्रजीम, बिस्मिल्लाहिर्रहमानिर्रही...''

तभी चौकी पर यह आवाज़ गूँजी और माहौल में सन्नाटा छा गया।

हाँ, पर्दे के पीछे स्त्रियों की खी-खी अभी भी जारी थी। असलम को कसकर पेशाब लगा था। अतः वह उठा और महफ़िल से बाहर चला गया।

महफ़िल से बाहर अँधेरा था। श्रोताओं के अगल-बगल लकड़ी के खम्भों पर जो दो लालटेनें जल रही थीं, उनमें से एक भकभक कर रही थी और दूसरी का काँच धुएँ से काला हो गया था। पीछे थोड़ी दूर पर बँसवारी थी। असलम ने वहीं जाकर पेशाब किया और लौटकर थोड़ी दूर पर खड़ा हो गया।

चौकी पर मौलवी का मीलाद या मौलूद जारी था। बीच में जहाँ कोई पद्य आ जाता, किताब को मौलवी साहब बगल में बैठे लड़के की ओर सरका देते और वह अपनी टोपी को ठीक करता हुआ उस अंश को अत्यन्त मधुर आवाज़ में गाने लगता।

मगर असलम का ध्यान उधर नहीं था। उसकी आँखें तो इद्दन और सुबराती को ढूँढ़ रही थीं। तभी उसने ध्यान दिया कि श्रोताओं के ठीक पीछे एक तरफ़ कुछ नंग-धड़ंग मर्द बैठे थे और दूसरी तरफ़ काली-कलूटी औरतें। असलम समझ गया। पीछे बैठी वह पूरी जनता चमरौटी और पसियाने से आई थी। उस जनता में मर्दों के बीच सुबराती तो नहीं, मगर औरतों के बीच गोरी-चिट्टी इद्दन बैठी हुई थी। उसने

ग़ौर किया कि अन्य स्त्रियाँ उससे दूरी बनाए हुए थीं; मानो उसके जिस्म का जो गोरापन था वह उसकी चमड़ी का रंग नहीं बल्कि उसके बदन पर पीले रंग के पाखाने का लेप लगा हुआ हो। यानी इद्दन अछूतों में भी अछूत थी।

यह दृश्य देखकर असलम का मन खट्टा हो गया और वह वहाँ से चल पड़ा। थोड़ी दूर पर एक कच्ची सड़क थी, जिस पर आगे जाकर एक पुलिया बनी हुई थी। नीचे गन्दा नाला बहता था। नाले से बदबू आ रही थी, मगर वह पुलिया पर जाकर बैठ गया और सोचने लगा। वह किस समाज में रह रहा है? इस समाज को कौन संचालित कर रहा है? धर्म, समाज, अल्लामियाँ या कोई और? वह देर तक अपने सवालों से उलझा रहा, मगर उसे कोई जवाब नहीं मिला।

तभी महफ़िल से लयात्मक आवाज़ आई—

या नबी सलाम अलैका
या रसूल सलाम अलैका
या हबीईईईब सलाम अलैका
सलेवा तुल्ला अलैका...

आख़िरी दो पंक्तियों को ख़ूब खींचकर अदा किया जा रहा था, मानो उसी खिंचाव में सारे लोग बँधकर एक हो जाएँगे। मगर खिंचाव इतना ज़्यादा था कि वह टूट-टूट जा रहा था और आसपास की दुनिया काँच के टुकड़ों की तरह बिखरी पड़ी थी।

असलम उठा और घर की तरफ़ चल पड़ा। अब सिर्फ़ कुत्तों और सियारों की आवाज़ सुनाई पड़ रही थी। मौलूद शरीफ़ की आवाज़ बन्द हो गई थी।

घर आकर असलम ने सांकल बजाई। माँ ने दरवाज़ा खोला। असलम अन्दर आ गया। दीवार पर टँगी लालटेन की रौशनी धीमी थी। माँ ने उसे थोड़ा तेज़ कर दिया और पूछा—

''सिन्नी लाए हो?''

''सिन्नी?'' असलम ने चौंककर अपनी माँ को देखा और चारपाई पर बैठकर अपने जूते उतारने लगा।

''हाँ, सिन्नी,'' माँ ने ज़ोर देकर पूछा, ''मीलाद के बाद सिन्नी बँटती है कि नहीं? आम लोग तो बताशे की सिन्नी बाँटते हैं, मगर रसूलपुर के ख़ाँ साहब के यहाँ तो कोई ख़ास सिन्नी बँटी होगी। जलेबी, इमरती या कुछ और...।''

''मुझे कोई सिन्नी-विन्नी नहीं मिली।'' असलम ने बड़ी बेरुख़ी से जवाब दिया और खूँटी से लुंगी उतारकर कपड़े बदलने लगा।

''क्यों?''

''आप बार-बार सिन्नी की रट क्यों लगाए हुए हैं? जाकर सोइए।'' इस बार

असलम की आवाज़ कुछ और तल्ख़ थी। माँ को उसका यह व्यवहार पसन्द नहीं आया और वो चीख़ने लगीं।

"ये बदतमीज़ी से जवाब देना कहाँ से सीखकर आया है? इधर मैं देख रही हूँ कि तू बहुत बदज़बान हो चला है। मैं तो बस एक सीधी-सी बात पूछ रही हूँ और तुम...।"

"क्या हुआ असलम की माँ? ये आधी रात में चीख़-चिल्लाहट क्यों मची हुई है?" यह कहते हुए असलम के अब्बू वहाँ आ टपके। उनकी आँखों को देखकर लग रहा था कि वे सोते से उठकर आए हैं।

असलम लुँगी और बनियान पहने चारपाई पर अब तक लेट गया था, मगर अब्बू को देखकर उठ बैठा।

"आख़िर बात क्या है?"

अफ़ज़ल ख़ाँ साहब ने अपनी बीवी से पूछा तो वो भन्ना उठीं। बोलीं—

"अपने साहबज़ादे से पूछो। मैंने तो बस इतना पूछा था कि सिन्नी लाए हो..."

और अपने पाँव पटकती हुई वो भीतर चली गईं। ख़ाँ साहब बेटे की चारपाई पर बैठ गए। उन्होंने लालटेन की मद्धम रौशनी में अपने बेटे के चेहरे को ग़ौर से देखा और उन्हें लगा कि अब यह डाँट-फटकार की उम्र को पार कर गया है। यह उम्र समझदारी पैदा करने की है। इसलिए उन्होंने बहुत नम्रता के साथ कहा—

"तुम्हारी माँ सिन्नी के बारे में ही तो पूछ रही थीं। इसमें झल्लाने की क्या बात थी?"

असलम थोड़ी देर तक ख़ामोश रहा। फिर उसने सवाल किया—

"ये सिन्नी क्या होती है?"

"सिन्नी यानी तबर्रुक़।"

"ये तबर्रुक़ क्या होता है?"

अब ख़ाँ साहब थोड़ा परेशान हो गए। उन्होंने अपने सिर के बालों को पकड़कर खींचा और बोले—

"अरे भई, हिन्दुओं के यहाँ जब कथा होती है तो उसके बाद जो कुछ बँटता है...अरे क्या तो कहते हैं उसे...पँजीरी...यानी परशाद...अरे पता नहीं क्या-क्या तो होता है उसमें...शायद आटा और शक्कर में गाय का पेशाब मिलाया जाता है।"

"अच्छा! तो उसी को मुसलमान लोग सिन्नी कहते हैं?" असलम ने संजीदगी से पूछा तो अफ़ज़ल ख़ाँ बौखला उठे। बोले—

"अरे तौबा-तौबा! सिन्नी में भला गाय का पेशाब मिलाया जाएगा!"

"फिर ये सिन्नी क्या होती है?"

"असल में सिन्नी एक गँवारू लफ़्ज़ है। फ़ारसी में इसे शीरीनी कहते हैं। शीरीनी यानी मीठी चीज़। फ़ारसी में शीरीन का मतलब है मीठा और अगर उसे

सिर्फ़ शीर कहें तो उसका मतलब दूध होता है। इसलिए शीरीन जब बनाई जाती है तो उसमें दूध मिलाया जाता है। काफ़िरों की तरह गाय का मूत नहीं।''

इसके आगे वे पता नहीं क्या-क्या बड़बड़ाते रहे, मगर असलम को कुछ नहीं सुनाई पड़ा। उस वक़्त उसे सिर्फ़ दिखाई पड़ रहा था : कि मीलाद या मौलूद शरीफ़ के बाद इद्दन के हाथों में जो चीज़ दी गई थी, उसे पाकर उसे ख़ुशी नहीं, बल्कि कराहियत-सी महसूस हो रही थी।

''ठीक है अब्बू मैं समझ गया। अब आप जाइए, मुझे नींद आ रही है।''

यह कहता हुआ असलम जब लेटने लगा तो अफ़ज़ल ख़ाँ साहब उठे और चुपचाप भीतर चले गए।

फिर अचानक लालटेन के भीतर एक भभका-सा उठा और उसकी बत्ती गुल हो गई।

असलम की आँखों के आगे एक पन्द्रह-सोलह साल की सद्यःप्रसूता लड़की के आँचल पर पेशाब की धार गिरती रही और अन्ततः वह उसकी कोख से निकले जीव में जाकर समा गई। जैसे किसी गन्दे नाले का पानी किसी पवित्र नदी में समा जाता है।

अगली सुबह ख़ाँ साहब को दस्त आने लगे। वे हर पाँच मिनट बाद खुड्डी में जाते और पानी-जैसा पाख़ाना करके लौट आते। ख़ाँ साहब की बीवी को फूड प्वाइज़न हो गया था और उन्हें उल्टियाँ हो रही थीं सो वे भी खुड्डी में जाकर उल्टी करतीं और लौट आतीं।

असलम ने उसी रोज़ अपने घर के सामने वाले कुएँ पर 13-14 साल की एक लड़की को सिर्फ़ साड़ी पहने नहाते हुए देख लिया था और उसकी साड़ी से चिपके हुए स्तनों को देखकर ऐसा बेचैन हुआ कि उसे भी खुड्डी में जाकर अपनी उत्तेजना को शान्त करना पड़ा।

इन सब स्थितियों का नतीजा यह हुआ कि उस रोज़ इद्दन ने ख़ाँ साहब की खुड्डी से जो 'कमाई' की, उसमें कई तरह के तत्त्व थे। चूँकि ख़ाँ साहब की बीवी भी बीमार थीं, इसलिए खुड्डी में पर्याप्त राख भी नहीं डाली गई थी। मगर इद्दन बेचारी क्या करती। उसने सारी गन्दगी अपने तसले में उठाई और उसे काँख से लगाकर चल पड़ी।

तसला पुराना था। उसके तल में छोटे-छोटे छेद हो गए थे। ख़ाँ साहब की खुड्डी से उठाए गए 'मल' में चूँकि पतलापन था इसलिए वह तसले के छेदों से बहने लगा। इद्दन को लगा कि वह बहाव उसकी काँख से बाहर निकलकर उसके बदन तक पहुँच चुका है इसलिए गाँव से बाहर निकलकर, नाले के पास उसने अपना ब्लाउज़ उठाकर देखा तो उसे पता लगा कि ख़ाँ साहब की खुड्डी की सारी गन्दगी उसके सारे जिस्म पर फैली हुई है। और उससे एक असहनीय क़िस्म की बदबू आ रही है।

इद्दन ने अपने तसले की 'कमाई' को नाले में फेंका और अपने आँचल से उस गन्दगी को साफ़ करने लगी। मगर दुर्गन्ध। वह तो बनी रही। इसलिए गाँव के तालाब में जाकर वह कपड़ों-समेत कूद पड़ी। और जब वह तालाब के जल से बाहर निकली तो बिलकुल जल-परी-सी लग रही थी। गाँव के जिन लोगों ने उसे इस रूप में देखा, उन्होंने महसूस किया कि एक हेलिन भी इतनी सुन्दर हो सकती है।

14

आसमान पर बादलों के झुंड हाथियों, घोड़ों, गायों, बिल्लियों और न जाने किन-किन चिड़ियों का रूप धारे उड़े जा रहे थे। असलम ट्रेन की खिड़की से उन्हें देखे जा रहा था और किसी ऐसे ख़वाब में डूबा हुआ था जिसे देखने के लिए वह शहर से बी.ए. पास करके और एम.ए. में एडमिशन लेने के बाद अपने गाँव की ओर लौट रहा था। अभी आसमान पर बादलों के चित्र और मन में ख़्वाब के बिम्ब उमड़-घुमड़ कर ही रहे थे कि अचानक चिंचियाकर ट्रेन रुक गई। 'मेजा रोड' स्टेशन आ गया था। असलम बैग उठाकर प्लेटफ़ार्म पर उतर गया और स्टेशन से बाहर निकलकर सिरसा जाने वाले एक्के पर बैठ गया। सिरसा में एक्के से उतरकर उसे लगभग तीन मील पैदल चलना होगा, तब उसका गाँव आएगा। आम और महुए के पेड़ों वाले बाग़ों से घिरा हुआ उसका गाँव। गाँव, जहाँ सिर्फ़ उसका परिवार नहीं, दूसरे परिवार भी बसे हुए हैं। मनुष्यों के भी और पशु-पक्षियों के भी...यही गाँव तो उसका देस है।

असलम अपने उस देस में, उस गाँव में जब पहुँचा तो साँझ हो रही थी। दिया-बाती की बेला। गाँव के अधिकांश घरों में अँधेरा था। कुछ घरों में ढिबरियाँ टिमटिमा रही थीं। एक घर से बुरी तरह खाँसने की आवाज़ आ रही थी। 'यह तो इद्दन का घर है,' उसने सोचा और क़दम आगे बढ़ा दिए। आगे बनियों के घर थे। उन घरों में रहने वालों ने उसे सलाम किया। उसने सिर हिलाकर जवाब दिया। मुँह से कुछ नहीं बोला। थोड़ा और आगे चलने के बाद उसका अपना घर आ गया, जिसके दरवाज़े पर खूँटी से टँगी लालटेन लटक रही थी और माँ उसका रस्ता अगोर रही थीं। असलम के पहुँचते ही माँ ने सर पर अपनी अँगुलियाँ ले जाकर चटकाईं और बेटे को इस तरह अपने आँचल में छिपा लिया मानो कोई गुम हुई चीज़ वापस मिल गई हो।

असलम के घर आगमन की ख़ुशी में उसकी माँ ने बाज़ार से गोश्त मँगाकर बिरियानी बनाई थी। साथ में भैंस के गोश्त से बने क़ीमे के कबाब तले गए थे। खाने के बाद फ़ीरीनी भी थी। सबने डटकर खाया और सो गए।

मगर यह क्या? असलम के पेट में भोर के वक़्त ही गुड़गुड़ाहट हुई और वह खुड्डी की तरफ़ भागा। मगर अन्दर की खुड्डी में कोई और था इसलिए उस वक़्त असलम के पास कोई दूसरा उपाय नहीं था। वह अल्मूनियम का बँधना उठाकर घर की बाईं तरफ़ खुड्डी की ओर भागा। रौशनी के लिए लालटेन लेता गया।

वह एक नई खुड्डी थी जो घूरे पर बनाई गई थी। बाहर टाट का पर्दा लगा हुआ था। अन्दर ईंटों के पायदान थे। बीच में गड्ढा था। मानो, ऊपर आलमे-बरज़ख़ हो और नीचे जहन्नुम। असलम ने लालटेन की लुपलुपाती रौशनी में देखा—गड्ढे में तरह-तरह के गू-मूत सांस्कृतिक समन्वय कर रहे थे। पीछे एक द्वार था, जिसे गोमुख तो नहीं, हाँ सुअरमुख कह सकते हैं। उस सुअरमुख से गू-मूत का समन्वित दलदल बाहर की ओर जा रहा था। बाहर एक गड्ढा था। उसी गड्ढे में क़ब्ज़, पेचिश और लूज़ मोशन का समायोजन हो रहा था। उस समायोजन में कई-कई तरह के कीड़े राजनेताओं की तरह अपना भविष्य तलाशते हुए बिलबिला रहे थे। यह दृश्य देखकर असलम का पाख़ाना सटक गया। शुरू में थोड़ा-सा निकला, मगर बाद में लाख कोशिश करने के बाद भी उसे कोई सफलता नहीं मिली। अतः वह वापस आकर अपने बिस्तर पर लेट गया।

असलम की समझ में नहीं आ रहा था कि घर के अन्दर से हटाकर बाहर की ओर यह खुड्डी क्यों बनाई गई है? वह इसका कारण जानना चाहता था। उसने सोचा था कि यह सवाल वह अगले दिन अपने अब्बा से पूछेगा मगर अगले दिन तो उसके परिवार को कहीं दावत पर जाना था। असलम की माँ और उसके अब्बू सुबह-सवेरे ही दावत में जाने के लिए तैयार हो गए। उन्होंने असलम से भी अपने साथ चलने के लिए कहा, मगर उसने इनकार कर दिया। माँ-बाप ने कोई ज़िद नहीं की और वे चले गए। घर में अकेले बच गए असलम मियाँ।

दोपहर का वक़्त था। बाहर बादल घिरे हुए थे और रह-रहकर उनके गरजने की आवाज़ें आ रही थीं। महीना सावन का था और बाहर नीम के पेड़ पर झूला पड़ा हुआ था। उस झूले पर गाँव की कोई लड़की बैठी थी और गा रही थी—

निबिया बिरिछ जिनि काटा मोरे बाबा
निबिया के छतवार छाँव रे।
निबिया के कटले चिरइया उड़ि जइहैं
होइ जाई सून सगरौ गाँव रे।
निबिया बिरिछ बाबा बिटिया की नाईं
टुट जइहे तोर करिहाँव रे।

अचानक दरवाज़े की कुंडी खटकती है। असलम चारपाई से उठकर दरवाज़े की तरफ़ बढ़ता है। मगर दरवाज़ा तो अन्दर से बन्द नहीं था इसलिए अचानक खुल

जाता है और...और इद्दन असलम के ऊपर भहरा पड़ती है। चूँकि इद्दन कमाई तो सुबह ही कर गई थी। इसलिए उसके हाथ में तसला नहीं था, इससे आसानी यह होती है कि असलम इद्दन को दबोच लेता है। इद्दन ख़ुद को छुड़ाने की बहुत कोशिश करती है, मगर सफल नहीं होती। असलम उसी मुद्रा में दरवाज़े की अन्दरूनी साँकल लगाता है और इद्दन को अपनी चारपाई पर लगभग पटक-सा देता है। फिर वह इद्दन को नोचने-खसोटने लगता है। और उसके कपड़ों को खोलना शुरू करता है। सबसे पहले उसका हाथ ब्लाउज़ पर जाता है। इद्दन उसके चंगुल से मुक्त होने के लिए कसमसाने लगती है। मगर असलम की जकड़न इतनी मज़बूत थी कि वह कुछ नहीं कर पाती। तब वह असलम से विनती करती है कि वह उसे छोड़ दे। मगर असलम मियाँ भला कहाँ छोड़ने वाले थे। पहली बार तो उन्हें ऐसा मौक़ा मिला था। इद्दन जितना ही छटपटाती असलम मियाँ को उतना ही मज़ा आता। आख़िर एक-एक करके असलम मियाँ ने इद्दन के सारे कपड़े उतार दिए। फिर वह सब करने लगे जो करना चाहते थे। इद्दन ने एक बार तो सोचा कि चीख़े-चिल्लाए, मगर उसे लगा कि इसका कोई फ़ायदा नहीं होगा। अगर आस-पड़ोस के लोग उसकी चीख़-पुकार सुनकर आ भी जाएँ तो असलम मियाँ को तो कोई दोष देगा नहीं, उसी के चाल-चलन पर टीका-टिप्पणी होगी। इसलिए वह अपने ही बलबूते अपनी इज़्ज़त को बचाने की कोशिश करती रही। मगर नाकाम रही। असलम मियाँ ने आख़िर अपना मक़सद पूरा कर ही लिया।

आख़ीर में इद्दन रोने लगी तब असलम मियाँ को थोड़ा डर-सा लगा कि अड़ोस-पड़ोस के लोग कहीं उसका रोना-धोना सुन न लें, इसलिए उन्होंने इद्दन से कहा, ''चोप्प! हमने तुम्हें मारा-पीटा नहीं है, फिर ये टेसुए क्यों बहा रही हो?''

''मार-पीट लेते साहब तो अच्छा था, मगर आपने तो मेरी इज्जत को ही तार-तार कर दिया। अब मैं किसको क्या मुँह दिखाऊँगी?''

''तुम लोगों के पास क्या इज़्ज़त नाम की भी कोई चीज़ होती है?''

''क्यों साहब, क्या इज्जत सिर्फ आप लोगों के पास ही होती है?''

''बकवास बन्द करो और कपड़े पहनकर सीधे अपने घर जाओ। मगर याद रहे कि यह बात किसी को न मालूम हो और यह भी याद रहे कि जब तुम्हारी इज़्ज़त तार-तार हो ही गई है तो यह सिलसिला जब तक मैं यहाँ हूँ, चलता ही रहेगा।''

इस पर इद्दन ख़ामोश हो गई और अपने कपड़े पहनकर बाहर निकल गई।

घर पहुँचकर इद्दन ख़ूब रोई, मगर उसका विलाप सुनने वाला कोई नहीं था, सिवाय पसियाने की उस लड़की के जो उसके नवजात शिशु को सँभाला करती थी। उस लड़की ने इद्दन से बार-बार रोने का कारण पूछा मगर जवाब में इद्दन का विलाप और बढ़ गया, मुँह से कोई जवाब नहीं निकला।

इद्दन को असलम मियाँ ने जो धमकी दी थी वह रंग लाई। और उन्होंने जो

खेल अपने घर में खेला था, वह अब इद्‌दन की कोठरी में जिसके बाहर गू–मूत इकट्‌ठा करने वाला तसला दीवार से टिका रहता था, वहीं खेला जाने लगा। इद्‌दन का शौहर चूँकि मदक के नशे में डूबा हुआ चमरौटी और पसियाने का चक्कर लगाता रहता था। इसलिए इद्‌दन प्रायः घर में अकेली रहती थी। पसियाने की लड़की उसके बेटे को गोद में लिए इधर–उधर टहलती रहती थी। असलम मियाँ अक्सर उधर निकलते और एकान्त देखकर इद्‌दन की कोठरी में जा घुसते। इद्‌दन भला क्या कर सकती थी। जो कुछ करना होता वह असलम मियाँ ही करते थे। अगर पसियाने वाली लड़की वहाँ मौजूद होती तो असलम मियाँ उसे डाँटकर भगा देते और अपनी मुहिम में जुट जाते। इस तरह असलम मियाँ लगातार इद्‌दन से बलात्कार करते रहे और इद्‌दन बेचारी बग़ैर कोई आवाज़ उठाए उनके हवस का शिकार बनती रही।

धीरे–धीरे असलम मियाँ और इद्‌दन के बीच का यह सम्बन्ध पूरे गाँव में उजागर हो गया, मगर उसे रोकने की कोशिश भला कौन करता? पूरे गाँव पर असलम मियाँ के बाप अफ़ज़ल ख़ाँ का रुआब ग़ालिब था। पसियाने की लड़की तो सब कुछ समझ गई थी और अपने मुहल्ले में उसने इस कारनामे को उगल भी दिया था, मगर जब गाँव के बड़मनइन ही इस मामले में ख़ामोश थे तो चमरौटी और पसियाने के लोग भला क्या कर सकते थे?

अभी यह सब चल ही रहा था कि एक रोज़ असलम मियाँ को याद आया कि यूनिवर्सिटी में अब कक्षाएँ शुरू हो गई हैं। इस याद ने उसे बेचैन कर दिया। वह तो चला जाएगा, मगर इद्‌दन! फिर उसने सोचा, अरे इस भंगिन का क्या है गाँव का कोई भी लड़का इसे दबोच लेगा। और तो और बभनौटी के लोग ही इसे नोचने-खसोटने को तैयार हो जाएँगे। इद्‌दन तो इतनी गदबदी है कि अपनी साड़ी उठाकर गू के कीचड़ में भी उतान लेट जाएगी तो भी लोग इस पर छपाक से कूद पड़ेंगे। जिस्म का स्वाद ही ऐसा होता है कि आसपास फैली गन्दगी से भी इत्र की ख़ुशबू आने लगती है। और असलम ने शहर जाने की तैयारी शुरू कर दी। उसने एक ब्रीफ़केस में अपने कपड़े वग़ैरह रखते हुए माँ को आवाज़ दी—

"अम्माँ! ज़रा यहाँ आइए।"

बेटे की आवाज़ सुनकर अम्माँ दौड़ी हुई बाहर कमरे में आईं और उसका खुला हुआ ब्रीफ़केस देखने लगीं।

"ई क्या?"

अम्मा के मुँह से अभी इतना ही निकला था कि असलम ने सफ़ाई पेश की—

"अरे अम्माँ, मैं कल शहर जा रहा हूँ। वहाँ पढ़ाई शुरू हो गई होगी।"

"वो तो ठीक है मगर ब्रीफ़केस में कपड़े क्या इस तरह रखे जाते हैं?"

यह कहती हुई उन्होंने सारे कपड़े ब्रीफ़केस से निकालकर उन्हें पलंग पर फैला

दिया। फिर एक-एक कपड़ा उठाकर उसे ग़ौर से देखने लगीं। सारे कपड़े मुड़े-चुड़े थे। यह देखकर वे झल्ला उठीं। बोलीं—

"असलम, पहले तो तू ऐसा नहीं करता था। कपड़े जब तक इस्तिरी होकर आ न जाएँ, तू उन्हें पहनना तो दूर हाथ भी नहीं लगाता था। और ये कपड़े? इन्हें इस्तिरी के लिए क्यों नहीं दिया? गाँव के क्या पूरे धोबियाने को प्लेग हो गया है?"

"नहीं अम्माँ, ऐसी बात नहीं है। शहर जाकर प्रेस करा लूँगा।"

"और पहनकर क्या जाएगा?"

"ये पैंट-शर्ट है तो।"

असलम ने खूँटी पर टँगे पैंट-शर्ट की ओर इशारा किया तो उसकी अम्माँ खूँटी की तरफ़ गईं और पैंट-शर्ट उतारकर देखने लगीं। उन्होंने देखा कि पैंट की मोहरी पर कीचड़ जैसी कोई चीज़ लगी हुई है जो सूखकर पपड़ी बन गई है और शर्ट के कॉलर पर मटमैली लकीरें पड़ी हुई हैं। यह सब देखकर असलम की अम्माँ ने पैंट-शर्ट को ज़मीन पर पटका और बिफर पड़ीं।

"अब जनाब अफ़ज़ल ख़ाँ का बेटा इसी तरह के कपड़े पहनकर शहर जाएगा। वो भी बड़ी क्लास में पढ़ने लगा है। इन्हें देखने से तो यही लगता है कि पैंट की मोहरियों पर और शर्ट के कॉलर पर किसी ने पैख़ाना मल दिया है। और तेरी चड्ढ़ी-बनियान कहाँ हैं?"

"शायद आँगन में..."

"तुझे इतना भी होश नहीं है," असलम की अम्माँ ने प्यार-भरा ग़ुस्सा दिखलाते हुए कहा, "कल तुझे कहीं नहीं जाना है। पढ़ाई शुरू हो गई है तो हो जाने दे। तू परसों की तैयारी कर। अभी मैं तेरे सारे कपड़े सर्फ़ डालकर साफ़ करूँगी और सुबह इन्हें इस्तिरी के वास्ते धोबियाने भेजूँगी। वहाँ से जब कपड़े इस्तिरी होकर आ जाएँगे तब मैं ख़ुद तेरा ब्रीफ़केस तैयार करूँगी। तू परसों शहर जाएगा। समझे? फिर बचानू एक्केवाले को भी तो सहेजना पड़ेगा कि वह तुझे बाज़ार तक पहुँचा दे। शहर तक जाने के लिए बस तो वहीं से मिलेगी न।"

यह कहकर असलम की अम्माँ ने सारे कपड़े समेटे और आँगन की तरफ़ चल पड़ीं। चलते-चलते पूछा : "आज भंगिन आई थी या नहीं? मैं तो घर में थी नहीं। और तुम्हारे अब्बू हैं कि उन्हें कुछ होश ही नहीं रहता...।"

"आई थी।"

असलम ने बस इतना कहा और पलंग पर लेट गया।

अभी शाम नहीं हुई थी मगर अचानक बाहर अँधेरा-सा हो गया। बादल गड़गड़ाने लगे, बिजली चमकने लगी। फिर बारिश शुरू हो गई। सावन का महीना था इसलिए बारिश तो होनी ही थी। उस बारिश ने असलम के भीतर एक भय पैदा कर दिया कि अगर बारिश न रुकी और कल सुबह धूप न खिली तो अम्माँ के धुले

हुए कपड़े क्या सूख पाएँगे? अगर न सूख पाए तो? फिर तो न जाने कब तक शहर जाने का इन्तज़ार करना पड़े?

अभी वह इसी सोच-विचार में डूबा हुआ था कि उसके अब्बू अफ़ज़ल ख़ाँ साहब एक छाते को अपने सिर पर ताने हुए दरवाज़े पर आए और घर के भीतर प्रवेश करने के लिए छाते को बन्द करने की कोशिश करने लगे। तभी हवा का एक तेज़ झोंका आया और छाता उलट गया। वे उसे वहीं पटक कर घर के भीतर दाख़िल हो गए।

अन्दर जाकर उन्होंने देखा कि उनकी बीवी बारिश में भीगती हुई आँगन में बैठी असलम के कपड़े धो रही थीं। ख़ाँ साहब ने दहाड़ लगाई—

"ये क्या हो रहा है?"

"आपका बेटा शहर जाने वाला है। उसके सारे कपड़े गन्दे हो रहे थे, उन्हीं को धो रही हूँ। वह तो इन्हें इसी हालत में लेकर जा रहा था।"

उनकी बीवी ने बस इतना ही कहा, मगर ख़ाँ साहब की दहाड़ और तेज़ हो गई—

"धोबी के यहाँ क्यों नहीं भेजा?"

"किसके यहाँ भेजती?"

"लखनवा के यहाँ और कहाँ?"

"गाँव के हिन्दू धोबी अब बहाना करने लगे हैं। कपड़े लेते भी हैं तो धोकर बहुत देर में देते हैं।"

"तो क्या मुख़्तार धोबी मर गया है?" ख़ाँ साहब ने निहायत ग़ुस्से के साथ पूछा तो असलम की अम्माँ ने सफ़ाई पेश की—

"मुख़्तार को आँव की बीमारी हो गई है इसलिए बिचारा..."

"अच्छा तो अब वह बिचारा हो गया है? देखता हूँ कल उसको।"

"अरे छोड़िए भी। वह भी तो आदमी है। बीमारी में कैसे काम करेगा? मैं कपड़े धोए देती हूँ, कल ये इस्तिरी होकर आ जाएँगे। असलम परसों शहर चला जाएगा।"

अफ़ज़ल ख़ाँ इस पर चुप रहे और भीतर चले गए। अब तक बारिश भी थम चुकी थी।

रात के लगभग दो पहर बीत चुके थे। पूरे गाँव में सोउता पड़ गया था। बाहर से सिर्फ़ कुत्तों या सियारों की आवाज़ें आ रही थीं। वे आवाज़ें बन्द होतीं तो झींगुरों की तान सुनाई पड़ने लगती। बीच-बीच में मेंढकों की टीपें भी। मेंढकों की आवाज़ उस गड़ही से आती थी जिसके ठीक सामने सुबराती का घर था। उसी घर में इद्दन थी। उसी घर में उसका बच्चा था, जो दो साल का हो गया था, मगर अभी भी अपनी

माँ का दूध पीता था। दूध ऐसा, मानो सीपिया आम से निचोड़ा हुआ रस हो...असलम ख़्वाब देख रहा था। ख़्वाब में आमों का ख़ूब बड़ा-सा बाग़ था। वह कभी एक आम को तोड़ता कभी दूसरे को। हर आम को वह अपनी हथेलियों से निचोड़ता और उन्हें चूसने से पहले उनकी ढेपियों पर देर तक जीभ को फिराता रहता। यह जानते हुए भी कि ढेंपी के इर्द-गिर्द से निकलने वाला द्रव हानिकारक होता है। दरअसल असलम मियाँ ने स्वयं को हानि-लाभ से ऊपर कर लिया था क्योंकि उसके समक्ष कोई भी हानि नहीं थी। केवल लाभ-ही-लाभ था। इसलिए वह लभैला हो गया था। उसी लभैलेपन की वजह से वह अपने ख़्वाब में एक ऐसे आम को चूस रहा था जिससे रस के स्थान पर दूध झर रहा था। मीठा-मीठा दूध। फिर हुआ यह कि अचानक वह दूध उसके हलक़ में जाकर फँस गया और उसे खाँसी आने लगी। खाँसते-खाँसते उसकी नींद टूट गई।

तब उसे अपनी माँ के कराहने की आवाज़ सुनाई पड़ी...हाय अल्ला! हाय अल्ला...और वह अपने बिस्तर से उठकर माँ के पास चला गया। वहाँ अँधेरा था। घुप्प अँधेरा। वह तो ग़नीमत थी कि उसे यह पता था कि माचिस किस ताक पर रखी होती थी। उसने टटोल-टटोलकर वह ताक ढूँढ़ ली और माचिस की तीली जलाकर दूसरे ताक में रखी बुझी हुई ढिबरी को जला दिया। कमरे में प्रकाश के फैलते ही उसने देखा कि माँ की हालत बहुत ख़राब है। वो लगातार करवटें बदल रही थीं और हाय अल्ला, हाय अल्ला बोले जा रही थीं।

असलम मियाँ के मुँह में रखे हुए आम के रस का स्वाद कसैला हो गया। उसने माँ से पूछा कि क्या तकलीफ़ है तो उन्होंने बताया कि पेट में बहुत दर्द हो रहा है। असलम ने पहले तो उनके पेट को सहलाया, फिर उठकर अपने वालिद साहब के पास गए। अफ़ज़ल ख़ाँ अलग कमरे में सोते थे। वह कमरा घर के एकदम पिछवाड़े था, जहाँ तक घर के अन्दर की कोई आवाज़ नहीं पहुँचती थी। हालाँकि उन्होंने उस कमरे का चयन इसलिए नहीं किया था कि घर की आवाज़ों से उनकी नींद में ख़लल पड़ेगा बल्कि वास्तविक कारण यह था कि सोते वक़्त उनके ऐसे खर्राटे निकलते थे कि उन्हें सुनते हुए घर का कोई भी सदस्य शान्तिपूर्वक सो नहीं सकता था।

जब असलम अपने वालिद साहब के कमरे में घुसा तो उनके खर्राटे सप्तम को भी पार कर चुके थे। उसने उन्हें झिंझोड़कर उठाया तो वे अकबका कर उठे और पलंग पर टेक लगाकर बैठ गए। बोले—

"क्या बात है असलम? ख़ैरियत तो है? तुमने बहुत बुरे वक़्त में मुझे जगा दिया। मैं एक हसीन-सा ख़्वाब देख रहा था। ये देख रहा था कि तुम्हारे कपड़ों पर इस्तिरी न करने के जुर्म में मैं मुख़्तरवा धोबी को कोड़े मार रहा हूँ और वह चिल्ला रहा है, हाय अल्ला, हाय अल्ला।"

"कहीं आप अम्माँ की आवाज़ तो नहीं सुन रहे थे?"

असलम के इस कथन ने उन्हें बेचैन कर दिया। बेचैन इसलिए कर दिया कि वे अपनी बीवी को बहुत चाहते थे। पूछा—

"उन्हें क्या हुआ?"

"उनके पेट में बहुत दर्द हो रहा है और वो हाय अल्ला, हाय अल्ला चीख़ती हुई करवटें बदल रही हैं।"

"ओह, मैं समझ गया," इतना कहकर उन्होंने अपने तकिए के नीचे से माचिस निकाली और एक तीली जलाकर असलम मियाँ को थमाते हुए कहा, "ढिबरी जला दो।"

असलम मियाँ ने ढिबरी जला दी।

कमरे में उजाला हो गया। अफ़ज़ल ख़ाँ बिस्तर से उठकर कमरे में बनी हुई एक अलमारी में लगे कुछ खोजने। थोड़ी देर के बाद वे अलमारी की तरफ़ से लौटे तो उनके हाथ में एक पुड़िया थी। उन्होंने पुड़िया अपने बेटे को थमाकर कहा—

"जाकर अपनी अम्माँ को खिला दो। इसे खाने के बाद एक गिलास पानी पी लें, सब ठीक हो जाएगा।"

"यह क्या है अब्बा?" असलम ने जिज्ञासावश पूछा तो अफ़ज़ल ख़ाँ की आवाज़ में झल्लाहट आ गई। बोले—

"ऐसे सवाल नहीं पूछे जाते।"

"क्यों?"

"क्योंकि असगुन होता है।"

"मगर सगुन-असगुन तो हिन्दू लोग मानते हैं।"

"जी नहीं। मुसलमान भी मानते हैं। नहीं मानते तो मानना चाहिए।"

"क्यों?"

"जिन्न-जिन्नात और नजूम यानी जोतिष वग़ैरह का ज़िक्र क़ुरान मजीद में भी आया है। असगुन के लिए हमारे यहाँ 'नहुस' लफ़्ज़ चलता है।"

"मगर इस तरह के सवाल से होता क्या है?"

"काम बिगड़ जाता है।"

"वो कैसे?"

"जैसे, अगर कोई कहीं जाने के लिए तैयार हो और उससे सवाल पूछ लिया जाए कि 'कहाँ जा रहे हो' तो जिस काम से वह जा रहा है, वह काम नहीं होगा।"

"मैंने जो पूछ लिया तो इससे क्या होगा?"

"इससे यह हो सकता है कि इस दवाई से तुम्हारी अम्माँ को फ़ायदा न पहुँचे।"

"तो क्या इस पुड़िया में पेट दर्द की कोई दवा है?"

"और नहीं तो क्या राख है," बाप ने थोड़ा और तेज़ होकर कहा, "यह रामपुर

के हकीम साहब की दी हुई है, इससे पेट की हर तकलीफ़ दूर हो जाती है।''

''अच्छा!''

''हाँ जाओ भी, या रातभर बहस ही करते रहोगे?''

''नहीं, मैं यह जानना चाहता था कि यह दवा क्या पेट से हुकवर्म को बाहर निकाल सकती है?''

''कौन-सा वरम? वरम तो सूजन को कहते हैं।''

''जी नहीं, मैं वरम नहीं कह रहा हूँ, वर्म कह रहा हूँ।''

''यह क्या बला है?''

''यह एक कीड़े का नाम है। जिसके पेट में ये कीड़े हो जाते हैं, उसके पाख़ाने के मुक़ाम में खुजली होती रहती है।''

''ओह चुन्ना! तुम चुन्ना काटने की बात कर रहे हो। क्या तुम्हें भी चुन्ना काटने की बीमारी है?''

''नहीं। यह बीमारी मेरे एक दोस्त को है।''

''उसका तो आसान-सा इलाज है। बाध जो होता है न, बाध—जिससे चारपाई बुनी जाती है, उसे जलाकर पाख़ाने के मुक़ाम में भर देने से खुजली बन्द हो जाती है। बाध न मिले तो किसी कपड़े को अधजला करके, उसे भर देने से भी खुजली बन्द हो जाती है।''

''अब्बा, ऐसी दवाओं के बारे में आप कोई किताब लिख डालिए न। इससे लोगों का बहुत फ़ायदा होगा।''

''किताबों से लोग कितना मुस्तफ़ीद होते हैं, यह मैं ख़ूब जानता हूँ...अब तुम जाओ और अपनी अम्माँ को यह दवाई खिला दो। यह एक फंकी है। थोड़ी कड़वी लगेगी, इसलिए फ़ौरन पानी पिला देना। कुछ देर में उनकी हाय अल्ला-हाय हल्ला की पुकार बन्द हो जाएगी।''

असलम अब उठ गया और अपनी अम्माँ के कमरे की ओर चल पड़ा। वहाँ जाकर उसने उन्हें पुड़िया की फंकी खिलाकर एक गिलास पानी पिला दिया और अपने वालिद साहब की तरफ़ से ढाँढ़स बँधाकर अपने कमरे में चला गया।

अपने कमरे में जाकर असलम बिस्तर पर लेट तो गया मगर अम्माँ के कमरे की तरफ़ कान लगाए रखे। कमरे से हाय अल्ला, हाय अल्ला की आवाज़ें देर तक सुनाई पड़ती रहीं, फिर अचानक वे बन्द हो गईं। तब असलम अपने बिस्तर से उठकर फिर अपनी अम्माँ के कमरे में गया। उसने देखा कि अम्माँ शान्त थीं और उनकी पलकें मुँदी हुई थीं।

''सो गईं क्या अम्माँ?''

असलम ने पूछा तो अम्माँ ने आँखें खोल दीं। बोलीं—

''नहीं बेटा, दर्द कम हो गया इसलिए आँखें झपक गई थीं।''

"यानी अब्बा की दवाई काम कर गई।"

असलम ने आश्चर्य के साथ कहा तो अम्माँ ने उसका हाथ पकड़कर अपने बिस्तर पर बिठा लिया। फिर बोलीं—

"ये कमाल तेरे अब्बा का नहीं है, रामपुर के हकीम साहब का है। उनके पास हर मर्ज़ की दवाई होती है और उनकी शायद ही कोई ऐसी दवाई हो जो तेरे अब्बा की अलमारी में न हो। मगर बेटा, ये मोजज़ा सिर्फ़ दवाई का नहीं है बल्कि ख़ुद हकीम साहब का है। वो अल्लाह वाले हैं। लोग तो उन्हें मज्ज़ूब मानते हैं..."

"ये मज्ज़ूब क्या होता है?"

असलम ने प्रश्न किया तो उसकी अम्माँ ने उस सवाल को नज़रअन्दाज़ कर दिया। बोलीं—

"कौन क्या है और क्या होता है, यह जानने की ज़रूरत क्या है? उनकी दी हुई दवाई से फ़ायदा हुआ, यही बड़ी बात है।"

"मगर यह हुआ कैसे?"

"अब यह भी तुझे बताऊँ?" इतना बोलकर अम्माँ थोड़ी शरमाई, फिर चुप हो गईं।

"ठीक है अम्माँ, अब आप आराम से सोइए, मैं जा रहा हूँ। कल मुझे शहर भी जाना है।"

इतना कहकर असलम जब जाने लगा तो उसकी अम्माँ ने कहा—

"कल तो मैं तेरे कपड़ों पर इस्तिरी कराने के लिए ख़ुद मुख़्तरवा धोबी के यहाँ जाऊँगी और तू अपने अब्बा को तो जानता ही है, कि घर में उनके पैर टिकते ही नहीं इसलिए इद्दन जब आए तो उससे कहना कि खुड्डी की सफ़ाई ठीक से करे। राख की बाल्टी आँगन में रखी है। ख़ुद डाल ले और सारी गन्दगी उठाकर फेंक आए। ये इद्दन बहुत कामचोर हो गई है। आधा काम करती है, आधा छोड़ देती है। इन भंगिनों, धोबिनों और जुलाहिनों का कुछ पता नहीं, कि कब क्या कर दें और क्या छोड़ दें। इन्हें 'दबा' कर रखना चाहिए।"

अपनी अम्माँ की यह तक़रीर सुनकर 'ठीक है अम्माँ' कहता हुआ असलम अपने कमरे में पहुँचकर बिस्तर पर लेट गया। लेकिन अम्माँ का आख़िरी जुम्ला ऐसा था, जिसमें 'जाँघों के बीच दबाकर रखने' जैसा भाव छुपा हुआ था। और उस भाव ने उसे बेचैन कर दिया।

क्योंकि दोनों जाँघों के बीच दबाकर रखने का काम तो मर्द ही कर सकते हैं। और वह भी हिन्दुओं के सवर्ण मर्द और मुसलमानों के अशराफ़। क्योंकि इन्हीं लोगों से उसने सुन रक्खा था कि इस गाँव की एक भी चमाइन, पासिन, धोबिन या जुलाहिन ऐसी नहीं है जो हमारी जाँघों के बीच दबने से बची रह गई हो। गाँव

में भंगिन तो सिर्फ़ एक ही थी—इद्दन। और उसके बारे में गाँव के लोगों को मालूम हो चुका था कि यह तो असलम मियाँ की जाँघों के बीच दबी हुई है। अत: असलम मियाँ बजाय चिन्तित होने के ख़ुश हो उठे और गहरी निद्रा में निमग्न हो गए।

अगला दिन। सुबह हुई। नीम के पेड़ पर चिड़ियाँ चहचहाईं। कुएँ की जगत पर पानी खींचने की गड़ारी गड़गड़ाई। बग़ल के एक मकान से रामचरित मानस का सस्वर पाठ गूँजा। गाँव की गलियाँ आपस में बतियाईं। 'पा लागी महाराज' और 'जिया' के सम्बोधन-आशीष ध्वनित हुए...

अभी यह सब हो ही रहा था कि असलम को एक चीख़ सुनाई पड़ी : 'उई अल्ला! साँप!'

असलम बिस्तर से उठकर आँगन की तरफ़ भागा। उसने देखा, इद्दन अपना तसला लिए आँगन में खड़ी है और डर से काँप रही है।

"कहाँ है साँप?"

असलम ने पूछा तो इद्दन ने बग़ल की खुड्डी की तरफ़ इशारा करते हुए कहा—

"हुआँ! खुड्डी में। एक नहीं, दुइ दुइ साँप। साँप भी नहीं, सँपोले। साँप के बच्चे। रंग एकदम सुपेद..."

अब तक आँगन में अफ़ज़ल ख़ाँ भी आ गए थे और असलम की अम्माँ भी।

"जाके देख तो असलम, ये क्या बक-बक कर रही है। खुड्डी में साँप के बच्चे कहाँ से आ जाएँगे? वो भी सफ़ेद रंग के!"

अम्माँ का आदेश मानकर असलम खुड्डी तक गया। वहाँ भयंकर बदबू थी। उसने अपनी लुंगी उठाकर उसके एक कोने से नाक को दबाया। फिर वह डरता-हुआ-सा ग़ौर से देखने लगा। खुड्डी में कोई खिड़की नहीं थी, मगर खपरैल के टूटे हुए हिस्से से सूरज की रौशनी अन्दर आ रही थी। उसी रौशनी में असलम ने देखा कि खुड्डी में रखी दो ईंटों के बीच में ढेर सारा पाख़ाना पड़ा हुआ था और सफ़ेद रंग के दो लम्बे-लम्बे कीड़े उसमें कुलबुला रहे थे।

यह दृश्य देखकर उसने अपनी अम्माँ को इशारे से वहाँ बुलाया और खुड्डी की तरफ़ इशारा करते हुए पूछा—

"रात में आप यहाँ आई थीं क्या?"

"हाँ, आई थीं। तुम्हारे अब्बा ने जो फंकी दी थी उसे खाने के काफ़ी देर बाद मेरे पेट का दर्द और बढ़ गया, फिर ज़ोर की हाजत महसूस हुई। मैं अँधेरे में ही खुड्डी की तरफ़ भागी और खुड्डी में बैठते ही ऐसा लगा मानो मेरा पूरा पेट खाली हो गया हो। फिर तो दर्द भी ख़त्म हो गया और नींद भी अच्छी आई।"

"अच्छा वो देखिए", इतना कहकर असलम ने खुड्डी की ओर इशारा करते हुए कहा, "देख रही हैं। ये दोनों कीड़े आपके पेट से निकले हैं।"

"हाय अल्ला! ये मेरे पेट में थे।"

"जी! इन्होंने ही आपको परेशान कर रक्खा था।"

"ओह, तो हकीम साहब की दवाई का कमाल था, कि ये बाहर निकल आए।"

"जी", अब अफ़ज़ल ख़ाँ बोले, "तुम लोगों ने देखा उनका कमाल! मैं कहता था तो तुम लोग हमेशा मज़ाक़ उड़ाते थे।"

अब सब चुप हो गए। इद्दन की थरथराहट भी अब तक कम हो चुकी थी। अफ़ज़ल ख़ाँ ने उसे तेज़ नज़रों से देखा और बोले—

"अब खड़ी-खड़ी देख क्या रही है? जाकर खुड्डी साफ़ कर। साँप-साँप कहकर पूरे घर को हिला दिया। अरे वे कीड़े हैं कीड़े। पेट में ऐसे कीड़े होते हैं। वो तुझे क्या डस लेंगे और तू मर जाएगी?"

"मुलाँ, वो तो जिन्दा हैं," यह कहने के बाद वह असलम मियाँ की तरफ़ उन्मुख हुई और बोली, "आप किसी छड़ी-वड़ी से उन्हें मार दीजिए, फिर मैं खुड्डी साफ कर दूँगी।"

इतना सुनते ही असलम की अम्माँ गरजने लगीं—

"तेरी ये मजाल कि मेरे बेटे को पख़ाना छूने के लिए कह रही है...।"

"नहीं नहीं, मेरा मतलब यह नहीं था," इद्दन ने घबराकर कहा, "दरअसल मुझे डर लग रहा है इसलिए अगर किसी तरह इन्हें मार दिया जाता तो...।"

"अरी बेशरम, यह तो सोच कि इन्हें मारने से कितना गुनाह होगा। इनमें एक नर है और एक मादा। यह तो अल्लाताला की मेहरबानी है कि दोनों एक साथ बाहर आ गए। कभी-कभी एक ही बाहर आता है, वो भी नर। और मादा बेचारी पेट में ही तड़प-तड़पकर मर जाती है। इसलिए इस जोड़े पर रहम कर और इन पर ढेर सारा राख डाल दे। फिर ये दिखाई भी नहीं पड़ेंगे। जा बाल्टी से राख ला और खुड्डी की सफ़ाई कर।"

इतना कहकर असलम की अम्माँ बावर्चीख़ाने की तरफ़ चली गईं। उन्हें असलम के लिए नाश्ता तैयार करना था। उसके बाद मुख़्तार धोबी को बुलाकर उसके कपड़ों पर इस्तिरी करानी थी। अपने शौहर यानी अफ़ज़ल ख़ाँ को नाश्ता कराकर उन्हें बचानू इक्के वाले के यहाँ भेजना था, इसलिए बाबर्चीख़ाने में जाने से पहले उन्होंने अपने शौहर को इस बात की याद दिलाई तो वे भी बाहर निकल गए। कुएँ की जगत पर बैउकर नहाने के लिए। अब बचे आँगन में दो जन। इद्दन और असलम।

"जाओ, अम्माँ ने जो कहा है, वो करो।"

असलम ने कहा तो इद्दन ने पूछा, "सुना है, आज आप सहर जा रहे हैं?"

"हाँ।"

"फिर यहाँ क्या होगा?"

''मतलब ?''

''मतलब ये कि हमारा क्या होगा ?''

''तुम्हारा भला क्या होगा ? अपना काम करना और अपने शौहर की ख़िदमत करना।''

''यानी मुझसे अब आपको कोई मतलब नहीं है ?''

''इद्दन, तुम ये क्या कह रही हो ? मेरी समझ में कुछ भी नहीं आ रहा है।''

''हाँ, मरद हो न, तुम क्या समझोगे ?''

असलम ने महसूस किया कि इद्दन ने पहली बार उसे 'तुम' कहा है। यह शायद सच्चे प्यार की निशानी है, उसने सोचा और थोड़ी देर तक ख़ामोश रहा। ख़ामोश इसलिए रहा कि इद्दन और उसके बीच जो रिश्ता क़ायम हुआ था, उसे वह प्यार का रिश्ता मानता ही नहीं था।

''चुप क्यों हो ? बोलो !''

इद्दन के इस प्रश्न से वह सचेत हो गया। फिर उसने एक सवाल किया—

''आख़िर तुम कहना क्या चाहती हो ? साफ़-साफ़ बताओ।''

''सुन सकेंगे ?''

यह सवाल करते हुए इद्दन के चेहरे पर जो भाव था, उसने असलम को डरा दिया। फिर भी उसने कहा—

''पहले तुम कहो तो।''

''मैं फिर हामला हो गई हूँ। और ये औलाद तुम्हारी है, क्योंकि इस बीच मैंने अपने मरद से कोई रिस्ता बनाया ही नहीं।''

इद्दन के इस रहस्योद्घाटन से असलम मियाँ को तो साँप सूँघ गया। वे खड़े-खड़े काठ हो गए। उनके मुँह से बकार तक नहीं फूटी। तब इद्दन ने कहा—

''खाँ साहब, आप जाइए। अपनी पढ़ाई पूरी कीजिए। मैं अल्लामियाँ से दुआ करूँगी कि आप अपने मकसद में कामियाब हों। मगर एक बात ध्यान रखिएगा कि मेरे पेट में जो बच्चा है, वह पता नहीं लड़का है या लड़की, जब वह पैदा हो जाए तो उसको अपना नाम दे दीजिएगा। बस। बोलिए, मंजूर है ?''

इद्दन के इस सवाल पर असलम मियाँ ने कुछ सोचा, फिर कहा—

''यह नामुमकिन है।''

''क्यों ?''

''यह तुम अच्छी तरह जानती हो कि तुम कौन हो और मैं कौन !''

''हाँ, जानती हूँ, इसीलिए तो मैं कह रही हूँ कि...।''

''अच्छा भई, ठीक है। मैं तुम्हारे लिए कुछ-न-कुछ करूँगा। शर्त यह है कि तुम इस राज़ को किसी पर खोलना नहीं। अब जाओ और अपना काम करो।''

''जा रही हूँ खाँ साहब, मगर मेरी कोख में आपने जो कीड़ा डाला है, मैं

उसको—चाहे नर हो या मादा—मारूँगी नहीं, उसे पैदा करूँगी और उम्मीद है कि आप भी इसका ख्याल रखेंगे।''

15

'इन्ना लिल्लाहे व इन्ना इलैहे राजेऊन'। अर्थात् हर चीज़ अल्लाह की तरफ़ से आई है और अल्लाह की तरफ़ ही लौट जाएगी।

इद्दन के शौहर सुबराती भी अल्लाह की तरफ़ से आए थे और अल्लाह की तरफ़ लौट गए।

वक़्त इसी तरह गुज़रता है। उसका अपना तयशुदा नियम है। उसे कोई भी ताक़त बदल नहीं सकती।

इद्दन बेवा हो गई।

ऐसे वक़्त पर जब उसे कच्ची अमियाँ और इमलियाँ खाने की चाह महसूस हो रही थी। वह बाग़ में खेलने वाले लड़कों से कैथ के फल तुड़वा रही थी। वह उल्टियाँ कर रही थी। मगर उसकी दशा को समझने वाला उसका अपना कोई नहीं था। बस, पसियाने की कुछ औरतें थीं जो इद्दन की इस दशा को देखकर प्रसन्न हो रही थीं और उस पर मज़ाक़िया अन्दाज़ में कटाक्ष कर रही थीं।

अन्ततः वह दिन आया जब गाँव की चमरौटी में रहने वाली एक दाई ने इद्दन के घर से बाहर निकलकर गाँव भर के लोगों को यह सूचना दी, कि इद्दन की कोख से साक्षात् लक्ष्मी जी प्रकट हुई हैं। और इद्दन को जब पता चला कि उसको इस बार बेटी हुई है तो उसने अपने दोनों हाथ फैलाकर अपने अल्लामियाँ का शुक्रिया अदा किया। एक बेटा और एक बिटिया...इससे ज़्यादा और क्या चाहिए था उसे!

इद्दन ने गाँव के एकमात्र मौलवी साहब से पूछा कि इसका नाम क्या रखें तो उन्होंने चटपट जवाब दिया : सितारा। इस प्रकार अब वह दो बच्चों की माँ थी। बेटे का नाम हमीद और बिटिया का नाम सितारा।

इद्दन यह भी जानती थी कि उसके दोनों बच्चों के बाप अलग-अलग हैं। हमीद का बाप मदकची सुबराती और सितारा का बाप असलम ख़ाँ।

और इद्दन ने तय किया कि वह अपनी बिटिया को ख़ाँ साहब की बिटिया साबित करके रहेगी।

मगर कैसे साबित करेगी?

ख़ाँ साहब का पूरा परिवार गाँव छोड़कर चला गया था। उन्होंने अपना मकान किसी हिन्दू को बेच दिया था, जिसने मकान पर क़ब्ज़ा करने के बाद पहला काम

यह किया था कि घर की बग़ल में बनी खुड्डी को नेस्तनाबूद कर दिया था।

इद्दन को चूँकि यह पता था कि असलम मियाँ शहर गए हैं—अपनी पढ़ाई पूरी करने के लिए, इसलिए वह अपने दोनों बच्चों को लेकर शहर पहुँची, मगर बहुत खोजबीन करने के बावजूद उसे असलम मियाँ का कोई अता-पता नहीं मिला। तब वह उस शहर के पास के एक क़स्बे में पहुँच गई, जिसका नाम गोपालगंज था।

गोपालगंज चूँकि एक जंगली इलाक़े में था इसलिए इद्दन ने वहाँ क़स्बे के बाहर जंगल में अपनी एक झोपड़ी डाल ली और वहीं अपने दोनों बच्चों के साथ रहने लगी। जंगल के उस हिस्से में कुछ कंजर-कंजरियों की झोपड़ियाँ भी थीं, इसलिए उसे कोई परेशानी नहीं हुई। मगर सवाल था आजीविका का। कंजर-कंजरियों का जो पेशा था, वह तो कहीं भी चल सकता था, मगर हेलिन का?

हेलिन का तो तयशुदा पेशा था—पाख़ाना साफ़ करना। इद्दन ने गोपालगंज में घूम-घूमकर पता लगाया कि यहाँ कितने घरों में खुड्डियाँ या संडासें हैं मगर ऐसा एक भी घर उसे नहीं मिला।

दरअसल गोपालगंज एक पिछड़ा हुआ क़स्बा था और वहाँ के लोग—क्या हिन्दू क्या मुसलमान—एक ही तरह का जीवन जीते थे। उस क़स्बे में किसी के घर भी संडास नहीं था। एक घर में था भी तो ज़मींदोज़ जिसे साफ़ नहीं करना पड़ता था।

क़स्बे का यह यथार्थ उजागर होने पर इद्दन ने एक नई योजना बनाई। वह यह कि अपने सम्बन्ध उच्च वर्ग के मुसलमानों से बनाए और अपनी उस बेटी को न्याय दिलाए, जो असल में एक ख़ाँ साहब की बूँद से पैदा हुई है।

लेकिन यह इतना आसान काम नहीं था। इसलिए वह कई बरसों तक तो जंगल में रही फिर अपने जवान हो रहे बेटे से कहा कि क़स्बे में जाकर कोई काम तलाशो। और जब बेटे को साइकिल-मरम्मत का काम मिल गया, तब उसने क़स्बे में किराए का मकान लिया, जिसे धीरे-धीरे पैसा अदा करके ख़रीद लिया। इस बीच इद्दन ने अली हुसैन ख़ाँ से अपने सम्बन्ध बनाने शुरू कर दिए क्योंकि इद्दन जानती थी कि अली हुसैन ख़ाँ उसके गाँव के अफ़ज़ल ख़ाँ के रिश्तेदार हैं।

इद्दन को जब अपनी इस योजना में सफलता का आभास होने लगा तो वह आश्वस्त हुई कि उसकी योजना सफल हो सकती है। मगर जब उसे अली हुसैन ख़ाँ साहब के अन्दरूनी हालात का पता चला कि उसके सपनों का राजकुमार तो अपने चचा की बेटी पर ही फ़िदा है, तब उसने ठाकुर गजेन्दर सिंह को पकड़ा। इसलिए कि उसे यह रहस्य पता चल चुका था कि आज के जो ख़ाँ साहब हैं दरअसल पहले वो ठाकुर साहब थे।

मगर अब इद्दन क्या करे?

न उसके पक्ष में ख़ाँ साहब हैं और न ही ठाकुर साहब।

अब, सब लोग उसकी असलियत जान चुके हैं। इद्दन यही सब सोचती हुई एक रोज़ उदास बैठी हुई थी, कि सितारा उसके सामने आकर खड़ी हो गई। इद्दन ने अपनी बेटी को सिर उठाकर देखा तक नहीं। दरअसल उसका ज़मीर उस वक़्त उसकी लानत-मलामत कर रहा था, कि एक माँ होकर अपनी बेटी को दो-दो नौजवानों के हवाले कर दिया। एक ख़ाँ साहब और दूसरा ठाकुर। सिर्फ़ इस उम्मीद के सहारे कि वह अपनी बेटी को इंसाफ़ दिलाएगी। मगर हुआ क्या? दोनों ही नौजवानों ने उसकी बेटी के जिस्म के साथ खिलवाड़ किया और फिर अपनी असली हक़ीक़त पर आ गए। और अब? अब तो एक और हक़ीक़त खुल चुकी है।

हक़ीक़त यह कि वे जाति के भंगी हैं। मेहतर। हलालख़ोर। हेला। सबका पाख़ाना-पेशाब साफ़ करने वाले।

"अम्माँ, क्या सोच रही हो?"

अचानक सितारा ने सवाल किया तो इद्दन चौंक उठी। उसने देखा, उसकी बेटी सितारा सामने खड़ी है।

"आओ बेटी, मेरे पास बैठो।"

इद्दन ने अत्यन्त प्यार से सितारा को अपनी बग़ल में बैठाना चाहा, मगर वह एक स्टूल खींचकर अपनी माँ के सामने बैठ गई।

"बोलो अम्माँ, क्या हो गया?"

सितारा ने सवाल किया तो सितारा की अम्माँ रोने लगीं और रोते-रोते ही बोलीं—

"बेटी, मैंने बहुत बड़ा गुनाह किया है।"

"कैसा गुनाह अम्माँ?"

यह पूछते हुए सितारा की आँखें भी डबडबा आईं।

"मैंने तुम्हें खिलौना बना दिया। पहले नईम ख़ाँ का और फिर गजेन्दर सिंह का। इन दोनों ने तुम्हारा जिस्म नहीं, मेरे जिस्म को नोचा है। मैंने ऐसा अपनी खुदगरजी के लिए किया। मेरी बिटिया, मुझे माफ़ कर दो..."

यह कहती हुई इद्दन सितारा के सामने गिर पड़ी। सितारा ने अपनी माँ को उठाकर बैठाया और फिर पूछा—

"आख़िर बात क्या है अम्माँ?"

"बात यह है बेटी कि हम लोग असल में हेला बिरादरी के हैं।"

"हेला? ई हेला बिरादरी क्या होती है अम्माँ?"

सितारा ने पूछा तो उसकी अम्माँ ने पहले तो रोना बन्द किया, फिर जवाब दिया—

''हेला यानी मेहतर। मेहतर यानी भंगी। भंगी यानी पाखाना-पेसाब साफ़ करने वाली जात।''

''मगर हम लोग तो मुसलमान हैं।''

सितारा ने टिप्पणी की तो उसकी माँ ने कहा—

''हाँ हम लोग मुसलमान हैं, मगर जो जातें हिन्दुओं में हैं, वे मुसलमानों में भी तो हैं। हाँ, कुछ जातों के नाम अलग हैं। बस।''

''मगर हम लोग तो यहाँ किसी का पाख़ाना-पेशाब नहीं साफ़ करते।''

''यही सोचकर हम यहाँ आए थे मगर अब हमारी पोल खुल चुकी है।''

''कैसे?''

''वो ऐसे कि पहले हम जिस गाँव में रहते थे वहाँ के ख़ाँ साहब की यहाँ रिस्तेदारी है। कल वो खाँ साहब के यहाँ मौजूद थे और उन्होंने मुझे पहचान लिया है। इसीलिए न तो उन्होंने हमारा दिया हुआ सर्बत पिया और न ही पान खाया।''

''क्यों?''

''क्योंकि हम अछूत हैं।''

''अछूत तो चमार-पासी होते हैं।''

''सबसे बड़े अछूत तो हम हैं बिटिया, क्योंकि हम सबका पाखाना-पेसाब साफ करते हैं।''

''फिर?''

''फिर क्या? हमारे आगे कोई रास्ता नहीं है।''

''क्यों? आख़िर कोई-न-कोई रास्ता तो होगा?''

''हाँ, एक रास्ता है बेटी।''

''कौन-सा रास्ता अम्माँ?''

''तुम्हारे बाप हलालखोर नहीं थे।''

''आँ...!''

''हाँ बेटी, तुम्हारे बाप हैं असलम खाँ।''

''ये असलम ख़ाँ कौन हैं?''

''असलम खाँ वही हैं जिन्होंने तुम्हारे हाथ का दिया सर्बत नहीं पिया, न ही मेरा दिया पान खाया। ये असलम मियाँ जिस गाँव के हैं, वहीं हम लोग भी रहते थे और इनके यहाँ मैं 'कमाई' करने यानी इनके घर की खुड्डी का पाखाना साफ करने जाया करती थी। एक दिन जब मैं इनके यहाँ 'कमाई के बदले रोटी लेने गई तो घर अकेला था। इनके माँ-बाप किसी दावत में गए थे। मुझे अकेली पाकर असलम मियाँ ने मेरे साथ जोर-जबर्दस्ती की और मुझे डराया-धमकाया भी। इनके बाप उस गाँव के बहुत बड़े रईस थे। मजाल नहीं थी कि कोई नीच जात उनसे आँख मिला सके। अगर उन्होंने 'आम' को 'अमरूद' कह दिया तो सभी को 'अमरूद' ही कहना

पड़ता था। अपने इसी रोब-दाब का फायदा उठाकर उस रोज असलम खाँ ने मेरे साथ जिना यानी बलात्कार किया। और फिर यह सिलसिला लगातार चलता रहा। अपने घर में मौका न मिलता तो हमारे यहाँ चले आते। मेरा मरद तो मदक के नसे में चूर चमरौटी और पसियाने में लुढ़का पड़ा रहता...इसी बीच तुम पैदा हो गईं।''

अपनी माँ की ये सारी बातें सुनकर सितरा ने अपनी आँखें झुका लीं।

तब इद्‌दन ने सवाल किया—

''तुम चुप क्यों हो गईं ? कुछ बोलो ?''

माँ के इस प्रश्न पर सितारा ने अपनी आँखों को बड़ी कोशिश के साथ चौड़ा किया, फिर बोली—

''और ये नईम कौन है ?''

''अफजल खान के रिस्तेदार और पट्‌टीदार अली हुसैन खान का बेटा।''

''फिर तो मुझे इसी ख़ानदान की बहू बनना चाहिए।''

''मगर यह नामुमकिन है।''

''क्यों ?''

''क्योंकि हमारी-तुम्हारी हकीकत सबको पता चल चुकी है।''

''लेकिन मैं नईम साहब से बात करूँगी।''

''याद करो तुम उसे ठुकरा चुकी हो।''

''तो इससे क्या हुआ ?''

''यही तो बुरी बात हुई। तुमने मेरे मंसूबे पर पानी फेर दिया।''

''लेकिन अम्माँ, मुझे उम्मीद है कि नईम ख़ाँ साहब ज़रूर एक रोज़ मेरे पास आएँगे।''

''इंसाअल्ला !''

इतना कहकर इद्‌दन भी शान्त हो गई, मगर सितारा का दिमाग़ काले नाग की तरह फनफनाता रहा।

सितारा को अब लगा कि उसने नईम मियाँ को ठुकराकर बहुत बड़ी ग़लती की है। अपना व्यवहार अगर उसने न बदला होता तो शायद वह कभी अली हुसैन साहब के ख़ानदान की बहू होती। मगर क्या करती ? एक तरफ़ नईम मियाँ और दूसरी तरफ़ गजेन्दर सिंह। दोनों ही तो उसके मांस के भूखे थे। उसमें प्यार कहाँ था ? भूख और भावना में अन्तर होता है। भूख मनुष्य को पशु बना देती है जबकि भावना उसे देवत्व का उपहार दे सकती है।

और सितारा ने निश्चय किया कि अब नईम मियाँ को वह नए सिरे से अपने प्यार के साँचे में ढालेगी। पता नहीं क्यों उसे पूरा विश्वास था कि नईम मियाँ से उसको अपना अधिकार मिल जाएगा।

यही सब सोचते-सोचते उसकी आँख लग गई और सपने में उसने देखा कि नईम मियाँ उसके साथ लेटे हुए हैं और उसी तरह की हरकतें कर रहे हैं, जैसे हमेशा करते रहे हैं। सितारा अपने सपने के उसी आनन्दबोध में विचर रही थी कि पता नहीं किस झरोखे से ज़ुबैदा वहाँ पहुँच गई और उसका सपना टूट गया।

फिर एक दिन ख़बर मिली कि नईम मियाँ ने ज़ुबैदा से निकाह कर लिया है। हालाँकि नईम मियाँ निकाह करने गोपालगंज नहीं आए थे। निकाह का सारा बन्दोबस्त मिर्ज़ापुर के एक रिश्तेदार के घर में हुआ था। सिर्फ इसलिए कि जनाब अली हुसैन साहब के रिश्तेदार गाँव और शहर में होने वाली शादियों का फ़र्क़ देख लें। इसीलिए इतना तामझाम किया गया था कि दूर-दूर तक उसकी चर्चा फैल गई थी। और ख़ाँ साहब का सीना चौड़ा हो गया था।

शादी का तामझाम तो काफ़ी देर तक चला था, इसलिए अपनी सुहागरात मनाने के लिए यह जोड़ा जब एक मशहूर होटल के सजे-धजे कमरे में पहुँचा तो रात का लगभग चौथा पहर शुरू हो गया था।

और पहली ही रात नईम मियाँ ने महसूस किया कि ज़ुबैदा कुँवारी नहीं है।

अगली सुबह इस विषय पर नईम ख़ाँ और ज़ुबैदा के बीच छोटा-सा सवाल-जवाब हुआ। छोटा-सा इसलिए कि जो अपराधी होता है उसमें नैतिक शक्ति बहुत कम होती है और वह जल्दी ही टूट जाता है। अगर साक्ष्य साफ़ हो तब तो और भी बचने की गुंजाइश नहीं रह जाती। यही वजह थी कि ज़ुबैदा टूट गई और उसने अपना गुनाह क़बूल कर लिया कि आज रात जो कुछ हुआ वह एक बार पहले भी हो चुका है। और वह भी किसी ग़ैर के साथ नहीं बल्कि अपने फुफेरे भाई यासीन के साथ।

बस, अब सारा मामला साफ़ था। मगर सवाल यह था कि नईम मियाँ को अब क्या करना चाहिए। पहले तो उनके दिमाग़ में आया कि यासीन ख़ाँ को गोली मार देनी चाहिए। फिर गम्भीरता से जब विचार किया तो लगा कि इस कुकृत्य में असली दोषी तो ज़ुबैदा है क्योंकि जो कुछ हुआ वह ज़बर्दस्ती नहीं था। वह ज़ुबैदा की मर्ज़ी से हुआ था। अतः उसने अपना विचार बदला और सोचा कि ज़ुबैदा को तलाक़ दे दे। फिर उसके ज़ेहन में एक शे'र आया—

तर्के तअल्लुक़ात को इक लम्हा चाहिए
लेकिन तमाम उम्र हमें सोचना पड़ा

और नतीजा कुछ नहीं निकला। न तो नईम मियाँ यासीन ख़ाँ का क़त्ल कर सके और न ही अपनी शरीके-हयात को तलाक़ दे सके। वे बस इतना कर सके कि ज़ुबैदा को वापस गोपालगंज भेजकर ख़ुद किसी और जगह चले गए। फिर इस्लाम धर्म का प्रचार करने वाली एक जमात में शामिल हो गए। अब नईम मियाँ ने अपनी

वेशभूषा बदल ली और उनका हुलिया कुछ इस प्रकार हो गया—चेहरे पर ख़ूब लम्बी दाढ़ी, घुटनों के नीचे तक लटका हुआ कुर्ता, टखनों के ऊपर तक चढ़ा हुआ पाजामा और सिर पर एक गोल टोपी। इस हुलिए में उन्हें ठीक से पहचानना बहुत मुश्किल था। इसलिए वे निश्चिंत होकर अपनी टीम के साथ इधर-उधर घूमते रहते थे और दीन की ख़िदमत करने में जी-जान से जुट गए थे। ग़नीमत है कि वे हिन्दू नहीं थे अन्यथा सम्भवतः संन्यासी हो जाते।

इधर गोपालगंज का हाल यह था कि नईम के माँ-बाप अलग परेशान और ज़ुबैदा के माँ-बाप अलग। ज़ाहिर है कि ज़ुबैदा भी परेशान थी मगर किससे क्या कहती? तब एक रोज़ उसके माँ-बाप ने उसे बुलाया और पूछा, ''क्या बात है बेटी, शादी होते ही ऐसा क्या हो गया कि नईम अचानक ग़ायब हो गया?''

ज़ुबैदा ने इस सवाल का कोई जवाब नहीं दिया। बस उसने सिर झुका लिया। तब उसकी माँ ने ऐसा इशारा किया कि उसके बाप उठकर बाहर चले गए। अब मोर्चा माँ ने सँभाला। पूछा—

''ज़ुबैदा, सच-सच बता कि उस रात तुम दोनों में क्या बातचीत हुई?''

ज़ुबैदा ने फिर कोई जवाब नहीं दिया तो माँ ने सख़्ती की। बोलीं—

''सच-सच बता दे, वरना मैं तेरी खाल उधेड़ लूँगी। मुझे तो लगता है कि तूने ही कुछ ऐसा-वैसा किया होगा जिससे वह नाराज़ हो गया। बोल, क्या बात है?''

''मम्मी...'' इतना बोलकर ज़ुबैदा सुबकने लगी।

इस पर पल-भर के लिए तो माँ परेशान-सी हुईं, मगर जल्दी ही वो सँभल गईं और ग़ुस्से में ही बोलीं—

''ये टेसुए क्यों बहा रही है? बोल न, कि क्या बात हुई? अगर उसने कुछ ऐसा-वैसा किया होगा तो मैं उसकी खाल खिंचवा लूँगी।''

''मम्मी...'' इस बार फिर ज़ुबैदा ने बस इतना ही कहा तो माँ बुरी तरह भड़क गईं—

''ये क्या मम्मी-मम्मी लगा रखी है? साफ़-साफ़ बताती क्यों नहीं?''

अब ज़ुबैदा ने रोनी आवाज़ में बोलना शुरू किया—

''दरअसल मम्मी, उस रात उन्होंने मुझसे बड़ी जिरह की। मुझसे लगातार पूछते रहे कि क्या तुमने किसी से मुहब्बत की है। और मैं लगातार जवाब देती रही कि नहीं। तब वे ऐसे-ऐसे सवाल करने लगे कि मैं झल्ला उठी और मैंने साफ़-साफ़ जवाब दिया कि मैं आप जैसी नहीं हूँ कि किसी से इश्क़ लड़ाऊँ। तब उन्होंने पूछा कि आख़िर तुम कहना क्या चाहती हो? तब मैंने कहा कि हमें तो पता है कि आप सितारा से इश्कबाज़ी करते रहे हैं जो कि ज़ात की भंगिन है। बस, मेरा इतना कहना था कि वे भड़क गए और उन्होंने मुझे तमाचा मार दिया। मैं चीख़ने लगी

तो उन्होंने मेरा मुँह दबा दिया। फिर उन्होंने मेरे मुँह पर थप्पड़ मारा और मेरे मुँह से ख़ून...।''

इतना बोलते-बोलते वह हकलाने-सी लगी। और आख़ीर में बोली—

''उस रात बस यही हुआ।'' इतना बोलकर जुबैदा ख़ामोश हो गई। और वह प्रसंग लगभग समाप्त हो गया।

मगर इधर दूसरा प्रसंग अलग से शुरू हो गया। नईम की शादी की ख़बर सुनकर सितारा एकदम से टूट गई।

सितारा की अम्माँ को कोई आश्चर्य नहीं हुआ। मगर उनकी चिन्ता बढ़ गई।

चिन्ता यह कि अब सितारा का क्या होगा?

उन्होंने अपनी चिन्ता को बेटे के सामने प्रकट किया तो हमीद ने तत्काल यह सुझाव दिया कि अपनी बिरादरी का कोई लड़का ढूँढ़कर सितारा की शादी जल्द-से-जल्द कर दी जाए। सितारा की अम्माँ को बेटे का यह सुझाव अच्छा लगा और वह सितारा के लिए किसी अच्छे रिश्ते की तलाश में जुट गई। 'या अल्लामियाँ! कोई ऐसा घराना मत दिलाना, जहाँ मेरी सितारा को खुड्डी का दरवाजा देखना पड़े।' उसने मन-ही-मन दुआ की और साड़ी के पल्लू से अपनी आँखों से छलक पड़ने वाले आँसुओं को पोंछती हुई आँगन में चली गई।

और आँगन में पहुँचते ही उसके सिर पर जो गीली-गीली-सी कोई चीज़ गिरी, वह किसी कौवे की बीट थी। सितारा की अम्माँ ने उसे भी अपने पल्लू से पोंछ लिया।

16

ईद आई और चली गई।

बचा रहा तो सिर्फ़ ईद का चाँद। यानी शव्वाल का महीना। उस साल अरबी कैलेंडर का यह महीना गर्मियों में पड़ा था। भारतीय मुसलमान प्रायः इसी महीने में अपने बेटे-बेटियों की शादियाँ करते हैं। सितारा की अम्माँ ने अपनी बेटी के लिए अपनी बिरादरी यानी हेला परिवार से एक योग्य लड़के का चुनाव किया और सितारा की शादी तय हो गई।

शादी की तारीख़ तय हो जाने के बाद सितारा का भाई हमीद शादी की तैयारी में जुट गया।

उन दिनों शादी-कार्ड का प्रचलन नहीं था, दावत में गुड़ की भेली दी जाती थी। अतः पूरे गोपालगंज में गुड़ की भेलियों के रूप में शादी की दावत दी गई।

उस दावत को गोपालगंज के सभी लोगों ने स्वीकार किया। अली हुसैन ने भी। और ख़ाँ साहब ने घर के अन्दर सख़्त ताकीद कर दी थी कि सितारा के बारे में यह बात किसी को पता नहीं चलनी चाहिए कि वह एक हेलिन की बेटी है। ख़ाँ साहब का मानना था कि वह परिवार हलालख़ोर है तो क्या हुआ, मुसलमान तो है। दरअसल ख़ाँ साहब को यह एहसास था कि सितारा की माँ ने उनके घर की कितनी ख़िदमत की है।

हर मुसलमान का फ़र्ज़ है कि सभी मुसलमानों की इज़्ज़त करे। ज़ात-पाँत तो दुनिया वालों की बनाई हुई चीज़ है। अल्लाह तआ़ला ने आदम और हव्वा से सिर्फ़ और सिर्फ़ एक ही क़ौम को दुनिया में भेजा है। वह क़ौम है इनसान। और इनसान अशरफ़ुल-मख़्लूक़ात है। यानी दुनिया के तमाम प्राणियों में सर्वोपरि।

इस्लाम ने मनुष्यों को ज़ात-पाँत में नहीं बाँटा। वहाँ ऊँच-नीच की कोई बात नहीं है। छुआछूत का तो सवाल ही नहीं उठता। कोई भी व्यक्ति अछूत नहीं। स्त्रियों के सम्बन्ध में तो इस्लाम ही एकमात्र ऐसा धर्म है, जिसने उन्हें तमाम अधिकार दिए हैं। पिता की सम्पत्ति में अधिकार। तलाक़ देने का न सही, मगर लेने का अधिकार...। क़ुरआन शरीफ़ इस दृष्टि से मात्र एक धार्मिक किताब ही नहीं है बल्कि उसमें राजनीति से लेकर अर्थव्यवस्था तक की व्याख्या है।

मगर...

मगर इस्लाम का प्रचार करने वालों के एक दल के लोग क़ुरआन को सिर्फ़ धार्मिक किताब मानते हैं और घर-घर जाकर इस्लाम के बारे में ऐसा ही प्रचार करते हैं। वे कहते हैं कि इस्लाम की राह पर चलो। नमाज़ क़ायम करो। पाबन्दी से रोज़ा रखो। आख़िरत की फ़िक्र करो।

सिर्फ़ इस दुनिया को न देखो। इस ज़िन्दगी के बाद एक दूसरी ज़िन्दगी है और वही ज़िन्दगी दूसरी दुनिया में मिलेगी। क़यामत के बाद आख़िरत का आना तय है। और आख़िरत के रोज़ ही लोगों की नेकी-बदी का हिसाब होगा। उसी दुनिया में जन्नत भी है और जहन्नुम भी। नेक लोगों को जन्नत में जगह मिलेगी और बदकारों को दोज़ख की आग में जलना होगा।...वग़ैरह-वग़ैरह।

उन लोगों की बात यहाँ इसलिए की जा रही है कि ज़ुबैदा की बेवफ़ाई ने नईम मियाँ को संन्यासी बना दिया था और वे इस्लाम के तथाकथित प्रचारकों के उसी दल में शामिल हो गए थे।

उस दल का कोई राजनैतिक एजेंडा नहीं है। इस जमाअ़त का सिर्फ़ एक एजेंडा है—इस्लाम का प्रचार व प्रसार। इस दल का फैलाव पूरी दुनिया में है। हिन्दुस्तान में इसका मर्कज़ दिल्ली के एक मुस्लिम बाहुल्य इलाक़े में है। जहाँ हर जुमेरात यानी बृहस्पतिवार को इनका इज़्तिमाअ़ अर्थात् सम्मेलन होता है। इस दल के लोग किसी ग़ैर-मुस्लिम द्वारा 'अस्सलाम अलैकुम' कहने पर 'वअलैकुम अस्सलाम' न

कहकर 'जज़ाक़ अल्लाह' ही कहते हैं जिसका अर्थ है अल्लाह तुम्हें नेक काम करने के बदले तुम्हारे ऊपर उपकार करे। तात्पर्य यह कि नेक काम के बदले उपकार तो सच्चे मुसलमान को मिलेगा, क्योंकि इस्लाम ही सही धर्म है।

इस्लाम का प्रचार करने के लिए इस दल में शामिल लोग अपना घर-बार अल्लाह के हवाले कर बाहर निकल जाते हैं। बाहर यानी हिन्दुस्तान ही नहीं बल्कि दुनिया के किसी भी हिस्से में। इनका दावा यह है कि ये अपनी यात्रा अपने बलबूते यानी अपने पैसे से करते हैं। मगर यह एक रहस्य है कि इस दल के सदस्य लंदन जाकर नहीं लौटते।

ख़ैर...

जिन दिनों सितारा की शादी होनी थी, उन्हीं दिनों उक्त दल का एक गिरोह गोपालगंज में आया, जिसमें नईम मियाँ भी थे। उस गिरोह ने अपने रहने का इन्तज़ाम ऐसी जगह पर किया था जिसकी जानकारी गोपालगंज के निवासियों को न हो। वह जगह थी गोपालगंज में स्थित कंजरों की बस्ती।

वहाँ पहुँचते ही नईम मियाँ को सूचना मिली कि सितारा की शादी हो रही है। इस सूचना से नईम मियाँ व्याकुल हो उठे।

प्रेम का अपना विचित्र-सा सिद्धान्त है। प्रेम एक पवित्र भावना है। इसके बावजूद प्रेम में एक प्रकार की प्रतिद्वन्द्विता होती है। उसे अरबी भाषा में रक़ाबत कहा जाता है। रक़ाबत का अर्थ यह है कि प्रेमिका तो एक है मगर प्रेमी दो हैं। यद्यपि 'प्रेमी' दो नहीं होते। 'दो' का अर्थ है एक प्रेमी और दूसरा उसकी प्रेमिका से विवाह करने का इच्छुक व्यक्ति। वह व्यक्ति प्रेमी का रक़ीब होता है। इस प्रकार नईम मियाँ सितारा के होने वाले शौहर के रक़ीब हो गए। रक़ाबत में प्रतिशोध की भावना होती है। इसलिए नईम मियाँ ने पूरे गोपालगंज में दो बातें फैला दीं—

नम्बर एक : सितारा हेलिन है। और नम्बर दो : सितारा के अवैध सम्बन्ध एक हिन्दू अर्थात गजेन्दर सिंह से रहे हैं। इसलिए अगर कोई भी मुसलमान सितारा नाम की इस लड़की की शादी में शामिल होकर शादी का खाना खाएगा तो वह जहन्नुमी होगा। अर्थात् सीधा मतलब यह कि इस विवाह का बहिष्कार किया जाए। अगर ऐसा नहीं हुआ तो आख़िरत के रोज़ उन्हें जवाब देना होगा कि ऐसा उन्होंने क्यों किया?

ज़ाहिर है कि इस दुष्प्रचार से गोपालगंज के सारे मुसलमान सुलग उठे और उन्होंने तय किया कि वे सितारा की शादी में शामिल नहीं होंगे।

चूँकि नईम मियाँ का गिरोह गोपालगंज से दूर कंजरों की बस्ती में रुका था और उन्हीं दिनों अपनी पारिवारिक समस्याओं के कारण अचानक ग़ायब हुई हुमा भी अपने गिरोह के साथ उसी गाँव के जुलाहों के टोले में ठहरी थी, इसलिए जब उसे

पता चला कि नईम मियाँ गाँव भर में सितारा नाम की लड़की के अवैध सम्बन्धों का ढिंढोरा पीट रहे हैं तो उसने तय किया कि वह सितारा के घर ज़रूर जाएगी और अपनी मुहिम में इस मुद्दे को भी शामिल करेगी।

"यही नहीं, इस तरह के तमाम मुद्दों को जिनमें बड़ी ज़ात के मुसलमान किसी नीची ज़ात की लड़की को बदनाम करने के लिए इस तरह की ओछी और घिनौनी हरकत करते हैं।"

हुमा के साथियों ने एक स्वर में यह बात कही तो हुमा के भीतर जल रही आग और भड़क गई।

शाम का वक़्त था। सूरज डूब चला था मगर हवा गर्म थी। हुमा ने इसकी कोई परवाह नहीं की और वह सितारा की माँ से मुलाक़ात करने निकल पड़ी। वह जब जुलाहों के टोले से निकलकर मुख्य सड़क पर आई तो आसपास से गुज़र रहे लोगों ने उस अजनबी लड़की को देखकर कुछ टीका-टिप्पणी की, मगर हुमा ने उस पर कोई ध्यान नहीं दिया। वह अपनी राह चलती रही और साइकिल-मरम्मत वाली दुकान पर पहुँचकर खड़ी हो गई। हमीद एक साइकिल की चेन पर ग्रीज़ लगा रहा था।

"क्या सितारा की माँ यहीं रहती हैं?"

हमीद ने सिर उठाकर उस अजनबी लड़की को देखा और दबी ज़बान से बोला : "हाँ।"

"क्या मैं उनसे मिल सकती हूँ?"

"हाँ, मगर आप हैं कौन?"

"मैं एक लड़की हूँ।" हुमा ने मुस्कराते हुए कहा, "समझ लो सितारा की एक दोस्त। दूर-दराज़ की, यहाँ की नहीं।"

हमीद को वह लड़की बहुत अजीब-सी लगी, मगर उसने चेन पर ग्रीज़ लगाते हुए आवाज़ लगाई—

"देखो अम्माँ! तुमसे कोई मिलने आई हैं।" फिर उसने लड़की से कहा, "दरवाजा खोलकर अन्दर चली जाइए।"

हुमा ने दरवाज़ा खोला और अन्दर चली गई। वहाँ उसने देखा कि एक उम्रदराज़ औरत हाथ में लालटेन लिए सीढ़ियों से नीचे उतर रही है।

"सलाम अलैकुम।" हुमा ने सलाम किया तो उस औरत ने लालटेन को उठाकर उसका चेहरा देखा। फिर बोली—

"वालेकुम सलाम। बैठो।"

हुमा ने देखा, एक तरफ़ एक चारपाई पड़ी है जिस पर गन्दे-सन्दे कपड़े बिखरे हुए हैं। उसने ख़ुद उन कपड़ों को उठाकर एक तरफ़ रखा और खाली जगह पर बैठ गई।

उस औरत ने लालटेन को दीवार में लगी एक कील पर टाँग दिया और ख़ुद सामने पड़े एक स्टूल पर रखी ट्रे को नीचे रखकर उसी पर बैठ गई।

"बिटिया, तुम कौन हो? कहाँ से आई हो? और हमसे काम क्या है तुम्हें?"

एक साथ इतने सारे सवाल सुनकर हुमा चकराई बिलकुल नहीं, क्योंकि ऐसे सवालों की वह अभ्यस्त थी। बोली—

"मेरा नाम हुमा है। मैं अपने कुछ दोस्तों के साथ एक ज़रूरी काम से आई हूँ। अब आप यह बताइए, कि क्या आप ही सितारा की माँ हैं?"

वह औरत थोड़ी देर तक अचरज में डूबी रही। उस अजनबी लड़की के तेज़-तर्रार तेवर को देखती रही। फिर बोली—

"हाँ। मैं ही उस कमबखत लड़की की माँ हूँ।"

"कमबख़्त क्यों? उसने ऐसा क्या किया है कि आप माँ होकर भी उसे बद्दुआ दे रही हैं?"

इस पर सितारा की माँ ख़ामोश रही। तब हुमा बोली—

"यहाँ आने के बाद आपकी बेटी सितारा के बारे में मैंने जो कुछ सुना है, उसकी हक़ीक़त क्या है?"

"यह बात तो तुम बिटिया सितारा से ही पूछो तो ठीक रहेगा।" सितारा की माँ ने अपनी आँखें नीचे झुकाकर कहा।

"मगर ये नईम मियाँ हैं कौन? यह तो बताइए।" इस जुम्ले में हुमा का ग़ुस्सा भरा हुआ था।

"नईम मियाँ इस गाँव के सबसे बड़े रईस जनाब अली हुसैन खाँ के बेटे हैं।"

"जनाब! अब भी आपके मुँह से उनके लिए 'जनाब' लफ़्ज़ ही निकल रहा है जिसके बेटे ने आपकी बेटी को पूरे गाँव, पूरे इलाक़े में बदनाम कर रक्खा है।"

सितारा की माँ ने देखा कि यह लड़की तो ख़ूँखार शेरनी की तरह बोल रही है इसलिए वो डर गईं। बोलीं—

"का करैं बिटिया, हम हैं गरीब लोग अउर फिर नीची जात के..."

"क्या? क्या कहा, आपने? नीची ज़ात के! नीच तो वो लोग हैं जो एक लड़की की ज़िन्दगी बर्बाद करना चाहते हैं। उनकी तो ऐसी की तैसी। आप यह बताइए कि सचाई क्या है?"

सितारा की माँ ने ऐसी भाषा किसी लड़की के मुँह से कभी नहीं सुनी थी इसलिए वो डर गईं और स्टूल से उठकर सीढ़ियाँ चढ़ती हुई बोलीं—

"बिटिया, ये सब बातें सितारा से ही पूछ लो। मैं उसे नीचे भेजती हूँ।"

और सितारा की माँ ऊपर चली गईं। हुमा अपने माथे को दोनों हाथों से दबाए हुए चारपाई पर बैठी रही।

सितारा जब नीचे उतरी तो उसका मुँह उतरा हुआ था और आँखें भरभराई

हुई-सी थीं। वह हुमा को सलाम करके उसी स्टूल पर बैठ गई, जिस पर उसकी माँ बैठी थीं।

"सितारा, सच-सच बताओ कि बात क्या है?"

हुमा का पूछना था कि सितारा बिलख-बिलखकर रोने लगी।

"रोओ मत। बताओ, तुम्हारे साथ क्या-क्या हुआ है?"

जब हुमा ने दुबारा प्रश्न किया तो सितारा ने सिर झुकाकर लड़खड़ाती हुई आवाज़ में रुक-रुककर सारी कहानी सुना दी।

हुमा को काटो तो ख़ून नहीं।

वह बड़ी देर तक चुपचाप बैठी सितारा को देखती रही। फिर अचानक किसी नागिन की तरह फुफकार उठी—

"हरामज़ादे, कमज़ात, सूअर के बच्चे...नईम मियाँ और वो ठाकुर...मुसलमान हो या हिन्दू, सब साले एक जैसे हैं। लड़की, और वो भी नीची ज़ात की, उनकी नज़र में तो वह गोश्त का एक टुकड़ा-भर है। बस। मगर वो नईम, जिसने सारे ड्रामे की शुरुआत की, उसे तो ऐसा नहीं करना चाहिए था। लगता है उसकी आँख में सुअर का बाल पड़ गया है। अच्छा! मैं देखती हूँ उस हरामी को।"

यह कहती हुई वह उठकर दरवाज़े की तरफ़ लपकी तो सितारा ने गिड़गिड़ाकर कहा, "नहीं बाजी, आप कुछ न कीजिएगा, नहीं तो हमारा जीना दूभर हो जाएगा।"

हुमा ठिठकी। पीछे मुड़कर सितारा को देखा और फिर आगे बढ़ गई।

मगर थोड़ी ही देर बाद हुमा लौटकर फिर आ गई। उस वक़्त सितारा और उसकी माँ दोनों चारपाई पर बैठी थीं। हुमा को अचानक फिर देखकर दोनों ही हड़बड़ाकर उठ बैठीं, मगर उसने दोनों के कंधों पर अपने हाथ रखकर उन्हें चारपाई पर बिठा दिया और ख़ुद स्टूल पर बैठ गई।

वह थोड़ी देर तक चुपचाप बैठी कुछ सोचती रही, फिर बोली—

"सितारा, तुमने ठीक ही कहा। अगर मैं या मेरे दोस्त कुछ करेंगे तो वाक़ई वे लोग तुम लोगों का जीना हराम कर देंगे। क्या पता वो ठाकुर का बच्चा भी उनकी साज़िश में शामिल हो जाए। इसलिए हम कुछ नहीं करेंगे। लेकिन अब हम यहाँ रुकेंगे भी नहीं। अगर हम ज़ुल्म की शिकार किसी लड़की का कुछ भला नहीं कर सकते तो फिर हमारा यहाँ क्या काम? हम कल सवेरे ही यहाँ से चले जाएँगे।"

इतना बोलकर हुमा थोड़ी देर के लिए रुकी, फिर बोली—

"मगर सितारा, मेरी एक बात को याद रखना। तुम्हारे साथ जो कुछ भी हो, उसे बर्दाश्त कर लेना। मगर अपनी हार मत मानना। तुम्हारे साथ इस मुल्क की वो सारी लड़कियाँ खड़ी हो जाएँगी, जो इस तरह के ज़ुल्म की शिकार हैं। और अगर ऐसा न भी हो तो नईम जैसे जानवर को सबक़ सिखाने के लिए एक सितारा ही काफ़ी है।"

इतना बोलकर हुमा उठी और अँधेरे में कहीं ग़ायब हो गई।

सितारा की शादी की तैयारियाँ क़रीब-क़रीब पूरी हो गई थीं। उसके भाई हमीद ने अपनी हैसियत से बढ़कर अपनी बहन की शादी में होने वाली दावत का इन्तज़ाम किया था। दावत चूँकि गोपालगंज के सारे निवासियों को दी गई थी इसलिए शाकाहारी और मांसाहारी—दोनों प्रकार के व्यंजनों की व्यवस्था करवाई थी। शाकाहारी व्यंजनों की जिम्मेदारी गोपालगंज के रामबरन हलवाई को दी गई थी और मांसाहारी व्यंजनों के लिए ननकू नाऊ को निर्देश दिया गया था।

दरअस्ल उस ज़माने की दावतों में शाकाहारी व्यंजन हलवाई तैयार करते थे और मांसाहारी व्यंजन नाऊ। हलवाई और नाऊ अर्थात नाई अछूत की श्रेणी में नहीं आते थे। इनके द्वारा तैयार किया हुआ भोजन सभी को ग्राह्य था। इसीलिए यह व्यवस्था क़ायम की गई थी। अत: सितारा की शादी में भी इस नियम का पालन किया गया था।

विवाह के दिन एक तरफ़ रामबरन हलवाई पूरियाँ, कचौरियाँ और तरह-तरह की सब्ज़ियाँ आदि तैयार करने में व्यस्त थे तो दूसरी तरफ़ ननकू नाऊ के निर्देशानुसार क़ोरमा, पुलाब और ज़र्दा आदि तैयार किए जा रहे थे। रोटी के लिए नानबाई आए थे, जो तन्दूर से ताज़ा-ताज़ा नान निकाल रहे थे। दोनों ही व्यवस्थाओं में सितारा के परिवार का कोई दख़ल नहीं था।

उधर जनवासे में, एक तख़्त पर सितारा का दूल्हा बैठा था। अभी उसके सिर पर सेहरा वग़ैरह कुछ नहीं था। जब सभी बाराती तैयार हो जाएँगे तब दूल्हे को तैयार किया जाएगा। कि अचानक, एक दाढ़ी वाला नौजवान जनवासे में आया और उसने इशारा करके दूल्हे को बुलाया। वह युवक कोई और नहीं, नईम था जिसने ऐसी वेश-भूषा बना रखी थी कि उसे पहचानना मुश्किल था।

ख़ैर, उसके बुलाने पर दूल्हा उसके पास गया तो वह नौजवान दूल्हे को साथ लेकर जनवासे से बाहर चला गया।

बाहर जंगल था। जंगल में अँधेरा था। अँधेरे में गोपालगंज की सड़क काले साँप की तरह दिखाई पड़ती थी। आगे जाकर दोनों लोग एक छोटी-सी नदी की पुलिया पर बैठ गए।

सितारा के दूल्हे ने देखा कि चारों तरफ़ जंगल है और आस-पास पूरी तरह सन्नाटा है। ज़ाहिर है कि उसे थोड़ी-सी घबराहट महसूस हुई और उसने उस नौजवान से पूछा—

"आप कौन हैं और मुझे यहाँ क्यों ले आए हैं?"

"मैं आपका ख़ैरख़्वाह हूँ, इसीलिए आपको यहाँ ले आया हूँ।" नौजवान ने उत्तर दिया।

"आख़िर आपका मक़सद क्या है?"

दूल्हे ने सवाल किया तो नौजवान ने जवाब दिया—

"मेरा मक़सद सिर्फ़ इतना है कि मैं उस लड़की की हक़ीक़त को साफ़ कर दूँ, जिससे आपका निकाह होने वाला है और जो आपकी बीवी बनने वाली है।"

"आख़िर आप कहना क्या चाहते हैं?"

दूल्हे ने सवाल किया, तो उसने जवाब दिया—

"मैं कहना यह चाहता हूँ कि आपका जिस लड़की से अक़्द होने वाला है, वह बहुत गिरी हुई लड़की है। वह गोपालगंज में बुरी तरह बदनाम है क्योंकि... माफ़ कीजिएगा, मैं इल्ज़ाम नहीं लगा रहा हूँ बल्कि यह बात सब लोग जानते हैं कि यहाँ के एक हिन्दू से उसके नाजायज़ ताल्लुक़ात रहे हैं। बल्कि शायद अभी तक हैं।"

"मगर आप यह बात किस बुनियाद पर कह रहे हैं?"

सितारा के दूल्हे ने पूछा तो नौजवान ने और खुलकर जवाब दिया। बोला—

"सच तो यह है नौशे मियाँ, कि पहले सितारा ने मुझे अपने प्रेमजाल में फँसाना चाहा, मगर जब इसमें उसे कामियाबी नहीं मिली तो वह ठाकुर गजेन्दर सिंह के जाल में फँस गई। मतलब यह कि वह आदतन एक बदज़ात लड़की है। जब उसकी पूरी असलियत सामने आ गई तो उसकी अम्माँ ने इसी बात में अपना भला समझा कि बेटी की शादी कर दी जाए। सितारा की जो सच्चाई है उसे मैंने आपको बता दिया, अब आपको जो फ़ैसला लेना हो, ले सकते हैं।"

इस बातचीत के बाद वह नौजवान अपने रास्ते चला गया और सितारा का दूल्हा परेशान हाल जनवासे में आ गया। और...

और थोड़ी देर बाद नज़ारा यह था कि जनवासे में कोहराम मच गया। और वह कोहराम तब ख़त्म हुआ, जब सितारा का दूल्हा सरेआम चिल्ला-चिल्लाकर बोलने लगा—

"मैं यह शादी नहीं करूँगा। मैं यह शादी नहीं करूँगा।"

और फिर उसने अपनी बग़ल में रखे सेहरे को उठा लिया और उसे नोच-नोचकर पागलों की तरह इधर-उधर फेंकने लगा। सेहरे के उन फूलों से चोट किसे लगी थी और कहाँ लगी थी यह तो मालूम नहीं, मगर शादी का पूरा माहौल मातम में तब्दील हो गया।

बारात बग़ैर दुल्हन के रात में ही वापस लौट गई।

सितारा के घर में उसकी सहेलियाँ मधु, सलमा, सरिता और कई अन्य लड़कियाँ आई हुई थीं, जिनकी समझ में नहीं आ रहा था कि यह क्या हो गया?

सितारा की अम्माँ अपनी छाती पीट-पीटकर रोए जा रही थीं और बेटी के साथ हुई नाइन्साफ़ी का ठीकरा ख़ाँ साहब और गोपालगंज के दूसरे मुसलमानों के सिरों पर फोड़ रही थीं।

"या अल्ला! या परवरदिगार! मेरी फूल-सी मासूम बच्ची पर इतना गजब! या खुदा! तूने हमें जनम तो दिया मगर हेलिन क्यों बनाया...या रसूलल्लाह आपने तो दुनिया के सारे मुसलमानों की जिम्मेदारी अपने ऊपर ली थी, मगर आपको क्या यह नहीं मालूम था कि इस दुनिया में हिन्दुस्तान नाम का भी एक मुल्क है जहाँ हेलिनें रहा करती हैं जो असराफ मुसलमानों का गू-मूत साफ किया करती हैं? आपने तो कहा था कि सारे मुसलमान बराबर हैं उनमें कोई फरक नहीं। फिर ये क्या है? ये क्या है रसूलल्लाह? अरे मेरे मौला, मेरे कमलीवाले मुस्तफा... आपके ऊपर तो एक सिरफिरी औरत कूड़ा फेंकती थी मगर आपने उसे माफ कर दिया फिर मेरी बच्ची को ये सजा क्यों? वो गुनहगार है, मैं भी गुनहगार हूँ—यह मैं जानती हूँ! दुनिया का हर सख्स गुनहगार है, सिर्फ अल्लामियाँ ही गुनाहों से पाक हैं। उसके बाद उसके पैगम्बर। फरिस्ते। पीर-औलिया मगर हम तो महज इनसान हैं। और इनसान भी कहाँ? हम तो हलालखोर हैं...मेहतर। इस जाति की बेटियाँ। भंगिनें। मेहतरानियाँ। हेलिनें। बड़ी जात के मुसलमानों के हवस की शिकार लौंडियाँ और बाँदियाँ हैं। हमारा इनसाफ कौन करेगा? या रसूलल्लाह। मैं तो कयामत के रोज यह सवाल आपकी बेटी फातिमा से पूछूँगी..."

जहाँ सितारा बैठी थी वहाँ स्त्रियों की काफ़ी भीड़ थी, जिनमें कुछ जुलाहिनों के अलावा ज़्यादातर हिन्दू थीं। भीड़ की वजह से गर्मी के साथ-साथ घुटन भी हो रही थी। इसलिए सितारा की सहेलियाँ वहाँ से उठने की तैयारी करने लगीं, तभी सितारा का भाई हमीद ताड़ के पत्तों से बने कुछ बेने (पंखे) लेकर आया और स्त्रियों के बीच उन्हें रखकर चला गया। तब जाकर थोड़ी राहत हुई। एक-एक करके सब बेना झलने लगीं। सितारा के पास बैठी लड़की सितारा के चेहरे पर हवा करने लगी।

तभी सितारा की माँ ख़ामोश हो गईं और निढाल होकर एक तरफ़ लुढ़क गईं। माहौल ऐसा अजीब था कि उनकी तरफ़ किसी का ध्यान नहीं गया। जबकि वे निढाल नहीं हुई थीं बल्कि हमेशा के लिए ख़ामोश हो गई थीं। अब कोई मातम नहीं था वहाँ। सिर्फ़ सितारा ने इसे महसूस किया। और वह नींद में चलने वाले प्राणी की तरह उठकर बाहर निकली और विवाह-स्थल की ओर चल पड़ी। इस घटना का असर यह हुआ कि उसकी तमाम सहेलियाँ उठीं और उन्होंने अपने-अपने घरों का रास्ता लिया।

अगला दिन। वक़्त—दोपहर। विवाह-स्थल पर हमीद माँग-जाँचकर लाई गई चीज़ों को वापस लौटाने में व्यस्त था। इस क्रम में वह देगों में भरी खाद्य सामग्री को उलटवा रहा था। एक देग में पुलाव था और दूसरी देग में क़ोरमा। जब क़ोरमा वाली देग को उलटा जा रहा था तभी सितारा वहाँ पहुँच गई।

गर्मी के कारण देग का सारा क़ोरमा सड़ गया था और उससे अजीब तरह की

गन्ध आ रही थी। पुलाव, क़ोरमा और दूसरी देगें पास की गड़ही में उलटी जा रही थीं और वहाँ कौओं तथा चीलों की भीड़ उमड़ पड़ी थी।

सितारा ने वह दृश्य देखा और उसे लगा कि क़ोरमे की देगों से जो कुछ भी निकला था, वह सालन नहीं था। वह पाख़ाना था। पीला-पीला। सामने फैला एक ऐसा पदार्थ, जिसमें गोश्त के सड़े हुए टुकड़े थे। उनसे ऐसी बास आ रही थी कि आदमी को उल्टी हो जाए।

और सितारा वहीं बेहोश होकर गिर पड़ी। उसे होश में लाने की बहुत कोशिशें की गईं मगर वह होश में नहीं आई। तब उसे उठाकर घर में लाया गया और उसके बिस्तर पर उसे लिटा दिया गया।

फिर सितारा किसी ख़्वाब में चली गई।

सितारा का ख़्वाब

सीन-1

सितारा ने अपने ख़्वाब में देखा कि वह किसी शहर में पहुँच गई है और वहाँ लड़कियों के एक स्कूल में अध्यापिका हो गई है।

उसने किराए पर एक घर ले लिया है, जिसमें दो कमरे हैं। एक कमरा बाहर और एक कमरा भीतर। भीतर के कमरे में रसोई है, स्टोर है, उसकी एक व्यक्तिगत अलमारी है और फोल्डिंग बेड। बाहर का कमरा बैठक के तौर पर इस्तेमाल होता है।

सितारा अब साड़ी-ब्लाउज़ पहनने लगी है। अचानक एक क्लास का दृश्य उभरता है। उस क्लास में एकदम पीछे की बेंच पर एक प्यारी-सी, भोली-सी लड़की बैठी रहती है। सितारा की आँखें अक्सर उस पर टिक जाती हैं।

फिर एक दृश्य उभरता है कि एक रोज़ सितारा उस लड़की को क्लास से बाहर अपने पास बुलाती है। लड़की बिलकुल आज्ञाकारी शिष्या की तरह उसके सामने आकर खड़ी हो जाती है। सितारा पूछती है—

"तुम इतनी गुमसुम-सी क्यों रहती हो?"

लड़की कोई जवाब नहीं देती। अपना सिर झुका लेती है।

"तुम्हारे अब्बू क्या करते हैं?"

लड़की अब भी ख़ामोश रहती है।

"बोलो, घबराती क्यों हो?"

लड़की अब थोड़ा-सा अपना सिर उठाती है और कहती है—"रिक्शा चलाते हैं।"

"और तुम्हारी माँ?"

"आस-पास के घरों में काम करती है।"

अब सितारा ख़ामोश हो जाती है। फिर थोड़ी देर बाद बोलती है—

"अगर मैं तुम्हें अपने साथ रखना चाहूँ तो क्या तुम्हारे माँ-बाप इसकी इजाज़त तुम्हें दे देंगे?"

"पूछकर बताऊँगी मैम।"

"तुम मुझे क्लास में मैम, मगर बाहर आपाजान कहा करो।"

"ठीक है मैम।"

"मैम नहीं, आपाजान। मैं तुम्हारा नाम भूल रही हूँ, क्या नाम है तुम्हारा?"

"तूबा।"

"तूबा की मीनिंग जानती हो?"

"जी।"

"बताओ?"

"तूबा एक पेड़ का नाम है, जो कि जन्नत में है, जिसके नीचे बैठकर जो भी ख़्वाहिश की जाएगी वह पूरी होगी।"

अब अगला दृश्य उभरता है—तूबा एक गठरी-सी लिए हुए आती है और सितारा के साथ उसके निवास की ओर चल पड़ती है।

"मैं आ गई 'आपाजान'।"

सीन-2

इसके बाद दृश्य फिर बदल जाता है। लगता है घर के बाहर कोई दरवाज़ा खटखटा रहा है। दरवाज़ा तूबा खोलती है।

सामने एक नौजवान खड़ा है।

तूबा पूछती है :

"आप कौन हैं? यहाँ क्यों आए हैं?"

"मैं नईम हूँ।"

"कौन नईम?"

"सितारा से जाकर मेरा नाम बता दो, वो समझ जाएँगी।"

और तूबा नाम की वह लड़की भीतर चली जाती है। थोड़ी देर बाद तूबा फिर बाहर आती है और नईम को अन्दर बुलाकर बाहर कमरे में बैठा देती है। नईम देखता है कि उस कमरे में बेंत से बुनी हुई कुछ कुर्सियाँ रखी हुई हैं जो सोफ़े का भ्रम पैदा करती हैं। नईम एक कुर्सी पर बैठ जाता है और सितारा का इन्तज़ार करने लगता है।

सीन-3

थोड़े से इन्तज़ार के बाद सितारा उस कमरे में प्रकट होती है। साथ में तूबा भी है।

सितारा अपना दाहिना हाथ अपने माथे से लगाते हुए आदाब करती है। नईम उसके जवाब में सिर झुकाता है और खड़ा हो जाता है।

"आपने हमारी आपाजान को कितनी बड़ी सज़ा दी है, क्या ये बात आपको मालूम नहीं है?"

यह सवाल तूबा करती है तो नईम का पूरा वजूद झनझना उठता है।

"हाँ मालूम है, मगर...."

"अब अगर-मगर की कोई गुंजाइश नहीं है। आपको आज यह बात बतानी ही होगी कि आपने हमारी आपाजान के साथ ऐसा क्यों किया है?"

"अब मैं क्या बताऊँ...मेरी मजबूरी को भी समझो..."

नईम मियाँ अभी अपनी बात पूरी नहीं कर पाए थे कि सितारा बोल उठी—

"तूबा, तू चुप रह। यह मामला मेरे और इनके बीच का है। इस मामले का निबटारा हम ख़ुद कर लेंगे। इसमें तुझे दख़ल देने की कोई ज़रूरत नहीं है।"

सीन-4

फिर सितारा देखती है कि अचानक हुमा नाम की वह लड़की उसके सामने आकर खड़ी हो जाती है जो उसके घर में आकर तरह-तरह की गालियाँ बक रही थी। मगर उस वक़्त उसका चेहरा किसी फूल की तरह खिला हुआ था। इसलिए उसकी गालियों को भूलकर सितारा उसे सलाम करती है। हुमा उसके सलाम का जवाब देती है। फिर उसे एक तरफ़ बुलाकर बुदबुदाती है—

"सुनो सितारा, मैं तुमसे एक बात कहना चाहती हूँ। ये हरामज़ादा, सुअर का पिल्ला; जो वहाँ बैठा है न..."

अभी वह इतना ही कह पाती है कि सितारा उसे टोक देती है—"अरे बाजी, आपको हो क्या गया है। आपके मुँह से ऐसी गालियाँ निकल रही हैं कि..."

"कि, क्या? गालियाँ नहीं तो क्या फूल बरसाऊँ उसके थोबड़े पर? जो शख़्स तुम्हारे बाहरी कमरे में तुम्हारा इन्तज़ार कर रहा है, वह अकेला नहीं है। उसके जिस्म के भीतर उसी तरह के तमाम मर्द छुपे हुए हैं, जो ज़लालत से भरे हुए हैं। वह नईम है ही नहीं, नईम की शक्ल में इब्लीस है। एक शैतान। वही, जिसने हव्वा को बहला-फुसलाकर उसे और आदमको जन्नत से ज़मीन पर फिंकवा दिया था। उसी ने औरतों और मर्दों के दिमाग़ों में ऐसी गन्दगी भर दी थी जिसकी सज़ा मर्द तो नहीं, मगर औरतें आज भी भुगत रही हैं। इसलिए मैं तुम्हें हुक्म देती हूँ कि उसकी बातों में बिलकुल न आना। वह फ़रेबी है, फ़रेबी।"

और हुमा ग़ायब हो गई।

फिर वह देखती क्या है, कि वे दोनों—यानी सितारा और नईम—कमरे से बाहर निकलकर सड़क के किनारे खड़े हैं। सड़क पर लोग-ही-लोग हैं। कोई कहीं से आ रहा है, कोई कहीं जा रहा है। सितारा को लगता है कि उन्हें भी कहीं जाना चाहिए...

"चलिए..."

सितारा ने कहा और नईम मियाँ उसके साथ चल पड़े। नईम मियाँ और सितारा—दोनों देर तक पैदल चलते रहे और एक पार्क में जाकर बैठ गए। वहाँ दोनों के बीच एक संवाद हुआ।

नईम : सितारा, मैं तुम्हें अपनाना चाहता हूँ।

सितारा : आपकी तो शादी हो गई है।

नईम : मगर मैंने उसे तलाक़ दे दी है।

सितारा : क्यों ?

नईम : क्योंकि वह लड़की वफ़ादार नहीं निकली।

सितारा : यह आपको कैसे पता चला।

नईम : इस तरह, कि मुझसे शादी होने से पहले ही वह किसी से जिस्मानी तअल्लुक़ात बना चुकी थी...

सितारा : अगर मेरे साथ भी ऐसा हुआ हो तो... ?

नईम : मुझे यक़ीन है कि मेरी सितारा ऐसा नहीं कर सकती...।

सितारा : यह आपका वहम है। आप ज़रा याद कीजिए कि वह शख़्स आप ही हैं, जिसने मुझे कमसिनी में ही औरत बना दिया। और जिस्मानी भूख मिटाने का जो रास्ता आपने सिखाया था, सितारा ने उसे अच्छी तरह समझ लिया था। इसलिए वह अपनी जिस्मानी भूख को तरह-तरह से मिटाती रही। यानी सितारा अब पहले वाली सितारा नहीं है। आपकी बीवी ने तो सिर्फ़ एक शख़्स से जिस्मानी ताल्लुक़ात बनाए, मगर सितारा ? उसे तो न जाने किस-किस से ऐसे ताल्लुक़ात बनाने पड़े।

नईम : मैं ये बात जानता हूँ। फिर भी मैं तुम्हें अपनी बीवी बनाना चाहता हूँ।

सितारा : मगर मैं आपको अपना शौहर नहीं बनाना चाहती।

नईम : मतलब ?

सितारा : मतलब साफ़ है। मुझे अपने सहारे के रूप में किसी मर्द की ज़रूरत नहीं है। मैं एक स्त्री भी हूँ और एक पुरुष भी। आप यहाँ से जा सकते हैं।

और सितारा क्या देखती है कि वह एक पतंग में तब्दील हो गई है और हवा में उड़ी चली जा रही है। उस पतंग के आस-पास दूसरी कोई पतंग नहीं है, जो उसकी डोर

को काट दे। उड़ते-उड़ते वह पतंग इतनी ऊपर चली जाती है कि वह एक बिन्दु का रूप धारण कर लेती है। फिर वही बिन्दु एक सितारा बन जाती है।

अचानक नईम का शरीर ऐंठने लगता है। जैसे सितारा ने उसके किसी मर्म-स्थल पर—किसी कुठाँव पर—घूँसा जड़ दिया हो। उसके शरीर पर या पूरे वजूद पर...। और फिर वह धड़ाम से धरती पर गिर पड़ता है।

तभी आसमान में बादलों की ज़बरदस्त गड़गड़ाहट होती है और मूसलाधार बारिश होने लगती है। ऐसा प्रतीत होता है कि पूरी धरती देखते-ही-देखते जल में समाहित हो जाएगी।

(दिसम्बर, 2013)

तमामशुद

○○○